levy hideo

リービ英雄

日本語の勝利
アイデンティティーズ

Kodansha Bungei bunko

目次

日本語の勝利／アイデンティティーズ

日本語の勝利

東京を歩く男

振り返ってみると、ぼくは二十年以上、東京の町を歩きつづけてきた。何かの必要に応じてとか、何かの目的があって歩いていたわけではないが、だからといってただ気まぐれに散策を繰り返してきたということでもない。自分でもよく分らないが、その日その日の、地下鉄の階段から道の光へ上って歩きだすたびに、何かを探し求めていたような気がする。あるいは何かを探し求めているというフィクションをほとんど無意識の内に作っていたかも知れない。どこの地図にもないフィクショナルな目的地に向かって足を運んでいたかも知れない。どこまでたどりつくということもないのに非常に確かな足取りで歩いていたような気がするのだ。

世界の大都会の中で、そんないかにもまじめそうで、しかしどこか夢想めいた歩き方をさせるのは東京だけではないだろうか。

もちろん、都会を歩くということは、たとえばどこの国の近代文学にも重要なモチーフであって、歩くことの描写が一つの「地の文」を成しているのも事実である。最初にジョイスの『ユリシーズ』を読んだとき、色々な歴史的背景やインターテキストやパロディーをよく把握できないが、主人公ブルームが二十世紀になってまもない頃のダブリンの昼の町と夜の町を歩いていた描写に惚れこんでしまった、というのはぼくだけの体験だとは思えない。ジョイスにおいては町の「描写」はもはや単なる「描写」ではなく、大都会の風景と書かれた散歩者の感情と作者の言語的冒険心が複雑に絡み合った動きとして、ほとんど教養のない読者——たとえば高校生のぼく——が十分圧倒されるのである。

ジョイスの幼稚な読者であったぼくは高校を卒業してから横浜に住むようになった。横浜から家出をして、はじめて夕方のお茶の水や夜明け前の新宿を歩くようになった。そして日本文学が読めるようになる前に最も愛読していた本の「描写」がときどき頭に浮かび、六十年前の都会をさまよっていた一人のユダヤ系アイルランド人の「歩く男」の話を、異境の広場と路地の中で思い出すこともあった。

家出と居そうろうを重ねているうちに、「異境」のことばが少しずつ分るようになった。いや、分るということだけでいえば、かなり早く、少くとも「異境」の人たちが驚くほどの早さで「マスター」することができた。が、そのことばで体験したものを、なかなか「お返し」することができなかった。つまり、日本語で小説を書くという、「異境」の人たちにとって唯一の有意義な「お返し」は、とてもできなかったのである。

日本語で小説が書けないという欲求不満から、ぼくは東京の町をむさぼるように歩きつづけたのかも知れない。東京の町自体から、「表現ができるまで、歩け」と命じられたかのように。友達からは、「そんな散歩ばかりしないで、とにかく早く小説を書きなさい」としかられた。

最初の家出から二十年近く経って、小説が少し書けるようになった。恐れながら他人にも見せるようになった。最初に読んでくれた人の反応は、「面白いけど、歩く場面がやたらに長い」というものだった。「主人公が新宿駅から歌舞伎町まで歩くだけでは小説の結末にはならない」とも言われた。

ぼくはしばらく散歩をひかえてみた。どこも歩かないで、アパートに閉じこもって原稿に向かうのは、非常に苦しいことであった。だが、そのうちに「歩くこと」によって何かから逃げていたという発見をしたのである。最初の家出、アメリカからの「家出」にさかのぼり、なぜ歩き出したかということについて考えてみたのである。そして歩き出す前のストーリー、何が十七歳のアメリカ人をして東京の中を歩かせたかについて、一つの小さな物語を書いてみた。「歩く男」が、一体何を背負って歩いていたのかを、かれが歩くようになった「異境」のことばで何とか書けるようになった。ようやくブルームの百分の一ぐらいを書けるようになった、という気がしたのである。

日本の近代の都を、特に外国から越境してきた結果として歩くようになると、一つの不思議なことに気がつく。この都会に散らばっている地名が、ブルームが歩いていた島国の都の地名よりはるかにマジカルな響きをもっている、ということである。そう感じるのは、越境者のエキゾチシズムではなく、むしろこちらの島国の表現の歴史の中で地名そのものが格別な重みをもっていたからではないだろうか。古代からつづいている道行や紀行というジャンルの中にも、場所から場所へ、というよりも、地名から地名へと動くことに「歩く人」がエキサイトメントを覚えていたのではないだろうか。固有名詞の中に格別な力があると信じられていることがアニミズムの特徴の一つとも言われている。「言霊《ことだま》」という思想には日本のアニミズムの痕跡《こんせき》があると思われている。その「言霊」の遠いこだまとして、ほとんど痕跡の痕跡として、近代の大都市のあちこちの地名には二十世紀にそこを歩いた人たちに魔術的な引力があった。その引力は、名所や史蹟といわれているように単なる歴史的な意義とは違う。地名そのものの音そのものが歩く人たちを「いわれもなく」引きつけるというのは、少くとも「先進国」の大都会の中では東京だけの現象ではないか。

とにかく歴史の長い島国の近代の都を歩くことは、おのずと固有名詞から生まれてくる豊かな連想の中を動くことになる。外国、しかも大陸国の出身者であったぼくが、歴史的に、あるいは文化的に保証された地名と、何の権威もない、そこらへんにある「普通」の地名との見分けがつかなくて、「東高円寺」や「歌舞伎町二丁目」にもマジカルな引力を感じるものだった。そんな思いこみを告白すると、近代の都市で生活する日本人からたびたびせせら笑いを買った。永井荷風が江戸の香りを残した地名の中に美やペーソスを見つけるのはいいが、新宿辺りの俗悪そのもののような地名の中に魔術的な引力を感じるなんて。

「お前はまだ日本のことが何も分っていない」

東京を歩きながら、耳のうしろでそんな声が聞こえた。歩いているぼくを急《せ》き立てるように町角ごとに聞こえたのである。

I

日本語の勝利

I 「国際化」論と私

日本人として生まれなかった私が、ちょうど日本語で小説を書きはじめた頃に、「国際化」という得体の知れない「問題」が日本の中に現われて、次第にその空気を支配するようになった。

小説という個人的でこまやかなコトバの作業と、「国際化」などという大状況を表わすスローガンは、どう考えても結びつくはずがない。私は、自分とは関係のない話だと最初は思っていた。特に、「国際化」論のひきがねとなった貿易問題についていえば、日本のビデオ・カメラが秋葉原よりシカゴで安く売られていようが、カリフォルニアのトマトが世田谷区の食卓に届くまいが、そんなことは文学とは別世界の出来事ではないか、と思えた。片方のビジネス慣行が排他的であるとか、片方の「双子の赤字」がいかにもだらしないとか、そんないさかいは二人のデブがケーキを争っているに過ぎない、と鼻の先であしらうのが文学者の特権ではないか、とさえ思ったのである。

カメラとトマトの交換というレベルだけではない。最近、「中央公論」や「文藝春秋」誌上で交わされてきたようなソフィスティケーテッドな文化論にしても、日本と西洋の類型上の相違を論じることは、本質的に類型をきらう文学という一個人の仕事とは縁のない話ではないか。一文化、あるいは一国家の「パースペクティブ」と、一人の作家が持っている「視座」とは異質のものであり、たとえその二つが重なっているという指摘ができたとしても、それ自体が作品の独自な「肉体」について何かを語っているわけではない。「文化」と「文学」を重ねてみたところで、生まれた子供はやはり親に似ている、という程度の「発見」しかできない。独創的な文学作品は、いつも養子や孤児の姿で現われてくる。

『星条旗の聞こえない部屋』という自分の処女作について、「日本と外国の関係、貿易関係とかそれに似たものが、小説の上でなされているような感じ」だといわれたことがある。小説の内容は、一九六〇年代後半に、父の家を出て東京へ逃げ込み、日本人との関係の中に新しい「生」を求めていったアメリカ人少年の話だから、そう見られることに特に抵抗があるわけではない。むしろ親切で正確な指摘だと思ったくらいである。だが、自分が「国際化」の一現象として見られることに対しては、抵抗感というより、何となく不思議な気持ちがしたものだ。その不思議さはおそらく、作家なら誰しも、自分の作品が大状況と結びつけられたときに感じるものだろう。謙遜ともまちがえられる、一種のとまどいが起るのは、実はその作品を生みだすまでのさまざまな体験が偶然の重なりであって、かってに移り変る世界の動向とは決してパラレルではなくて、ときには無関係だったり、ときには逆行するものだったりするということを、誰よりもよく知っているからである。

私自身の場合も、日本語で書くに至るまでには、必然よりも偶然のほうが大きかった。戦時中に日系人収容所に入れられた父の友人の名前を生まれたときにもらって、青春時代の大半を日本で過ごし、普通のアメリカ人が若いときに英語で体験することを日本語で体験したという個人的な事情が決定的だった。下宿を転々と変えながら日本語の「パースペクティブ」をすこしずつ自分の視座に取り入れて、いつの間にかその体験に基づいたフィクションを日本語でつづり、翻訳というフィルターを通さないで直接に日本の読者に問おう、と決心した。日本文学の研究家として日米を往還しながら、長年のことばの修練を経て、ようやく「文体」といえるようなものを身につけることができた。

おくればせながら日本人として生まれた他の作家たちと同じように、日本語との本格的な葛藤が始まったのである。

だが、始まったとたんに、日本の中に「国際化」という問題が現われた。そして、それはあいまいな概念として現われたのだった。あいまいというよりも、時代の大きなスローガンが大抵そうであるように、この言葉も最初から、さまざまな都合によってさまざまに解釈できるようになっていた。

しかし「国際化」の解釈には、早くから二つの大きな流れが見られていた。一つは日本の「内部」から「外部」に向って、外部と対等になった経済大国としての日本のステータスを、外部のコトバを頼りに訴えて、理解させるプロセスに重点を置く。内部についての「理解」そのものは、内部で調整して固めた上で、それを外部のコトバに翻訳して世界に普及させる。内部で固められた「国際国家」の主張が、それでも外部の納得を得られなかった場合は、外の相手に伝わる正確な発音でNOということもある（日本のNOに対して外国がMaybeと答えたときどうするかは考えていないようだが）。

「国際化」のもう一つの大きな流れは、右の「内部」型とはほぼ正反対に、「外部」から日本に向って、日本はいまや「大国」になったのだから、外部の経済システムと折り合うように内部を変えてゆくべきである、という形の主張である。外国語で書かれた最近の日本論における「国際化」の勧告は、経済システムの分析から、経済システムとは切っても切れない文化のルールにまでメスを入れて、内部の権力構造の「謎」にまで迫り、ときには内部の「改善」を要求している（内部のルールを徹底的に「改善」したあげく、日本がベルギーにでも変容したら、それこそ世界の文化にとって取り返しのつかない悲劇になるということは考えていないようだが)。

「国際化」をめぐる、「内部型」と「外部型」とでもいうべき二つの解釈と期待は、大きくズレているだけでなく、相反しているようにさえ見える。しかし、外部からやってきて日本語の中で生きようとしている一人の文学者にいわせてもらえば、相容れないような二つの「国際化」は、どうもその前提においては共通しているところがあるように思える。すなわち、コトバの意識の仕方であって、どちらも、日本の内部と外部の絡みを考えるとき、それを外部のコトバで行うことを当然の前提としているのである。

この前提のうらには、ある古い常識が依然として働いていることは、いうまでもないだろう。日本語というものは日本人として生まれた人間にしか分らないという、鎖国時代から、単一民族をイデオロギーにしてしまった近代国家を経て、いまだに根強い常識のことである。しかも、この常識はいつの間にか海外にも広がり、摩擦のたびに繰り返される一連のやりとりが、ほとんど外部のコトバで行われてきたという事態には、「外部」も「内部」も不思議と一種の安心感を覚えているのではないだろうか。母国語がそのまま国際語であり、日本の方に翻訳する義務があるというアメリカの思い上りがある一方で、日本の中には依然として、たとえ社会の「西洋化」がどんなに進んでも、日本語だけは民族のアイデンティティを確保する最後の砦だ、という意識の人が今でも圧倒的に多いだろう。

ところが、私自身の日本語の体験からいうと、話は逆だ。外からやってきたよそ者は、日本社会の多くの場で門前払いという苦い経験を味わうのだが、もしその人に少しでもコトバに対する感受性と冒険心があれば、日本語だけは門前払いを食わせない、日本語だけは話し手や聞き手、あるいは読み手や書き手の人種を問題にしないということを発見するのだ。日本人と人種を異にした者でも、日本語へすなおに近づきさえすれば、日本語はきちんとその豊かさを分けてくれるのである。日本語はいつの間にかよそ者の、色の違った肉体にもしみこみ、その感性を根本から揺るがし、ついには新たなものにする、というのはけっして私ひとりの体験ではないはずだ。戸籍抄本も印鑑証明書もなく、犯罪人と同様に自分の指紋を捺印したカードを一生身体から離さないで歩かなければならない人間にとって、日本語を身につけたことからぎりぎりの自尊心を維持することができ、日本語は日本社会へのただ一つの潜り戸に思われることさえある。

主観的な話だろうか？　文学的すぎる話だろうか？　昔（正確にいうと一昔前まで）は自分でもそう思って、「個人的」なコトバの体験を文学の場以外で語ることを考えもしなかった。しかし一九八〇年代に入り、まわりに今までと違った形の「在日者」たちの流れを見て、若い頃から「例外」だとか「ユニーク」だとかいわれて自惚れていた日本語との関わりは、もしかするとこれからの日本ではそれほどめずらしいことではなくなるだろう、と自覚するようになった。

その自覚が生まれてからしばらくして、「国際化」が頻繁に叫ばれだしたのである。そして、ひたすら経済大国を誇示する「内部型」においても、ひたすら西洋的価値観の基準で日本を裁こうとする「外部型」においても、日本語だけがもたらし得る文化の浸透性がほとんどといっていいぐらい問題にされていなかった。外国人が日本語の表現者となったとき、その外国人自身が変容する、「改善」されるという、一九八九年にしてはもはや日常的となりつつある現実は、ほとんどの「国際化」論には取り上げられなかった。

たとえば外国人労働者問題にしても、鎖国論はおろか、開国論でさえ、日本の中の「異文化との共存」だけが主張されて、その「異文化」を形成している一人一人が毎日、日本の内部ではすでに生きているという事実——日本語で喋《しゃべ》り、聴き、遊び、人間関係をつくり、ときには書いているという、もはや当り前になった(そして今ほど目立たないが以前でも一部では当り前だった)事実が問題にされていない。

山手線を一廻りすれば必ず出会えるはずのその現実は、しかし「国際化」をめぐる言説空間には反映されていない(ある雑誌が「外国人労働者問題」について座談会を催したとき、開国派と鎖国派の日本人だけで激論して、当の在日外国人が日本語の表現者として一人も登場しなかったという光景は、異様にさえ思われた)。

山手線の日常的現実に目もくれず、耳もかさないという態度は、あるいは日本の歴史に対する無頓着に因るかも知れない。私が長い間万葉集の研究をしてきたせいか、「国際化」と聞くと、どうしても奈良という国際都市が頭に浮ぶ。奈良時代の渡来人たちの活躍ぶりを考えると、「異文化との共存」という近代的感覚は、狭苦しいだけではなく、ある意味で日本文化を安売りしているように思う。渡来人たちが日本の内部で生活を営み、万葉集にも日本語の表現者として数々の和歌を綴った時代と、二十世紀末の日本を重ね、奈良のおおらかさを現代の日本のこせこせした都市の中に求めることなど、むろん夢想の領域を出ないであろう。けれども、日本語が千二百年ぶりに、日本人として生まれなかった人たちにとって表現の媒体となりはじめているという事実に、もう一つの「国際化」の可能性をうかがうことは、かならずしも夢想ではないだろう。

その「国際化」は決して日本文化の特殊性を損うものではない。なぜなら、コトバには人種上の拘束はないが、コトバは別の意味で拘束そのものであるからだ。特殊性を喜び、尊重し、そこから学ぼうという決意がなければ、自ら進んでその拘束を受けることはできない。日本語の中に秘蔵されている特殊性が人種から切り離されたとき、そこで生まれてくる新世界こそ、意外と日本文化の本来の姿であるかも知れない。

Ⅱ　『ベッドタイムアイズ』の世界

「国際化」が叫ばれだしたのと時期を同じくして、日本人と「外部」の絡みを新しい形で扱ったいくつかの小説が話題になった。その中で最もセンセーショナルな形で現われたのが、山田詠美氏の『ベッドタイムアイズ』であった。『ベッドタイムアイズ』をはじめて開いたとき、私はスリルを覚えた。そのスリルは、おそらく多くの読者がそうであるように、第一行から、第一パラグラフから感じられるものだった。シンプルにして典雅な文章によって、黒人兵と日本人の若い女との関係が設定される。

スプーンは私をかわいがるのがとてもうまい。ただし、それは私の体を、であって、心では決して、ない。私もスプーンに抱かれる事は出来るのに抱いてあげる事が出来ない。何度も試みたにもかかわらず。

この冒頭から、スプーンと「私」の関係が、不平等というよりも不均等なものとして設定されているのである。「スリル」を可能ならしめているその不均等は、女から見た「男」の本質的な神秘性である。と同時に、スプーンが黒い男であると気づいたところに、日本人から見た「外国人」、特にくっきりとした差異として現われてくる黒い外国人の本質的な魅力と恐怖を読者は感受するに違いない。山田詠美氏が一九八〇年代の日本の読者に与えた強力なワン・ツー・パンチは、性と人種の二重の衝撃だった。性別の差異を強調して、男と女の間に起る緊張と重なる形で「人種」（あるいは近代の日本では「人種」とほぼ同義語でありつづけてきた「文化」）の差異が露《あら》わになるのである。黒いアウトサイダーの指が「もぞもぞと」ポケットの内側を「丹念に愛撫している」という、恥を知らないしぐさを見て、「私」は憧れとともに最も「日本的」な反応を示す。

自分のスリットをああいった平然とした表情と卑猥な指先で探られたらどういう気持だろうかと思いついて、私は顔を赤くした。

女にはできない男の卑猥なしぐさを、恥の文化が恥知らずの「外部」に汚されるイメージとして読み取って、更にもう一ページをめくってみると、案の定、よそ者＝男性の体臭が問題にされる。

腐臭に近い、けれども決して不快ではなく、いや不快でないのではなく、汚ない物に私が犯される事によって私自身が澄んだ物だと気づかされるような、そんな匂い。彼の匂いは私に優越感を抱かせる。

匂いのある「外部」の男と、匂いのない（実際はどうなのだろうか？　スプーンはそんなことを語らせてもらっていない）「内部」の女。純白が汚されて逆にそれが聖化されるという古典的な女性神話と、外部に犯されたときに逆に「文化」という名の優越感に走る島国のマゾヒスティック・ナショナリズム。日本人女性が黒いアウトサイダーに汚れを求めるという物語の中で、その欲求の展開は常に人種の次元と男女の次元を往還して、黒人の「特徴」が常にある理想的な男性像に転置されてゆくのである。次元往還といい、イメージの転置といい、ある天才的なカラクリによって、その優越感の奥に潜む島国独自の人種差別が最後まで保留されているようにも見える。

『ベッドタイムアイズ』の作品としての「魅力と恐怖」は、コトバとセックスを不可能に近いすれすれのところまで接近させていることに因るのであろう。私自身をふくめて数多くの読者を圧倒したコトバとセックスの接近は、しかしそれが成立するためには、相手の方が自らの「文体」を持っていると困る。相手は日本人では、困る。しかも、相手が白人では、近代の支配的な文体と対抗しなければならない。相手は本質的に匂いとして存在すればいいのであって、その匂いをかいで「内部」から表現するのにじゃまになるような相手自身の表現および意識は無用である。

そのことをよく示しているのは、『ベッドタイムアイズ』を書くのに作者が最も苦労した（あるいはもう少し苦労すればよかった）と思われる要素、つまりスプーン自身のセリフをどう現わすか、という問題である。

作者がスプーンに喋らせているのは、不思議なコトバである。

「足を降ろせよ。疲れねえのかい。上げっぱなしでよう。もっとファックが欲しいんなら二度目はシーツにくるまってやりてえな」

「……オレがいねえ間にゃいつも男をくわえ込みやがって！　このファッキンビッチ！」

妙に横文字を撒き散らす歌舞伎町のチンピラのように、スプーンは喋るのである。スプーンのセリフにも頻繁に現われる四文字言葉をはじめ、さまざまな米語のスラングが山田氏の日本語のテキストの中に起用されて、『ベッドタイムアイズ』の著しい質感の一大要素となっている。しかも「悪いことば」をふくめてそのスラングはほとんど正確で、作者の「フィールド・ワーク」をよく証明している。

ただ、面白いことに、四文字言葉が日本語のテキストの中に置かれると、本国の巷で耳にするときの毒がぬかれて、不思議と一種のイノセンスを帯びてくるのである。俵万智や吉本ばななについてよく指摘される少女漫画との共通性は、スプーンの描き方についてもいえるかも知れない。「ファッキン」という形容詞が、右の引用のように劇画的な日本語のヤクザことばの中に吸収されてしまうと、それが本来持っている批評性が薄れて、ニューヨークでは生きのびるための武器である「悪いことば」の刃がにぶり、ニューヨークの黒人が常に鎧っている痛烈で苦々しい知性が殺されてしまう。

「私」から「なんて臭いの」といわれて、スプーンが激怒して、「ハーレムの匂いだよ！劣等感の塊りの臭い匂いがするんだ！」と叫びだすセリフについても、不思議と劇画化＝「日本化」された怒りとなっている。ハーレムの黒人が白人の世界に対して持っている感情はまず劣等感ではないだろう。劣等感―優越感という軸は、「外部」に対処する島国の理論である。太古の大陸から新大陸に連行された者たちの末裔が、白人に対して抱いているのは、より澄明で「健全」な怒りである。その怒りが「劣等感」という近代日本語の三文字言葉に「翻訳」されたとき、黒人の正当な「文体」が抹消されてしまう。その結果、日本の文壇の中で『ベッドタイムアイズ』の差別性を問題視したわずかな論者の一人、中上健次氏が指摘した通り、スプーンは「セックスのおもちゃ」となってしまうのである。

そのことは根本的に、日本語における「表現する権利」の問題と関わっているように、私には思える。日本人の女主人公の「アパートメント」を飾るさまざまなカタカナ名の商品と同じように、スプーンもまた、日常的でありながらどこかエキゾチシズムの艶が残っているオブジェとして名づけられている。その「スプーン」は、肉体としては日本人にはとても真似することのできない（「恥知らず」の）豊かさを与えられているが、言葉による表現力は与えられていない。日本に居ながら「在日」ではない、基地周辺のクラブやディスコという性の出島の中でしか動きが取れない。そのスプーンにとって、「言葉」はオフ・リミットとなっているのである。

だから、『ベッドタイムアイズ』を読み終ったとき、われわれの脳裏には黒いアウトサイダーをめぐる数々の鮮烈なイメージが残っているにもかかわらず、スプーンから見たインサイダーの「私」（日本人の女性）についてはほとんど何の心象も受けなかったことに気がつく。男性作家がかつて描いていた女性像のように、スプーンは表現される対象ではあっても、けっして表現する主体にはなっていない。近代小説における「男―女」の軸をみごとに逆転させたことは『ベッドタイムアイズ』の「新しさ」であり、勝利でもある。

ただ、その逆転を可能ならしめたのは、表現の媒体としての日本語における「外部」の不在に他ならない。

一九八〇年代において最も劇的な形で異人種との絡みを扱った作品の「国際感覚」は、意外と「内部型」のそれである。

Ⅲ　新しい物語の萌芽

一九八九年のはじめに、日本の内と外と、そこに横たわるコトバの問題をまったく違った観点から扱った小説が注目を浴びた。

それは第百回芥川賞受賞作となった、在日韓国人二世作家の李良枝《イ・ヤンジ》氏による『由熙《ユヒ》』という小説である。『ベッドタイムアイズ』が派手であるのと同じくらいに静かで、教養小説に近い『由熙』は、見え隠れする淡い炎のような情熱をこめて、コトバの問題を通して「在日」の意味を問い直している。

『由熙』は最初から「外部」の観点で語られているというふうに、ナレーションの設定がある。日本からソウルの大学に留学に来ている李由熙という「在日同胞」の女性について、由熙に部屋を貸した下宿屋の娘が語り手となっている。「外部」から連行された者たちの子孫として日本で生まれ育った由熙が、その「外部」に「帰」ろうとして挫折した心の過程を、「外部」そのものの観点で語らせているところは、まさに作者が自分の膚を剝ぎ取るような果敢な文学行為に踏み出したといえるであろう。

由熙が「故国」で体験する挫折は、コトバの挫折として描かれている。由熙が喋ろうとする韓国語の発音、アクセント、口調までが問題にされる。韓国人の語り手は、最初から由熙の口調に「不透明なもの」を感じ取る。それから、韓国人から見た一人の在日韓国人のミステリーが解明されてゆく。

一重ずつ剝ぎ取られてゆく「由熙」というミステリー、その核心では、「同胞」の彼女が、感性においても思考法においてもふるまいにおいても、何よりもコトバにおいて「日本人」であり「外国人」であるという事実が現れてくる。そして彼女が表向きには日本語を拒否して、韓国語にこだわるのだが、そうこだわればこだわるほど、逆に韓国人の目には異邦人として映るのである。

「故国」に「帰」ってきた由熙は、一種の文化ショックを覚えはじめる。由熙にとって最もショッキングな文化要素はすべて日本人なら誰でも気になりそうな、いってみれば「非日本的」なものばかりである。

　この国の学生は、食堂の床にも唾を吐き、ゴミをくず入れに棄てようとしない、と由熙は言った。トイレに入っても手を洗わない、教科書を貸すとボールペンでメモを書き入れて、平気で返してくる。この国の人は、外国人だとわかると高く売りつけてくる、タクシーに合乗りしても礼一つ言わない、足を踏んでもぶつかっても何も言わない、すぐ怒鳴る、譲り合うことを知らない……。

　第三者が読むと、一度は思い切って唾を吐いてみればどうか、とあまりにも神経質な由熙に言いたくなるのだが、「故国」の文化と自己の「日本的」な感性とのへだたりの認識から生まれた由熙の「神経質」は、逆に清潔な伝統形式への執着となってしまうのである。鍾路《チョンノ》という繁華街にごったかえす群集の、ゴミゴミした、日本でいえば「新宿的」な現実に直面したとき、由熙は気分が悪くなる。そのくせ、椅子に坐って使う洋式の机をいやがって、「床に坐る」伝統的な机にこだわる。その机に向かって、部屋の中で孤独な「文化空間」を創り上げ、そこで伝統音楽を聴き、ノートの中に우《ウ》・리《リ》・나《ナ》・라《ラ》（「わが

国」）など、拙いハングルを書き散らす。
由煕は韓国語のテレビを見ようとしない。

韓国人の目を通して描かれた由煕の、右のような文化との接し方を読んで、私は思わず、忘れかけていた一つのふるまいのパターンと久しぶりに出食わしたような気がした。韓国に対する由煕の態度には、どうも、経済大国になる前の日本、一昔や二昔前の日本に、一部の白人が寄せた「文化」への思い込みと似ているところがあると思えた。「故国」に「帰」って、その現実と直面したときの衝撃を味わった由煕の「文化」主張には、かつて日本の中でひたすら「オリエント」的な要素しか見ようとせず、コトやシャクハチやソーローブンに走って、「新宿」的なものを否定しながら陰翳礼讃の世界に身を寄せた「変な外人」の姿が彷彿とする。

そんな類似を最も強く感じさせられたのは、ハングルという韓国の中心的な文化遺産をめぐる、下宿屋の娘と由煕との小さな議論である。何もかも伝統文化の形式にこだわる由煕が、現代韓国語においてハングルが横に書かれていることについて不満をもらす。

――オンニ、訊きたいの。訓民正音《フンミンチョンウム》を創製した世宗《セジョン》大王《テワン》はどう思うかしら。横書きに書かれているハングルを見てびっくりしないかしら。悲しく思わないかしら。

――そうね、多分びっくりするかも知れないけれど、私は喜ぶんじゃないかって思うわ。ハングルを民衆の誰もが使える文字として創製したわけだもの。ハングルが本当に韓国人の国語となって、どんな階層の人もみな使っている今の様子を見たら、きっと喜ぶと思うわ。李朝末期まで、ハングルは婦女子の使う文字として蔑まれていたんだもの。書きやすく、読みやすい横書きに変わっているのを見ても、きっと喜ぶはずよ。

私は言った。

——そうかしら。

由熙は首をかしげながら、いかにも不承気に呟いた。

韓国人と在日韓国人のこの対立は、ささやかでありながら何か本質的な相違を暗示しているのではないか。コトバについて議論するときも、形式より倫理を主張する韓国人のさりげない「ヒューマニズム」に対して、由熙は日本から持ち込んできた理想としての「自国文化」の崩壊を憂う。日本の中で築き上げられた理想にすがりついて、在日韓国人の由熙は文化的「憂国」ともいえる姿勢を貫こうとする。

しかし逆に、その由熙が韓国人の語り手によって「日本人」というアウトサイダーとして位置づけられたとき、同じ伝統形式へのこだわりには、「アジア」に向けられる日本独自の観念的な思い込みというもう一つの文脈が浮かび上がってくる。韓国人は文化の形式よりその倫理的内容を重んずる。その韓国人の目に映った由熙の「神経質」なまでの形式へのこだわりには、韓国の知識人が現代日本人の韓国観を非難する時にたびたび指摘する「文化主義」と通じるものを見ることができる。それは、十九世紀の西欧がエジプト等中近東の「近くて遠い国々」に寄せたオリエンタリズムと酷似しているかもしれない。西欧のオリエンタリズムには、たとえば十九世紀の中近東の現実にキリスト教文明の原点である旧約聖書的な古代のイメージをそのまま押しつけたように、常に回帰の願望が強い。アジアに向けられる二十世紀末の日本のオリエンタリズムには、回帰の願望に加えて、経済大国に至る過程の中で自らの「アジア」を空洞化してしまったのではないかという「神経質」な疑念が働きかけてもいる。

鍾路に溢れる「アジア」の雑踏に耐えかねながら、ひたすらハングルの横書きを悲しむ由熙と、由熙のそんな態度を不思議がる韓国人語り手とのズレの中に、日本と、アジアという「外部」との間にあるもう一つの「不均等」が浮き彫りになってくる。そして、被差別者でもあるひとりの在日韓国人二世の胸の中に、その「不均等」が生きているということまで追及したところに、『由熙』という小説のもうひとつの衝撃性がある。

『由熙』は、そのズレと、ズレから生まれた自覚の記録である。アジアに回帰する「血の権利」のある女性が、やがてはその回帰に挫折して、日本に「戻る」のである。韓国人の語り手が、由熙は立ち去って「この国にはもういない。どこにもいない……」と告げながら、その由煕が日本に着いたら真先に日本語のテレビを見るだろう、という皮肉な予言を下す。

在日韓国人が、韓国で得た「日本人」とも結論できず、かといってアメリカ流にいう「韓国系・日本人」という解決もできない、強いていえば「日本的非韓国人」とでもいうべき苦々しい自覚をもって、「在日」という「どこにもいない」ステータスに舞い戻る。『由煕』という小説はその時点で終るのだが、私はむしろそれからの話のほうが重要ではないかと思う。李由煕という人間が成田に着いてから日本語の中で生きつづけるというもう一つの、まだ書かれていない物語の中に、一九九〇年代の日本における最先端の「アイデンティティ」の問題が孕まれている、という気がするのだ。

『由煕』が日本で注目を集めたのとほぼ同じ頃に、英国に移民したインド人による一つの長編小説が世界のジャーナリズムを賑わせた。その『悪魔の詩』の著者、サルマン・ラシュディ氏は自分のことを Anglo-Indian Writer、つまり「英印作家」と呼んでいる。そしてこのことは、世界中にセンセーションを巻き起した宗教上のスキャンダル以上に重要なことではないかと私は思う。アメリカ流にいう「インド系英国人」と違って、「英印作家」は、その想像力が「故国」であるインドと「新国」であるイギリスの間を自由自在に飛翔して、バイリンガルに似た複眼的な観点で二つの固有文化を徹底的に描き直す。いかに二つの文化を同時に把握して、一つの物語の文体の中で表現するかは移民文学の課題である。二つの文化を肉体とコトバの次元で熟知した移民の体験の中から、二十世紀末の世界文学における究極の視座が生れてきていることを、ラシュディの出現が示している。

ところが、「移民がいない」とされてきた近代日本では、「日韓作家」（あるいは「日中作家」、あるいは「日米作家」）というカテゴリーすら存在しない。

日本にあるのは、「在日」というカテゴリーである。その「在日」というのは、まさに「不透明なもの」を感じさせる。「在日」は「滞日」と違って長期的な在住、もしくは永住を意味する。と同時に、「在日」ということばには暫定のニュアンスも強い。「暫定的な永住」という悲喜劇的な矛盾をかかえたまま、「在日」ということばが平成の今まで生きつづけてきたのである。

「在日」から伝わる特殊な響き、そのうらには歴史的な事情があるということは、今さら言及するまでもないだろう。今までの「在日」は、連行という歴史的な共同体験によって形成された。近代日本で誕生したはじめての民族的マイノリティは、「内部」からの同化を強いられて、自らの「外部」性を、自らの他民族性を主張しながらその同化に対抗するところに、苛酷な差別状況の中でかろうじて自尊心を保ち、「アイデンティティ」を確立しようとしてきたのである。しかも、たとえば同じ連行の歴史をもつアメリカの黒人と違って、「在日者」たちの「故国」がすぐとなりにあることも影響して、日本にはマイノリティがいるのに「マイノリティ意識」というものは今まで希薄だったのではないだろうか。

『由熙』の物語が、在日韓国・朝鮮人というマイノリティの中でどのように解釈され、評価されるかは、そのマイノリティの一員ではない者の察するところではないかもしれない。しかし、連行と違って、自分の意志で日本に渡来して、場合によっては自分の方から同化を求めながら同化を拒絶されて、それでも日本語の中で生きようとしている「在日者」たち、多くの国から来た新しい「在日者」たちにとって、『由熙』の物語はけっして無関係な話ではない。連行から半世紀が経ったところで、連行された者たちの後裔が日本語の表現者という運命を背負うことになった。そのことは逆に、人種と文化と言語を同一としてきた日本の近代神話の崩壊を暗示して、単一民族イデオロギーという拘束衣を脱ぎ捨てた日本語そのものの勝利を意味しているのではないだろうか。

連行という昭和の、近代の物語の意外な結末、その後には渡来という、天平ほど古くて平成ほど新しい物語が、渡来者たち自身によって語られようとしているのである。

セイレンの笑い声、三島の声

一

日本文学に一生を捧げるようになった者にとって、最初に読んだ日本文学の作品は格別な鮮かさで記憶に残るのである。ぼくの場合、それは三島由紀夫の『金閣寺』だった。はじめて日本に住んだ昭和四十二年の秋、私は十六歳だった。

アイバン・モリス訳の『The Temple of the Golden Pavilion』という本を、どこで買ったかは覚えていない。ただ、表紙に鳳凰の絵が画かれた本を手に、当時ぼくが住んでいた横浜のアメリカ領事館を出ると、山下公園通りからバスに乗って、三渓園へよく出掛けて行ったものである。日本での私の「家」だった領事館の周りは「日本の中の外国」だった。観光ホテルと外国の銀行が並んでいる山下公園通りも、明治時代から外国人の居住地だった山手も、本牧の米軍基地も、中華街も、どれも日本に在りながら「日本」ではなかった。そんな環境の中で、唯一、「日本的」な場所は、基地の向うにある三渓園だけだった。三渓園には大きな池もあって、京都から移してきた伝統的な建物もいくつかあった。今考えると「東洋かぶれ」とでもいうべき、特に明晰ではない酩酊に過ぎなかったが、当時の「外人ゲットー」の少年にとって、わざとそんな場所へ行って三島由紀夫を読むことは、この上もなく反抗的でラディカルな行為に思われたのである。
池の辺りのベンチに座って、英訳の『金閣寺』を、一気にではなく、散文詩集、あるいは短編小説集を読むように、二十ページか三十ページずつ、繰り返し繰り返し味わうという優雅な読み方だった。構成というよりむしろ質感が強みだった三島文学に関していえば、それは間違った読み方ではなかったと思う。

そうして『金閣寺』をゆっくりと読んでゆくうちに、三回目だったか四回目だったか、終戦直後の冬の金閣を描いたくだりにたどりついた。

The Golden Temple was incomparably beautiful as it stood there enveloped in snow. There was something refreshing about the bare skin of that draughty building, with its slender pillars rising close to each other, and with the snow blowing freely into its interior.

"Why doesn't the snow stutter ?" I wondered.

雪に包まれた金閣の美しさは、比べるものがなかつた。この吹き抜けの建築は、雪のなかに、雪が吹き入るのに委せたまま、細身の柱を林立させて、すがすがしい素肌で立つてゐた。

どうして雪は吃らぬのか？　と私は考へた。

不具者と美、不完全と完全、後年、『仮面の告白』を読むようになったとき、それは三島の初期作品に貫かれている最も重要なテーマであることが分ってきた。十六歳のぼくは、酩酊していた風景の中で自分が「不具者」であることに気がつかないまま、『金閣寺』の中でも「完全」としての美の質感を特に力強く出した雪景色の金閣の描写を読みつづけた。

それからページをめくると、とつぜんa dead-drunk American soldierが現われたのである。「泥酔してゐる米兵は玄関の柱に手をかけ、私を見下ろして蔑むやうに笑つた」。日本人の娼婦を連れてきた米兵の「澄んだ青い目は残酷に感じられた」。米兵に命じられて、溝口は娼婦の腹に足を落して、something as soft as spring mud、「春泥のやうな柔らかいものを」踏んで、流産させる。

「日本の中のアメリカ」からわざと「日本的」な庭園に来て、「東洋かぶれ」めいた気分に浸りながら、モリスの英訳という気持ちの良い膜の中で読んできたぼく、小さなオリエンタリストだったぼくが、このくだりを読んだとき、不意に顔を真正面から殴られたようなショックを覚えた。

そのショックは、第一に、英語でいうshock of recognition、認知の衝撃、そして青い目をもって青い目の「残酷」を眺め入るという、自認のおどろきでもあった。ぼくは、自分の生活環境となっていた「日本の中のアメリカ」のベールを、とつぜんはがされたときの惨たらしい姿に直面したのだった。金閣寺という、「東洋」の境内が、自分と同人種の占領者による暴行の場となったことはあらゆる「東洋かぶれ」を崩してしまうほどのショックだったのである。

女が、顔を突き出して罵つてゐた米兵のその頰を、思ひ切り平手打ちにした。そして身をひるがへして逃げ、ハイヒールを穿いて、参観路を入口のはうへ駈け出した。私も何やらわからずに、金閣を下りて池畔を駈けた。しかし女に追ひついたときには、すでに足の長い米兵が追ひついてゐて、女の真紅な外套の胸倉をつかんでゐた。

そのまま青年は私のはうをちらと見た。女の炎いろの胸もとをつかんでゐた手を、軽く離した。その離す手にこもつてゐた力は、しかし尋常なものではなかつたらしい。女は仏倒しに雪の上に仰向けに倒れた。炎いろの裾が裂けて、雪に白い素肌の腿がひろがつた。

「東洋かぶれ」が崩れた後、溝口に強くアイデンティファイしていたぼくの精神と、米兵と同一人種である私の肉体との間に、罅《ひび》が入った。その罅は、それからの「在日」二十年間、完全に埋まることはなかった（人種というものも、特に「単一民族」においては、けっして告白されることのない「仮面」になりうるということ、日本人自身による「東洋かぶれ」、自己オリエンタリズムもありうるということについては、そのとき考えもつかなかった）。

十六歳のぼくは、「文学史」のようなものを何も学んでいなかった。「アメリカひじき」も「アメリカン・スクール」も知らず、「人間の羊」も「戦いの今日」も知らなかった。そんなぼくに、「占領」を扱った日本の戦後文学の中で、三島のこの一場面がどれだけ特殊なものであったか、分かるはずはなかった。ただ、米兵が溝口に「踏め。おまへ、踏んでみろ」と英語でどなった後につづく文章には、かつて西洋文学で経験したことのないものを感じ取った。

何のことか私にはわからなかつた。しかし彼の青い目は高所から命じてゐた。彼のひろい肩幅のうしろには、雪をいただいた金閣がかがやき、洗はれたやうに青い冬空が潤んでゐた。彼の青い目は少しも残酷ではなかつた。それを、その瞬間、世にも抒情的だと感じたのは何故だろう。

exceedingly lyrical! これだけの倫理上の暴行を、これだけの美意識で綴ったものに、ぼくはかつて出会ったことはなかった。ドストエフスキーの小説を読んでいる最中に、いきなり（だが唐突に、ではなく）プルーストの一パラグラフに出くわしたようなおどろきだった。三島文学を日本語で系統的に読めるようになった後年、倫理上の暴行を一見生々しく描いたこの場面、ユルスナール女史にいわせると『金閣寺』の中で唯一「荒々しい場面」も、実は三島文学全体と通ずる美学に貫かれていることが分った。雪の上に倒れた娼婦の「炎いろの裾」にも、三島が好んで使った、雪の白に赤というパターンがうかがえる（たとえば『英霊の声』の中で、二・二六事件の将校たちが語る「若い鮮血がくれなゐに染めた雪」というヴィジョン）。しかも、『仮面の告白』にある、「一個の野蛮な魂」（傍点は原文）を宿した「粗野な顔かたち」の近江の描写と、近江のような存在があるかぎり「言葉の通じない熱帯の蛮地だけが、私の住みやすい国かもしれなかつた」という若き不具者の発言を読んだとき、金閣の境内を荒し、高所から溝口に蛮行を命じる毛唐兵士の目がなぜ「世にも抒情的だ」と感じられたか、分るような気がした。

そして『金閣寺』を読み終えたときに残ったある不安定な印象は、おそらく、倫理と、この美学との間に小説が常に浮遊していたことに起因していたのではないだろうか。日本の近代文学を読めば読むほど、明治以来のその不安定を『金閣寺』が至上の野心作の形で現わしている、と考えるようになった。

しかし、これらの結論はすべて大人になってからの分別によるものだ。十六歳のその日、雪模様の十一月下旬の日、英訳『金閣寺』をジャンパーのポケットにつめて三渓園を出ると、私は家まで歩いて帰ることにした。横浜の大通りを、基地を囲った有刺鉄条の柵のへりを通って、領事館に向って歩きながら、意味がよく把握できない二つの秘密を同時に打ち明けられた気がしていたのだった。

二

「雑誌から切りぬいたものらしい、腕立て伏せで力んでいる有名な作家だという小男の写真が貼ってあった。」

「剣道の竹刀を傾けた灰色の壁には黒い学生服が掛かり、臙脂色のW大学のペナントと、安藤が好んで読んでいた作家の、軍服姿の写真が飾ってあり、何となく英雄的な雰囲気をかもしていた。」

一九六七年の秋に横浜から東京の大学に通う十七歳のアメリカ少年を扱った『星条旗の聞こえない部屋』という拙作について、ある人から、「三島意識」のようなものを感じる、と指摘されたことがある。「自伝的」なこの小説は、しかし書かれている出来事の九割がフィクションである。ただし、右に引用した描写はフィクションではない。その少年の「案内人」となって、よそ者が通常入りこめない「日本」に彼を導いてゆく日本人学生、「安藤」が住んでいた下宿部屋の描写は、六〇年代の東京にあった地方出身の学生の部屋をそのまま再現しようとしたものである。

「安藤」の部屋に入ると目につくものの中に、かならず三島由紀夫の写真があった。白人少年の目には、写真の中の三島の顔に現われている緊張感が、「力んでいる」と感じるように、不自然なものとして映る。そして日本人の青年にとって、その不自然な緊張感にはむしろ心を引きつけるような魅力があるということを、彼はいつの間にか直感するようになる。三島はゼロから、否マイナスから、自分を創り上げたのだ。六〇年代の東京の雰囲気の中に漂い、その雰囲気に「何となく英雄的」なものを加えた存在として、三島由紀夫がいた。

あれから二十年経って、アメリカで『ミシマ』という映画を観た。小説の脚色はおおよそ失敗に終っている、と思った。にもかかわらず、小説と交互に映し出される三島の生涯を扱った部分に不思議と感動したのは、多くの場面が三島の実際の写真を映像化したからであった。六〇年代を東京で過ごした人間、特に十代から二十代を生きた人間なら、その記憶のどこかにかならず三島由紀夫の写真が焼きついているはずだ。

三島の写真に喚起された記憶から、さらに連想するものは、三島の存在が大きく、多様であっただけ、人それぞれに違うだろう。ぼくの場合、それは早稲田南町にあった古い下宿の四畳半部屋の隅に座って、「安藤」やその友達から三島の話を、ニッカを呑みショート・ピースを吹かしながら、次々と聞かされた情景である。三島をめぐる「知識」をそこで半分も理解できない日本語によって、はじめて身につけた。「事実」と「伝説」がいっしょになって、三島という人物と三島の文学がごちゃまぜになっていた。三島は自分が生まれたときの光景を覚えていた。三島は十五歳で日本浪曼派に発見された。三島は高校を卒業したとき天皇から銀時計をもらった。三島は大蔵省で働きながら小説を書いて、極端な疲れで山手線のホームから線路に落ちて死ぬところだった。三島は聖セバスチャンという男の絵を見てはじめてマスターベーションをした。三島は次のノーベル賞をもらうことが決まっている。三島は四十歳になって自衛隊に入り、猛訓練に耐えた……。

ぼくがはじめて「ぶんぶりょうどう」という、不思議と物々しい日本語を耳にしたのも、「安藤」の部屋で明かしたそんな夜だった。

三島の話になると、徹夜しても飽きることがなかった「安藤」は、しかし文学青年からはほど遠い存在だった。三島の小説を何冊か読んだこともあったが、それも三島伝説の材料として読んでいたようで、一度も文学として語ったことはなかった。私が溝口にアイデンティファイしていたようには、「安藤」は三島文学のいかなる主人公にもアイデンティファイしているとは思えなかった。しかし私は、はじめての日本文学を読み終えたばかりで、それについて抱いていた複雑な気持ちを伝えるべき日本語を持っていなかった。

「安藤」は、かといって、右翼的な思想について発言したこともなかった。早稲田通りを行進している中核派のデモから上るリズミカルな叫び声が、路地の奥に入った「安藤」の部屋に届いたとき、「安藤」は、あいつらは自己欺瞞だ、といわぬばかりの懐疑的な表情にはなったが、「安藤」は共産主義についても、憲法第九条についても、天皇についても、一言も口にしたことはなかった。

そんな「安藤」が楯の会に入ろうと考えはじめた理由について、ぼくは今でも理解に苦しむところがある。確かに、「安藤」が付き合っていた演劇科の女が浪曼劇場に入ってから三島に関する噂話が一層ひんぱんになった。しかしそれだけが原因になったとは思えない。「安藤」はただ、「とにかく、三島に近づきたい」、それしか言わなかったのである。

今考えると、「安藤」のような六〇年代の青年にとって「三島由紀夫とは何だったのか」を問うことは、文学とイデオロギーという、二つの固有なスケールだけでは計りきれない、文学をもイデオロギーをも越えた三島の超人的な魅力――カリスマといってもいいし、ミステリーといってもいい――を探究することになるかも知れない。私は、その魅力は結局、一種のユーモアではなかったか、と思う。

それは小説におけるユーモアとは違う。三島の小説には、たとえば大江健三郎の『個人的な体験』にあるような「ファニー」の要素はないし、もっと最近の例でいうとたとえば青野聰の『愚者の夜』のようにまじめに笑わせることもない。作品の形で現われた三島のユーモアは、むしろ『わが友ヒットラー』のような戯曲と、「安藤」のような青年が読んでいた『不道徳教育講座』、『葉隠入門』、そして意外と『行動学入門』にもあるのではないかと思う。マスコミの中で天才的なピエロの扱いをされればされるほど、マスコミをさらに刺激する三島の六〇年代の言動の中にその「ユーモア」があった。

反時代的で、大衆文化を蔑《さげす》み、しかし英国紳士(と英国紳士を真似た日本の文化人)のウィットとは違っていた。六〇年代の青年たちをセイレンのように魅惑したのは、むしろ古代ローマの風刺作家と通ずる意識的で悪魔的《デモニッシュ》な笑い声ではなかったか。皇帝ネロから死刑に処せられたとき、自分の血でネロの倒錯の一覧表を書いたと伝えられている『サテュリコン』の作者と共有するような、肉を斬らして骨を斬るユーモア、ブラック・ユーモアより暗黒なもの、その原形は、東京の空襲を「ぜいたくな死と破滅の大宴会」として受容しながらイエーツの戯曲を平安朝の古文に翻訳していた、十五歳のネロのような「詩を書く少年」の姿勢に求められるのではないか。「安藤」に連れられて新宿の小さな地下映画館で『憂国』を観たとき、観衆の中にショックを神経質な笑いに置き換えようとしていた人がいたことが、今でも忘れられない。

「安藤」が実際に楯の会に入ろうとしたのは、もう遅かった。一九七〇年の秋、浪曼劇場に入った女といっしょに、ある芝居のオープニングに出た夜だった。劇場のロビーに屯していた何人かの若いファンと偉い先生たちに交じって、「安藤」とその女が佇んでいたところ、「場内がとつぜん明るくなったように」入口に三島由紀夫が現われた。「安藤」があわてて大学ノートの一ページをちぎって、三島由紀夫にサインをしてもらった。

「三島さん」、と「安藤」が、東京のではないイントネーションで声を高めながら、ひたすらに、

「僕は楯の会に入りたいのですが」と言った。

三島由紀夫は広いひたいの下の目を細めて、まっすぐな視線を注ぐ「安藤」の顔を見つめながら、

「君は楯の会を復活するつもりなのか」と言った。

「安藤」はおどろいた。

「復活？　……楯の会はなくなったんですか」と訊いた。

三島由紀夫は返辞をしなかった。「安藤」に背を向けて、離れたところに立っていた偉い先生の一人と挨拶を交わしに歩いて行った。遠慮して遠くから眺めている「安藤」や他のファンたちに分らないジョークを言って、それから三島由紀夫は大きな声で笑った。

猿股の西洋人

日本の小説を読みはじめてから二十年、その間には、どう読んでも解釈が明瞭にならないからか、いくつかの描写とイメージに取りつかれた。

一九六八年に、ぼくは早稲田大学での一年間の留学を終えて、アメリカに戻り、プリンストン大学の一年生として日本文学の正式な勉強をはじめた。プリンストンの日本研究といえば、その先達は『坂本龍馬と明治維新』をはじめ、日本近代史についてのいくつかの名著で知られているマリアス・ジャンセン教授である。激動の舞台となっていた一九六八年の東京を離れ、プリンストンに入学したときすぐ感じ取ったのは、ジャンセン教授の影響も大きくて、とにかく明治が非常に重要視されている、ということだった。東洋学科の先生たちや他の学生たちの会話の中に明治が常に問題にされて、プリンストンの空気の中に明治の香りが漂っているのだった。六〇年代がクライマックスに向かっていた頃、十七歳のぼくの耳に入ってきた名前は、小田実と、高橋和巳と、羽仁五郎ではなくて、北村透谷と、森鷗外と、夏目漱石だった。しかも、「現実」の、昭和の東京から一万マイル離れたプリンストン、反戦運動や男女共学等の「近代化」の波に襲われる寸前の学問の小王国にいて、明治の作家たちを日常的に、否、雰囲気としてはほとんど「同時代」的に読んでいたのだった。

昭和よりも明治が現実感を持った雰囲気の中で、日本語の授業に漱石の『こゝろ』が出たのも、あまりにも当然なことだったのだろう。日本語を学ぶと金持ちになれると思われている現在と違って、六八年の秋学期に上級の日本語を取っている生徒は四、五人しかいなかった。しかも、中には大学に入る前に日本に滞在したことのある者や日本で生まれた混血の生徒もいた。

日本研究ブーム以前の時代、学園のはずれに建つ古い木造の家に「東洋学科」があった。狭い屋根裏部屋の教室の中で、近代日本語の古典を、漢字の音読と訓読に注意をしながら、一行ずつ、たどって行く。そしていつの間にか、当り前の成り行きとして、『こゝろ』の最初の場面にたどりつく。鎌倉海岸で「私」がはじめて「先生」を見る場面だった。

私がすぐ先生を見つけ出したのは、先生が一人の西洋人をつれていたからである。

その西洋人のすぐれて白い皮膚の色が、掛茶屋へはいるやいなや、すぐ私の注意をひいた。純粋の日本の浴衣を着ていた彼は、それを床几の上にすぽりとほうり出したまま、腕組みをして海の方を向いて立っていた。彼は我々のはく猿股一つのほか何物も肌に着けていなかった。私にはそれが第一不思議だった。

この描写を読んで、英語に直訳した後に、ある十九歳の白人青年はとつぜん、同級生たちの顔をうかがいながら、

「こういう人を、日本語で何というか、知っていますか」と問いかけて、そくざに、「変な外人と言います」と得意満面で自問自答した。

狭い教室の中は一瞬、気まずい沈黙に蔽われてしまった。「現実」の、昭和の日本で子供時代や高校時代を過ごした白人の青年たちと、混血の青年が、日本人が困ったときによく浮べるような微笑を浮べた。

漱石の文章を、次の生徒が読みつづけた。

私はその二日まえに由井が浜まで行って、砂の上にしゃがみながら、長いあいだ西洋人の海へ入る様子をながめていた。私の尻をおろした所は少し小高い丘の上で、そのすぐわきがホテルの裏口になっていたので、私のじっとしているあいだに、だいぶ多くの男が塩を浴びに出てきたが、いずれも胴と腕と股は出していなかった。女はことさら肉を隠しがちであった。たいていは頭にゴム製の頭巾をかぶって、海老茶や紺や

藍の色を波間に浮かしていた。そういうありさまを目撃したばかりの私の目には、猿股一つですましてみんなの前に立っているこの西洋人がいかにも珍らしく見えた。

この個所を読んだ生徒が、終えたとたんに、神経質ではずかしそうな笑いを洩らしてしまった。また沈黙が続いた。日本人教師から、「海老茶や紺や藍の色」をどう英訳するかという質問があって、ようやく教室の中の緊張がゆるんだのだった。

それからの二十年間、猿股の西洋人がたびたびぼくの頭に浮んだ。『こゝろ』という大作の冒頭に、しかも「私」と「先生」という二人の主人公が最初に出合う仲介的な存在として、日本文学におけるはじめての「変な外人」が登場するのである。子供時代や思春期を日本で過ごした外人の青年たちに、このイメージが気まずい沈黙やはずかしそうな笑いをそそったのは、ほとんど無意識に内在化したタブーを、猿股の西洋人が冒したからではなかったか。よそ者として昭和の日本に生きたことがある人間なら、誰しも内在化せざるをえなかったタブー。日本人と人種を異にした者は、日本人のような振舞いをするな、日本語を日本人のように話そうとするな、日本的な感性を身につけようとするな。日本人は名誉白人にはなりうるが、だれも名誉日本人になることは許されない。中国の歴史には蛮族の同化が歓迎されたが、近代の島国は蛮人の「文明化」を歓迎しない。逆にタブーをきちんと守り、人種＝文化という鉄則を心に刻みさえすれば、特権階級の一員としての生活が保証される。それが昭和の日本に生きる外人にたたきこまれた常識ではなかっただろうか。その常識を下手に破った猿股の西洋人の姿は、常識の中に生きた外人の青年たちにとって、特権のうらに常に潜む疎外への顚覆《てんぷく》を暗示した危険なイメージではなかっただろうか。

しかし、猿股の西洋人に対する漱石自身の裁きは、それほど厳しくない。「不思議」で「珍らしく」、そして「私」が「先生」にその西洋人のことを聞くと、「風変り」という形容詞が出てくる。漱石自身にとって「風変り」はけっして蔑称ではなかったはずだし、猿股の西洋人をめぐる「私」や「先生」の態度も、意外と共鳴的ではないか。「先生」は、「日本人にさえあまり交際をもたないのに、そういう外国人と近づきになったのは不思議だ」、という。昭和の日本人が抱く「変な外人」の心象と違って、特に生理的な異和感を呼びおこすのでもなく、怪しいと形容されることもなく、ただ「不思議」な存在なのである。

『こゝろ』の中で、「先生」が「友人」といっしょに描写されているのは、Kと「私」の他には、この西洋人しかいない。しかもその「風変り」の人柄も、単なるエキゾチシズムではなく、むしろ「先生」と友人でありうる資格を実証しているのではないか。脱亜にひたすらな島国の渚に立つ脱西洋の西洋人、西洋のソサイエティに裸な背を向けて、しかし日本の共同体の中で一人で立つ西洋人が、明治末期の「現代」に対する「先生」の疎外感と、好一対になっているのではないか（この西洋人の姿以上に不思議なのは、猿股ひとつのかれを西洋的「教養」のシンボルとして解釈する学者がいるということである）。『こゝろ』以前にも、外国人を登場させた日本の小説はあった。しかし、それは外国にいる外国人、もしくは「日本の中の外国」に生きて、ちゃんと外国人らしく振舞う外国人であった。『こゝろ』の外国人の姿勢には、コッケイな形としての「在日」性が仄《ほのめ》かされている。歴史的に強いられた状況としての「在日」ではなく、自ら選んだ運命としての「在日」。あるいは、漱石が明かしてくれない理由によって西洋のソサイエティにいたたまれなくなったという「強制」もあったかも知れない。モデルとしては小泉八雲も、「風変り」のケーベル先生も考えられているが、この西洋人の西洋における疎外の内容は語られていない。

ただ、ボディを隠して官能を極力に押えたヴィクトリア王朝時代の西洋を脱した後に、この蛮人の「文明化」が猿股に象徴されていることは皮肉である。単なるオリエンタリズムではなく、トリックスターのように文明と非文明を逆転させてしまう、それぐらいのアイロニーが漱石の作品に籠められていたとしても何の不思議もない。だから、五百字もない描写の中にも七十五年前の異人が、最近の小説に見られる白や黒の漫画的な外人より生きているのである。だから、ソサイエティを脱したが共同体に受け入れられないかれの孤独は、『こゝろ』の主題を予示する小さな前奏曲として聞こえることもある。

明治四十四年の『こゝろ』の西洋人と、昭和の「変な外人」が重なったからか、長い間ぼくもそのことに気がつかなかった。「変な外人」という烙印が恐くなくなったとき、はじめてその前奏曲が聞こえたのである。

もう一つの国

ジェームズ・ボールドウィンが亡くなったというニュースを聞いて、おそらくボールドウィンの多くの愛読者と同じように『もう一つの国』をはじめて読んでいた頃を思い出した。マンハッタンとパリという、ボールドウィンが生まれ育った都会と成人して長年暮した都会から成る二都物語を、私はもう一つの都会、東京ではじめて読んだのである。日本文学に夢中だった学生時代、アメリカの小説しか読まないような日本人の友人に勧められて、はじめてボールドウィンの世界を知るようになった。「脱西洋」に必死で、アメリカ文学などに冷たかった私は、『もう一つの国』がきっかけで、東京にいながら珍しくアメリカの作家にのめりこむ時期があった。

ルーファスは、ちょっと目を開いて彼女の顔を見やった。その顔は苦悶《くもん》にゆがみながら、暗闇《くらやみ》のなかで雪花石膏《せっかせっこう》のように光っていた。目尻《めじり》には涙がたまっていて、髪のはえぎわのところがしっとりと濡《ぬ》れている。息を吐くたびに、うめきや短い叫び声がほとばしり、わけのわからぬ言葉がもれた。（中略）彼は、声をのんで、乳のように白いその白人の女に呪詛を浴びせ、うめき声をあげながら、女の股間に鋭い剣の一撃を加えた。彼女は泣きだした。言ッタダロウ――うめくように彼は言った――泣クヨウナ目ニ会ワシテヤルッテサ。とたんに彼は、自分が絞《し》めあげられて、いまにも胸がはじけるか、このまま死んでしまうかしそうな苦痛に襲われた。うめきと呪詛の言葉に身を裂かれながら、彼は、ありったけの力で彼女を打った。そして、同時に、白・黒混血の嬰児《あかご》を百人も作れるほどの毒液のほとばしり出るのを意識した。

（野崎孝訳）

どんな和訳でも完全には伝わらない優雅な文体、旧約聖書の英語によく譬えられている文体の中で、ハーレムで生まれ育ったボールドウィンが、黒人青年の激怒を表わしながらも、その対象となる南部出身の下層白人女《プア・ホワイト》の悲惨さまで像に結んだ。そして同じ一パラグラフの中で、同性愛者だったボールドウィンが、アメリカ戦後文学のどの作家よりも鮮烈に、異性愛の荘厳で暴力的な美しさを描き得たのである。

ボールドウィンの力は何よりも、逆転の力だった。少数の状況を多数に向かって訴えるのではなく、少数の視野から多数の姿を見すえて、描きつくして、そして鏡を顚覆させるような手法によって「もう一つのアメリカ」を現わすことだった。ボールドウィンが遺した数冊の小説と一連の名エッセイは「マイノリティ文学」として片づけることはできない。「マイノリティ文学」がおちいりがちな自己エキゾチシズムは一かけらも見つからない。ボールドウィンの文学は「マジョリティ」に逃げ道を与えないのである。

五〇年代のマンハッタンの香りとノイズの中で展開されるルーファスの物語を、七〇年代初頭の東京で読んだということは、不思議な経験だった。ちょうどその頃に李恢成の『砧をうつ女』が芥川賞を受賞して話題になっていたこともあって、日本文学にもボールドウィンのように「マイノリティ」の視野から「もう一つの日本」が生まれはしないかという期待を抱いた。

ところが「在日」文学を少しでも読めば、同じ「マイノリティ」といっても、その性質がボールドウィンの作品とはかなり違っていることがすぐ分る。ボールドウィンの右のような描写——加害者の末裔と被害者の末裔の絡みの中にエロスと歴史を鮮烈に結晶させた描写——は「在日」作家のどんなすぐれた小説にも見当らない。在日韓国・朝鮮人の、被害者としての状況が力強く訴えられているものの、日本人の「加害者としての悲惨さ」が、ボールドウィンの不幸な白人たちのようには浮ばない。「マジョリティ」が「マイノリティ」を意識せざるを得なくなったということは「在日」文学の大きな成果であるといえる。しかし、それはけっして、「マジョリティ」の自我像そのものを揺がすほどの衝撃を与えたとは思えない。日本文学においては「もう一つの国」がまだその姿を現わすに至っていない。

それがなぜ今までの「在日」文学から生まれなかったかの理由を語ろうとすることは、そのまま、東アジアの近代史を語ることになってしまうだろう。ただ、一つだけ、作品の中にも明示されているのは、一世と二世の「在日」作家たちにとって、「在日」以前の家郷が、一人もしくは一家の歴史的記憶の中に残っている、ということである。二十世紀そのものの異常な速さを反映して、一人の生涯に相当する時間の中で激動のすべてが起こったのである。その史実からは、日本の「マイノリティ」とアメリカの黒人のそれぞれの意識の間に大きな差異が生じているのではないか。李恢成の、特に初期の作品における「失われた家郷」の記憶には、不思議なほど、鮮やかなリアリズムと柔かなパストラルが緊張の中にも調和を保っている。しかし、マンハッタンの黒人青年ルーファスにとって、「失われた家郷」との時間的・空間的距離は神話のように茫々たるものである。ルーファスが妹のアイダにインドの肩掛けをやって、それをかけさせたとき、はじめて「黒人に美を見た」という。そして、

彼女の姿は肩掛けの色どりや太陽の光彩と結びつき、彼ら兄妹が生み落されたこの島（マンハッタンのこと）の岩よりもはるかに古い、遠い遠い数えきれぬほどの昔に存在した栄光を思い描かせたのだ。

その「遠い遠い昔」に、妹は「奴隷の末裔《まつえい》など」ではなく、「一個の君主だったことがはっきりと見てとれる」という。

ボールドウィンが遺した予言として、「その栄光が、いつの日にか、またこの世界に、彼らの知っているこの世界に、出現しないものでもあるまい」ということばがある。『ルーツ』の著者が「ヘイリー」という白人に与えられた名字以前に「クンタ・キンテ」というアフリカの名前があったという、「創氏改名」のなぞを解いた喜びにも、甦る栄光の一閃がうかがえるのではないか。

もう一つの島に生み落されて、「失われた家郷」を知らずに育った新しい世代の「在日」作家たちからは、それとも、別の大陸からいまこの島にやってきた渡来人たちからは、「もう一つの国」としての日本の輪郭がやがて見えてくるのだろうか。

なぜ日本語で書くのか

「群像」にはじめて小説を発表してから、さまざまな反応を受けた。褒める人もいれば批判する人もいた。批判の中には納得しづらいものもあれば鋭い指摘をしてくれると感じたものもあった。新人ならほとんど誰でも経験することだろう。

ただ、ぼくの場合は一つだけ、おそらく他の新人が訊かれなくて済むような質問に直面しなければならなかった。なぜ「母国語」である英語じゃなくて、わざわざ「外国語」である日本語で小説を書いたのか、という質問だった。

実に返事に困る質問なのだ。しかし、返事に困るからといって、たとえば一昔前のニューヨークで日本人ピアニストがコンサートを開いたときに「なぜコトじゃなくてわざわざピアノを弾くのか」と聞かれたような意地の悪い質問だとは決して思っていない。

「なぜ日本語で書くのか」という問いに対して、日本語は美しい、フランス語なんかは問題にならない、日本語で書きたくなるのは当然じゃないか、と即座に答えたくなった。人種も国籍も関係ない、だってポーランド人として生まれたコンラッドもかれにとっては

「外国語」であった英語で書いたじゃないか、とも言いたくなった。

しかし、「なぜ日本語で書くのか」という質問の中には、たとえば次のような疑問も含まれているのではないだろうか。コンラッドのように、マイナーな言語であったポーランド語を母国語とする者なら、大英帝国時代の英語で書きたくなるのも分るが、逆に、コンラッドの時代より一層世界共通語になってきた英語を母国語とする者が、わざわざ日本以外のどこにも通用しない日本語で書きたいという動機はとても理解しにくい。日本語で書く必然性はいったいどこにあるのか。

そう問われると、ぼくはますます返事に戸惑う。なぜなら、ぼくが日本語で書く「必然性」には個人的で、経験的で、主観的な要素が大きいから。はじめて日本に住んだ十六歳からこの二十年間、普通のアメリカ人がカリフォルニアやミネソタにおいて英語で経験する人生の出来事を――物語の最小単位を――ぼくは桜木町、西早稲田、本郷、高円寺、新宿、東上野という場所において日本語で経験した。ぼくはたとえば在日韓国人のように、民族的な被圧迫という超個人的な「必然性」を背負っているわけではないが、それでもぼくにも「在日」の歴史がある。そして十六歳の肥沃な内面に根を張り、二十年間に亘って成長と変異を経ながらはびこった日本語の歴史もある。

実に多くの知識が日本語のままでぼくの頭に入り、数々の心象が日本語のままでぼくの頭の中で生まれた。日本語で表現できて英語に訳せない動詞と名詞、暗示と連想と詠歎。

日本語という膜に濾過されて「世界」が入ってくることもあった。最初はカタカナで聞いた「レビ・ストロース」という人名も、「レビス・トロース」なのか「レビスト・ロース」なのか、それとも「レビストロース」なのか、未分化のままだった。アメリカへもどり、横文字で見ると、それが「レビ・ストロース」であり、しかもその「レビ」が自分と同じ姓であることをはじめて知った。

区役所へ行って指紋押捺を受けたときも、脳裏に浮んだのは「miserable」という英語ではなくて、在日二世と同じように、「みじめだ」というヤマトコトバだった。西洋文化からドロップ・アウトして、絶えず日本の内と外の見えない境界線にさすらって生きる人間のよろこびとみじめさを物語につづるのは、日本語で小説を書く十分な理由にならないだろうか。

小説に限らず日本語で書くもう一つの理由がある。ごく単純にいえば、書けないと思われるから書く、ということだ。ぼくの中にもそのようなはずみが確かにある。日本語で書くという行為が、国籍=人種=言語=文化という常識、左翼、右翼、モダン、ポスト・モダンを問わず、依然として日本の知識人を宰領している常識に対する小さな反抗になればいい、という気持ちも抱いている。

その常識にはじめてぶつかったのは、日本文学を日本語で読みだした十八か十九の頃だった。新宿風月堂に出入りしていた昭和四十四年か四十五年のある日、となりの席にいた日本人がぼくが持っていた『金閣寺』を指して、「これ、日本語で読んでいるの」と尋ねてきた。「はい」と答えたぼくの顔を、モーツァルトに夢中で、モーム、グレアム・グリーン、アイリス・マードックなどの名前ばかりを言い散らす日本人が訝しそうに眺めながら、「でも、それは、あなたのことばじゃないし、あなたの文学じゃないでしょう」と言ったのだった。後で知ったことだが、「コンプレックス」という心理学用語には「固定観念」の意味もあるらしい。

ぼくは『金閣寺』を最後まで読んだ。日本語の所有権をあらわな形で問題にする日本人も少くなった。何年間かの修練を重ねているうちに、日本語で読むのも書くのも当り前になった。

当り前にはなったが、決して「自然」にはなっていない。最近、シカゴ大学のノーマ・フィールドさんから、「日本語で書くことはもう自然になったでしょう」と言われたことがある。ぼくは、日本語が自分の気質に非常に合っているという意味では最初から自然だった、ただし、「自然」だけでは文体が生まれない、と答えた。文章を書くときには常にフリクションがある。日本人として生まれた者でも、本当の作家なら、常に「母国語」が「外国語」であるかのような緊張の中で書いているに違いない。

コンラッドも、英語の作品を生み出すとき、自分の書いている文章と言葉づかいについて百パーセントの確信を持ちかねて、一語一語を勝ち取るのは終りなき葛藤だった、というような言葉を残している。ぼくの処女作の日本語を十回も二十回も書き直していた夜、ひょっとしたらコンラッドが葛藤そのものを面白がっていたのではないか、という空想にふけることもあった。

もう一つの「在日」

　この間訪れたソウル鍾路《チョンノ》の飲屋で、ある韓国人から「あなたは何者」と聞かれて、久しぶりに韓国語を話しているという酩酊の中で、思わず「在日美國僑胞《チェイルミグクキョポ》」と答えてしまった。

「大変だね」といわぬばかりに、相手の顔には思いやりもうかがえる妙な表情が浮んだ。ぼくも、韓国にいて自分のことを「在日《チェイル》」とアイデンティファイすることの不思議さを感じて、何となくはずかしい気持ちになった。東アジアの言語における「アイデンティティ」の既成表示によって、白い肌にユダヤ姓で日本名の自分を表わそうとすることの不条理を、あらためて覚えさせられたような気がした。そして、表示の壁の外に立ちながら、「在日」という表示だけとは長い付き合いがあったことを思い出したのである。

　はじめて「在日」ということばを耳にしたのは、十代の終りか二十代の始まりだっただろうか。その「在日」はもちろん、「チェイル」ではなくて「ざいにち」という発音によって、ぼくの耳に届いた。歴史に無頓着な七〇年代の青年には実に多くのことばが、「歴史」からまったく遊離したものとして、はじめてその耳に届いたのだった。「在日」ということばも、主として、強制連行と、被差別の歴史を背負っている一つの民族を表示していることは、うすうすと知っていた。にもかかわらず、その「在日」が「チェイル」でもあることを知らず、「ざいにち」を、一つの独立したステータス、日本での一つの生き方を暗示しているものとして、ぼくが「誤解」してしまった。「誰も日本人になることはできない」という常識の中で、頑張ればなれるかも知れないというステータスとして、「在日」は、自分の意志で日本へやってきて日本語の中で生活しはじめていた一人の青年の耳には、それほど悪い響きはなかった。ぼくが体験しはじめていた「日本にいること」を、すこしでも表わしてくれる唯一の表示として、「在日」を有難く思ったのである。ありもしない優越と劣等を叫んでいるように耳を打つ他の表示より、「在日」は何となくニュートラルに聞えた。ニュートラルに聞えるからか、限界を必死に指定しようとしている他のことばと違って、「在日」は可能性を感じさせた。「在日」という一つの民族の一つの歴史的体験という限定的な表示を、文字通りの広がりをもつ、含蓄的意味として「誤解」したに違いない。

　あれから二十年近く、「在日」ということばとさまざまな文脈の中で出合った。出合いのたびごとにはじめて耳にしたときの「誤解」がすこしずつ正されてきた。しかし「誤解」がほぼ完璧に解けてしまった時点で、「在日」は逆に歴史に基づいた一種の不条理、あるいは解釈への執拗な抵抗を示しはじめた。
「在日」はとにかく、不透明なものとして映ってきた。その不透明さの原因はいったい何だろうか。色々考えているうちに、それはおそらく、「在日」が暗示している時間の矛盾に因るのではないか、という結論に至った。「滞日」など、一時的な滞在と違って、「在日」は定住、あるいは永住を意味している。一見、英語でいうresidency、あるいはpermanent residencyに相当する。いわゆる「永続的居住」。

しかし「在日」ということばは永続性を意味しながらも、同時にその永続性を腐食して、常に不安定なものに変えてしまおうとするような暫定性を孕んでいる。永続的暫定とも暫定的永続とも取れる、「在日」のストレンジ・タイムは、もちろん、歴史の産物であることは、いうまでもない。しかし、その歴史を背負っていないよそ者でも、日本の生活の中でよそ者としての制限を強いられていればいるほど、ダリの時計とも似たような時間の歪みを味わっているに違いない。

ぼくはその歴史を背負っていない。別の歴史を背負っている。ぼくは連行された者でも、連行された者の子孫でもない。自分の意志で渡来して、今、日本にいる。「在日」を「チェイル」と発音するとき、何となくはずかしい思いがする。しかし、ぼくも「在日」独自の時間の歪みの中で生きている。

最近はよく、「ざいにち」というひらがなをはじめて聞いたときの「誤解」を思い出す。日本を選んだ者として、「在日」をより透明で、より肯定的なことばとして起用したい。「在日」という表示を、含蓄に変えたい。「在日」というニュートラルな器を、豊かな含蓄的意味で満たしたい。そのためには、まず、「在日××人」という言い方はやめなければならない。出身国などは問題ではない。日本にいる、その体験の質が問題なのである。ぼくは日本にいるだけで、日本語の中で生きているだけで、十分なアイデンティティがある。

これからの「在日者」と、今までの「外人」を分ける必要もあるだろう。人種や国籍に基づいた判断はもはや不可能である。また、日本で生まれたとか、日本に長く住んだだけでは、「在日」の資格にはならない。日本に生まれながら、一生「外人ゲットー」から一歩も出ない人は、「在日者」ではない。

新しい「在日者」たちに対して、日本人にはある厳密で正確な「批評」が要求されているのである。その「批評」は詩学（在日者がつづる日本語の文を解読すること）とナラトロジー（在日者が日本で創り上げる行動〈物語〉のパターンを解読すること）から成る。「批評家」も、当然、「在日者」側からその「批評」する資格を問われる場合もある。まさに「日本にいる」という資格に関して、問われることはありうるのだ。

日本人として生まれなかったぼくは、今、日本にいる。もしそのことに異議があるなら、人種や国籍の特権を言わずに、ぼく以上に日本にいることを証明してほしい。それよりも、日本にいることの物語をもう一度考えてみようじゃないか。

アメリカ、日本文学、中上健次

最近のアメリカの大学では日本文学のちょっとしたブームが起こっている。私が一九八六年の春まで教えていたプリンストンでは、近代日本文学を取っている学生が、元来の三人、五人、多いときはせいぜい十人から、とつぜん二十五人になった。また今年の秋から教鞭を執ることになったスタンフォードでは、先任の上田真教授の話によると、教授の近代日本文学講座に出ている学生数は今年で七十人にのぼったという。そしてこれらの学生のほとんどは日本研究を専門にしている者ではない。英文学科、哲学科の生徒もいれば、物理学科、工学科の「硬派」もいる。日本と何の関わりもなく生きてきたノース・カロライナーの青年が、夏休みのひまつぶしにたとえば三島由紀夫の『金閣寺』の英訳をペーパーバックで読んでみて、日本文学に興味をもった、そういう時代になってきている。一昔前では考えられなかった現象だ。

十五年前、プリンストンの二年生の頃、漱石の『こゝろ』の文庫本を持って学園の中を歩いていた私は、ある日テニス・コートの前で知らない同級生に呼び止められて「君はペルシア語か何かをやっているやつだろう」といわれたことがある。ところが最近はアメリカの同僚や学生に自分が日本文学を教えているというと、「ああ、三島とか安部ですね」という反応が多くなった。そして私がペルシア語の生徒とまちがえられた時代に大変な人気を博していたハイデッガーの哲学やレヴィ・ストロースの人類学と同じように、いつの間にか「日本文学ですか。格好いいですね」という声も聞こえるようになった。

さて新学期になって、かつては「深遠」で今は「格好いい」とされている授業の、教壇に立ってみると、今まで使っていた小さな教室は好奇心にみちた顔の学生たちでぎっしりだ。これから十二週間、明治から現代まで、英訳で主な作品を読んで、この百余年間の日本文学の大きな流れをたどってみるのだ。ただ、講義を始める前に学生諸君に断っておきたい。授業一つ教えられるぐらいの英訳は揃っているものの、まだ訳されていない日本語の作品が山ほどあると。ドナルド・キーン氏の記念碑的な近代文学史が今年出版されたものの、個別的な作家・作品論がまだ僅かだと。そして「諸君は日本の明治時代を想像して下さい。諸君は、シェークスピアの初めての和訳が出たばかりで、日本語のシェークスピア論が一冊出ているか出ていないかの、明治二十年代に英文学を学ぼうとした日本の学徒と立場がよく似ている」と。まあ、開拓者のつもりでやりましょう、と励ました上で講義を開始する。

明治の政治小説や『新体詩抄』から始まって、鷗外や漱石を経て、西洋における近代日本文学の中心を成してきた芥川、荷風、川端、谷崎の代表的な作品をたどってゆくと、大体七週間になる。残りの五週間は戦後で、太宰、三島、大江、安部の小説を読む。文学作品として読むに足りる英訳を使った正当なコースだ。

ところで、この授業を教えているうちに面白いことに気づく。明治から谷崎、川端までの作品と、戦後の作品に対する学生たちの反応はずいぶん違う。最初の七週間に出た作品を丁寧に読んで、それらの作品を通して日本を理解しようとしているが、どうも「小説」としてよりも「文化」のなぞを解くための道具として読んでいるようだ。戦後になるとまず熱心の度合が違ってくる。谷崎まではやたらに出た「the Japanese identity」という表現が途絶えて、突然「I identify with...」ということばが聞こえてくる。戦後の小説の中に描かれている日本人の「パソナリティ」の前で「文化」は退却するのだ。『仮面の告白』、『個人的な体験』、『砂の女』をノース・カロライナーの青年は何の抵抗もなく文学として読んでいるわけだ。『個人的な体験』と『砂の女』は英訳の出きばえもよくて、大江氏と安部氏の小説を講じている最後の二週間、学生たちは大変な熱意を示してくれるのだ。

しかし、せっかく盛りあがったところ、「大江と安部の後は」という質問が出ると、私はこまる。七〇年代、八〇年代に出てきた新しい作家、特に若い作家はどうかとなると、私はとまどう。最も新しい作家の英訳が足りないことは事実だ。しかしその前に、二、三人の例外をのぞけば、英訳の労力に値する若い作家がこの十年間現われていないことも事実だ。どうしても最近の若い作家のものを読んでみたいという学生に、英語に訳された七〇年代のある流行作家の小説を読ませると、「これじゃ絵のない漫画だ」(a comic book without the pictures) という。

この十年間における文学の不毛は何も日本だけの現象ではなく、アメリカも決して小説の黄金時代ではなかった。今の世界文学の中枢はむしろ南米と東欧に移動しつつある。ただ、一九五〇、六〇年代の日本文学のあのバイタリティを思うと、私は失望の気持ちを禁じえない。キーン氏やサイデンスティッカー氏の世代の長年の努力によって、世界は日本の文学を十分受け入れる状態になってきている。かつてなかった日本文学ブームの最中に、世界に紹介できるぐらいの新しい作家は、いったいどこにいるだろうか。

この失望の気分がすこし晴れたのは、中上健次の作品を系統的に読むようになってからだ。日本文学の最後の講義で、七〇年代の空白をネガに映したように真黒のままだった黒板に、チョークで書ける文字をいくつか見つけた。英訳されていない作品の題を書いてもノース・カロライナーの青年には意味がないと今まで思っていたが、今回だけは英訳の出版を待たずに、いまだに存在しない英語の本の題を書く。それは『THE CAPE』、『岬』、『THE KAREKI SEA』、『A THOUSAND YEARS OF PLEASURE』だ。そして『枯木灘』、『千年の愉楽』が一日も早く英語の小説として生れかわることを願う。

私が中上健次の小説について真剣に考えはじめたのは、ある雑誌から『千年の愉楽』の第一章、「半蔵の鳥」の英訳を頼まれたときだった。それまでは中上氏の名前を日本でも米国でも何度も聞いたことがあったし、『岬』が芥川賞を受賞したときに読んで、近代化からはずれたコミュニティを題材にしながら斬新であるところに何ともいえない魅力を感じたこともあった。しかし、七〇年代の私は現代小説にあんまり関心を持たなかった。というよりも、タレント歌手のように次々と世に出ては消えた七〇年代の流行作家の小説を読むと、あれなら万葉集を訳した方がずっといいと思って、けっきょくはディスコの時代を古代和歌の中に過ごしてしまった。

万葉集の英訳第一巻を出して、第二巻に取りくんでいたとき、「半蔵の鳥」を訳してみないかという話が来た。『岬』の面白さを思い出して、「むずかしいんだよ」という友人たちの警告に耳を貸さず、引き受けることにした。

むずかしかった。『岬』の短くて分りやすい文章を知っていた私は、『千年の愉楽』の最初の文章を読んでみた。

明け方になって急に家の裏口から夏芙蓉の甘いにおいが入り込んで来たので息苦しく、まるで花のにおいに息をとめられるように思ってオリュウノオバは眼をさまし、仏壇の横にしつらえた台に乗せた夫の礼如さんの額に入った写真が微かに白く闇の中に浮きあがっているのをみて、尊い仏様のような人だった礼如さんと夫婦だった事が有り得ない幻だったような気がした。

この文章を読んだとき、ヘミングウェイの文体で書くつもりで突然フォークナーの文体を頼まれたような、命が縮まる思いだった。『千年の愉楽』の文章はとにかく長い。しかもそこには英語の長い文章とはまったく違った容量と方向性がある。いいかえれば『千年の愉楽』のシンタックスは日本語独自のぎりぎりの限界まで伸びて、夢と現《うつつ》の枝を寄り合わせた相生の松のように蔓《はびこ》るものだ。

The sweet stifling fragrance of summer mallows had suddenly crept in from the back door with the first wisps of dawn, and Oryu, thinking the blossoms' smell would choke her, opened her eyes and, seeing the photograph of her husband Reijo looming faintly white in the darkness from where it had been placed on a stand next to the family altar, had a feeling that her marriage to Reijo, a man like a noble Buddha, must have been an impossible illusion.

小説の書き出しだから特にこのことばの繁茂に終止符の草刈鎌を入れたくなくて、一つの文章として訳したが、結果として自分でもすこし無理があると思う。構造としては井原西鶴の文章を英語に移すときの無理とよく似ている。しかし中上氏のこういう文章にはそれと別に、翻訳家を泣かせる不可侵なものがある。「詩」とはすなわち外国語に翻訳できないものだ、とよく言われているが、現世と魔界が一体となっている、このアニミズムに近い散文についても同じことが言えるかも知れない。

『千年の愉楽』の文章によって黙示されているのは決して「近代」の世界ではない。かといって前近代の「土着」そのものでもない。むしろ「土着的」な世界に「前衛的」な創作意識を加えたところ、ガルシア・マルケスの小説にも通ずるような、魔術とリアリズムの混合体が生まれたのではないかと思う。

私自身が長い間古代文学と関わりを持っていることもあろうが、中上氏の小説にはアルカイックの影が濃いように思う。「近代」という分断された世界の中に生きている私たちにとって、「アルカイック」とはまず人間と自然の混合を意味している。『枯木灘』の中にある次の描写はその美しい一例だ。

秋幸の背中の辺りについていた夜の暗闇が、部屋の光の中に溶ける。自分の体の中に月の光にさらされて風に動く山の草むらのように、ざわざわと音をたてるものがある。あとひとつ強く風が吹けば、それは木々の梢という梢、葉という葉が一斉にこすれ音をたてる山鳴りになる。

　しかし、人間と自然が巧妙に「溶け合う」というアルカイックな内容よりも、私の興味を引くのが中上氏の作品に見える「アルカイック」な語りの手法だ。『枯木灘』にはすでに語りの繰り返しと、その繰り返しの中の微妙なバリエーションがうかがえる。

　父親が死んだのはこの家だった。兄の郁男が死んだのもこの家だった。この家に、あの男は住んだことがある。

『枯木灘』の所々に見えるこの詠唱のような散文は、十九世紀から流れてきた「小説」の文体を離れて、「物語」の源《みなもと》へと遡った、ホメロスの叙事詩に散らばる式文《フォミュラ》を思わせるような、語部《かたりべ》の術だ。

『岬』にはあんまり見られなかったこの特殊な手法は、『千年の愉楽』に至っては一層明らかになってくる。『岬』はあくまでも近代文学のわくの中で位置づくと思う。「どろどろ」の世界からの脱出を夢見る『岬』の秋幸は、近代日本における「個」の絶望をはじめて訴えた夏目漱石の『行人』の主人公、一郎から、本質的に逸脱したとは思えない。しか

し、『岬』のクライマックスや『枯木灘』の中で、秋幸がその「どろどろのおまえたち」との決着をつけるようになったところで、逆に作者の方が明治からの主流をなしてきた「個」の文学から脱出する道を求めていることが分ってくる。その希求が彼に作らせた最も特殊な作品は、『千年の愉楽』という、前近代のようなポスト・モダンの傑作だと思う。『千年の愉楽』は「アルカイック」であると同時に、まちがいなく「アジア」的な物語だ。『千年の愉楽』の性格描写や語りの構造は、フォークナーにせよ、マルケスにせよ、西洋のいかなる小説家の作品にも見つからない。『千年の愉楽』は業の世界だ。歴史の深層から中上健次が掘り出したものは、古代アジアの音律、繰り返しに重なる豪華な繰り返し、長々とつづるひとつの판소리《パンソリ》、「どろどろ」の中から生まれた一種の雅楽だ。業とはつまり繰り返しだ。回る回るエロスの循環の中に生きた半蔵が、何というファンタスティックな最期をとげることか。

半蔵は二十五のその歳でいきなり絶頂で幕が引かれるように、女に手を出してそれを怨んだ男に背後から刺され、炎のように血を吹き出しながら走って路地のとば口まで来て、血のほとんど出てしまったために体が半分ほど縮み、これが輝くほどの男振りの半蔵かと疑うほど醜く見える姿でまだ小さい子を二人残してこと切れた。九かさなりの九月九日。

流れ出てしまったのは中本の血だった。

いつか中上健次氏の英訳が揃ったときに、『仮面の告白』の「私」、『個人的な体験』の「バード」、『砂の女』の「仁木順平」のそれぞれの生き方をよく知っているノース・カロライナーの青年に、この死に方についてどう思うか、一度聞いてみたい。

アジアの伝唱者、オリュウノオバ
――韓国で『千年の愉楽』を読む

オリュウノオバは年を取ってなお路地の山の脇に住みつづけられる自分が誰よりも幸せ者だと思うのだった。　（『千年の愉楽』）

「東洋」から「アジア」へ

文学者の幸運ということがある。文学者の幸運というのは、そのとき関心をもっている作品についての一つの真実が、ある偶発的な事件によって突然明らかになることである。ぼくの最近の幸運といえば、それは中上健次氏の『千年の愉楽』を読んでいた二年前の夏のことだった。『千年の愉楽』のうっそうと茂ったような長い文章によって表現されたオリュウノオバの意識を解こうとしていたぼくは、たまたま韓国の最南端、全羅南道で、生まれてはじめて巫女《シャマン》に出会った。

韓国の中で近代化がもっともおくれているといわれている全羅南道の、ある町のはずれの路地の奥にムータンと呼ばれている巫女の家があった。私を案内してくれた町の青年知識人の一人は「ニューヨークと違って我国《ウリナラ》には精神分析医がほとんどいないから、こんなので間に合わせている」と多少軽蔑の口調で言った。パンソリ、伽倻琴《カヤグム》、書道、南画など、正統な「東洋の伝統」に精通しているかれらは、しかし巫女《ムータン》となると何となくはずかしがっているようで、そもそも私を巫女の家に連れてゆくのをはばかっていた。

占いの道具を膳に置いた巫女は私の誕生日を聞いた。陰暦を知らないから西暦で言うと、巫女は渋い顔をするが、しょうがなく儀式を始めた。「萬歳《マンセ》萬歳《マンセ》萬萬歳《マンマンセ》千歳《チョンセ》千《チョン》千歳《チョンセ》」と唱えているうちに、突然巫女は顔をヒステリックに歪めて、全羅南道の方言で叫びだした。わからないことばの激流の前で、案内の友人に「何と言っているの」と標準語で聞いてみた。その答えは、

「われら神々の前で西洋の暦《こよみ》を持ち出すのは何事だ！　ということだそうです」

狭いムータンの家の中で解決困難な叫び声だけが響いて、儀式は取り止めになった。追い出されたように巫女の家を出て、その路地を町の中心街へと引き返して歩いていたとき、私の頭から中上氏のオリュウノオバのイメージが離れず、オリュウノオバに叱られた半蔵のような気持になった。ソウルから遠く離れた町のはずれの路地を友だちが住んでいる中心街に向って歩きながら、オリュウノオバの「声」を思い出したのだった。

明治期のナイーブな「オリエンタリスト」だったらきっと、その巫女の姿に「東洋」が在る、そして中上氏が創ったオリュウノオバの肖像にも「東洋」が生きている、という結論に至っただろう。小泉八雲やチェンバレーンならそのようなことを書いただろう。しかし「東洋」という記号はもはや無意味なエキゾチシズム以外の何ものでもない。「東洋」はモロッコから北海道まで、つまり西ヨーロッパ以外の全旧世界を指している。場合によっては「西洋」の観点から定義されたその「東洋」はヴェニスあるいはウィーンからはじまっている。逆に言えば「東洋」ということばは「西洋」の狭量なプロヴィンシアリズム以外の何ものも意味しない空虚な記号である。

ぼくが全羅南道の巫女にオリュウノオバの面影をみとめたとき、それはけっして「オリエンタリスト」たち（日本国内の「オリエンタリスト」たちをふくめて）が主張してきた「東洋《オリエント》」ではなかった。都から遠く離れた文化の僻地に生きて、「中央」からはずされて「中央」が「外」となった末端の僻地に生きているからこそ、「千年」の文化を頑固に守りつづける女の像は「東洋」ではなく「アジア」のものだ。全羅南道の田舎町のはずれに住む巫女も「路地の山の脇」に住むオリュウノオバもこの「アジア」の伝唱者であり、または厳しい守護天使でもある。

僻地の「アジア」

> この土地が、山々と川に閉ざされ、海にも閉ざされていて、そこで人間が、虫のように、犬のように生きている。（『岬』）

> 路地はオリュウノオバが耳にしただけでも何百年もの昔から、今も昔も市内を大きく立ち割る形で臥している蛇とも龍とも見えるという山を背にして、そこがまるでこの狭い城下町に出来たもう一つの国のように、他所との境界は仕切られて来た。
> （『千年の愉楽』）

中上健次の「アジア」は閉ざされたところに存在する。そして「路地」という小宇宙を閉ざした「仕切り」の向こうに在るものは「近代」という時間だけではなく、「中央」という空間でもある。中上氏の「アジア」を敢えて定義するとしたら、それは「東洋」に対しての「アジア」であり、「中央」に対しての「周辺」であり、「都」に対しての「鄙」であり、「中華」に対しての「西域」であり、「官」に対しての「民」であり、そして「漢」に対しての「和」である（この「和」がただ「日本」という意味ではなく、むしろ「和歌」のように native、土俗的という意味をふくめている。古代朝鮮の「郷《ヒャン》」に当るカテゴリーで、たとえば「和歌」と同じ「郷歌《ヒャンガ》」、「和楽」と同じ「郷楽《ヒャンガク》」のように、中国の周辺にある土俗文化の自覚の記号である）。

『千年の愉楽』について「作品の世界で『オリュウノオバ』は古代やアジア的な世界を透視し、その世界に理念をあたえる最高の巫女のように存在し、世界を遍照する」と指摘したのが吉本隆明氏であるが、世界を遍照するこの「巫女」の座を、われわれは辺境のアジアに「天離《あまざか》る夷《ひな》」に、「中央」からも「近代化」からもはずれた地域に、「路地の山の脇」に求めなければならない。

outcast の訴え

韓国の古典と近代文学のそれぞれの傑作に、中上氏の文学との面白い類似を示している作品がある。その一つは言うまでもなく、李朝文学の最高の傑作と思われているパンソリ、『春香伝』である。中央政権の官員との侍寝を拒む「妓生春香」の物語を、金東旭博士がその『朝鮮文学史』の中で「民衆と官員との対立」、南原《ナムウォン》という「地方の官庁町を中心に士大夫と貧しい民衆との闘争」としてあつかっている。やがて暗行御使となって南原にもどった李夢竜に春香は救われるが、文化の僻地にいる春香の身分について金博士が面白いことを語る。

こうした闘争を通して春香は李御使の側室におさまる。はじめは青春男女の純真な恋であったが、とどのつまりは副室になる。それも妓生の身分にとっては玉の輿であった。春香のこの出身は、『春香伝』が流布されるにしたがって、妓生から「賤民」
の娘、武官の落胤、さらに前任府使の落胤と、しだいに上昇していった。現在の朝鮮
の観衆は、春香が「良家の処女」として正妻にむかい入れられるように錯覚している
が、それは『春香伝』が民衆の神話として成長したためであって、李朝の現実世界と
しては彼女が正妻になることは、法律ではもちろんのこと、社会慣習からでも望めな
い一種の夢であった。
（金東旭著『朝鮮文学史』二二四ページ）

つまり春香という李朝朝鮮の最高のヒロインはもともと「妓生」という、「賤民」よりも低い被差別層の者であって、「良家」から見れば一種の outcast であった。そして「中央」から遠く離れたこの文化の僻地にいる outcast の女性が、李朝朝鮮という倫理社会の一つの理想像となったわけである。

日本と韓国の歴史的階級構造の違いもあるが、被差別の身分から、文化の僻地から、「中央」に向かって訴えて、しかもその訴えの中に文化の根本的な在り方を問うことは、まさに中上健次のこの十年間の仕事ではなかったろうか。ブルックリンの町角から新世界を裁くユダヤ人婆のように懐疑的で現実派の「巫女」であるオリュウノオバが、最終的にわれわれにあたえてくれるものは、路地という名の僻地、僻地という名のゲットーの中で錬り清められた「千年」の倫理である。

「城外村」と「路地」

幸運の夏、全羅南道からソウルにもどったぼくは、さっそく書店へ行って金東里氏の『巫女乙火《ウルファ》』を買って読んでみた。私は韓国の近代文学について知識が浅いので、たびたびノーベル賞のうわさにのぼる金東里という作家と『巫女乙火』という小説が、半島の二十世紀文学の中で中上氏の文学と比較するのに一番いいものだとは言いきれない。ただ、ぼくの知っているかぎりでは、近代アジア文学の中で金東里のこの小説は特に中上健次の文学の深層にあるテーマと共通している。

金氏の小説は、「城外村」という文化の僻地に住む乙火《ウルファ》という巫女の家に、一昔前お寺にやった息子のヨンスㇽが、思いがけずもキリスト教信者として帰ってくる、というところから始まる。都会の産物であって、主として都会に生きる個人を描いている近代文学の中で、『巫女乙火』はアジアの土俗信仰をあつかっているめずらしい例外的な作品である。そしてキリスト教との葛藤を通して金氏が描き出しているのは、「城外村」という一種の「路地」であり、「城外村」の人々が生きているシャーマニズムの小宇宙である。最初は一九三六年に「巫女図」という短篇として書かれたこの物語について、金氏自身は「日本総督政治下にいた時であったから、私は韓国固有の魂を文学作品にでも含まして、永久に保存しておこうと思ったのであった」と書いている（金東里著　林英樹訳『巫女乙火』あとがき、一九四ページ)。ところが、その「韓国固有の魂」は不思議と中上氏の作品に見える日本の土俗的小宇宙にも共通する。

共通する大きな理由は、巫女の乙火が土俗文化の伝唱者であって、しかも伝唱者であるが故に乙火やその一家が「良民」から差別されることである。

その被差別意識は巫女自身よりも「外」の世界を知っている巫女の息子ヨンスㇽの方にある。子供の時より「才能は非凡であった」ヨンスㇽは、「九歳の時に、どうしても文字を習いたい」と言い出す。そこで義父に連れられて「書堂に訪ねて行って、どんなに乞い願ったか知れない。しかし、巫女の子だといってどうしても受けつけてくれなかった」。やがて身分差別のないお寺にヨンスㇽをやることになった。

そのヨンスㇽが十数年後に城外村に帰ってきた。そしてある日キリスト教会の「朴長老」がヨンスㇽにその出自について聞いているところに、次の対話がある。

「こちらが故郷であるのか?」

「はい」

「姓名は?」

「…………」

ヨンスㇽは返事がつっかかったまま、顔が赤くなった。彼は私生児であったために、父親の姓を名のれないままであった。

そして、

「家は？」

「………」

ヨンスㇽはまた返事につまった。城外村といって、巫女の子だということがばれるかと、それを恐れたのであった。　（同書、一二七ページ）

「近代化」を背負っているキリスト教長老の前でヨンスㇽは自分の出自を恥じるわけである。土俗文化の伝唱者という家系が、おのずから、といいたくなるほど直接に被差別意識に結びつくのである。

巫女乙火が唱える歌の中に「ベリテキ」といって、「捨て子」という意味の叙事詩がある。王の子供の中で、捨てられたむすめが逆に父母に対して一番忠実であって、王が死んだときもどってきて王を甦らすのはこの「ベリテキ」である。文化の僻地に捨てられた最も古いものが、逆に僻地から国を救う、という伝説の中に、天皇観をふくめて中上文学の世界図と類似するものがあるのではないか。中上文学を理解するもう一つの手がかりが、テキストとしてアジアの近代文学にあったのではないか。

二十世紀アジアの「捨て子」たちの文学が、行きづまった近代小説をやがて救うかどうか、私には予言ができない。ただ、『巫女乙火』を読み終えたとき、なぜ韓国の巫女の姿にオリュウノオバの姿が重なるか、わかるような気がした。

「在」と「バイ」と、カタギリの目

島田雅彦の今までの仕事にそれほど親しんでない者にとって、『夢使い』を読むことは新鮮な体験だった。それは親しみ方が浅いゆえにすべてが斬新に見えたなどという理由からではない。むしろ島田氏のそれまでの作品を偏《ひとえ》に「初期化」してしまうのではないかと思われるほどの作品との出会いから島田文学について本格的に考えはじめた、そんな幸福な気分を味わった。

確かに、以前から、島田雅彦の文体にスリルとまよいを覚えたことがしばしばあった。二十一世紀の典雅はこういう形を取るのではないか、というスリルとはうらはらに、まよいの方は結局、軽やかさと神経質を同時に具えた稀有な性質に因るだろう、という結論に至った。しかし、よそから日本文学に入り込み、古代和歌から中上健次まで脈打ってきた descriptive symbolism という千年の「前衛」に魅せられつづけてきた者にとって、ストーリーのめざましい転換の中に descriptive symbolism どころか description そのものを埋めてしまいがちな文体は、かえって異質なものに感じられた。そして今、スリリングな異質体によって、日本国籍所有者がこれまでに書いた最も勇ましい「よそ」の物語が成立してしまったのではないかという軽やかでない衝撃を『夢使い』が与える。

だけど、Don't misunderstand《ごかいしないでくださいよ》. When I said 日本人、It's entirely different from《そんじょそこらのとは》 ordinary《ちがう》な日本人ね。私が考える日本人は Pacific Ocean の上を飛んでいる Crane《つる》だよ。

——鶴……ですか。

——そう。I mean, migration of birds《わたりどりのことさ》.

——渡り鳥？

——Exactly《そうそう》. 私の子供たちはみんな渡り鳥です。ペネロピーもマチューもヘレンもジェシーもサムもね。同じところには長くいない。

『夢使い』はまず「在」の物語である。その「在」は、「在日」と「在米」という二つの現象が入れ替わる形になっているのだが、どちらもけっして在住ということを意味しない。「亡命者をおくりだし亡命者を迎え入れる」機能として「国家」を再定義したこともある島田氏だが、その「在」の新しい定義は、多くのブリリアントで苦々しい知恵と同じように、カタギリという登場人物の口から吐き出される。あたかも坂口安吾がウエスト・

ヴィレッジに亡命してきたような、元日本兵の老人カタギリが民族のアイデンティティをmigration（渡り）として「再定義」した時、かれ自身の在ニューヨークがヴィジョンと呼べる広がりを持つ。しかも、島田氏の軽やかで神経質な文体がmigrationという「テーマ」に絡みついたとき、青二才の青い何かが脱皮するように地上に落ちてしまったのではないだろうか。それはもしかしたら、ロシアという、白人が営むもう一つのオリエントでは抜けきれなかった何かが、ニューヨークという人種の非武装中立地帯の中で、その非武装中立地帯を見おろすカタギリのペントハウス＝指揮所＝レンタルチャイルドの「本部」を想定したとき、はじめて抜け切れたのではないだろうか。migrationを説くカタギリの十三ストリートのペントハウスを著者がどの時点でどのように想定したかは知る術はない。ただ、一九八九年の冬、ダウンタウンの七番街で会った島田雅彦のスニーカー姿は誰しもが無名となる非武装中立地帯の中でのmigrationの忙しさを物語っていた。十四ストリートを越えたところで三島由紀夫がミッドタウンの五番街を歩いていて、誰も自分の顔を知らない、とドナルド・キーンに苦情を洩らしたという一世代前の伝説を、スニーカー姿の島田雅彦に話したとき、島田雅彦は黙って、顔を知られることはmigrationの妨げになるといわんばかりの冷笑に近いスマイルを浮かべたこともはっきり覚えている。

七番街近くの十三ストリートにあるペントハウスを、現代日本からやってきた舞子という「常識人」がたずねる。そのときに展開されるカタギリの肖像と、カタギリが次々と吐き出す、セリフというよりもバイリンガルの暴言は、『夢使い』の圧巻であり、平成文学から振り返って「日本の戦後」という課題に一筋の新しい光を照らし、これからその課題を論じるとき避けて通ることのできない個所となるだろう。『夢使い』全篇から伝わる現代日本に対する苛立ちが在米の老日本兵のコトバに結晶して、登場人物も著者も一見（そして一部の新聞時評には）「反日家」として映る。しかし、その嫌悪のかげにはもう一つの憂国熱がこもっているというのは、たぶん、私の misunderstanding ではないと思う。坂口安吾まがいのカタギリにある敗戦へのこだわり、すなわち「まけたから」という論理、「敗れたから渡り鳥になる」という平家まがいの運命……。そのこだわりから「憂国」とは別の憂国が生まれているように思われる。すなわち、あらゆる在住を否定した migration という存在形式の中に、もう一つのオントロジーとしての「国粋」がうかがえないだろうか。

カタギリ氏は左右の目を同時にまばたきさせないのだ。わずかな時間差をおいて、一つずつまばたきする。

『夢使い』は「バイ」の物語でもある。『夢使い』から滲む苦々しい文明批評の底では、近代日本が払わされた代償は、西洋崇拝よりも、「単一」という名の拘束衣で自らをしばってしまったことだ、といっているかのように思われる。『夢使い』は「単一」への宣戦布告であり、「単一」を飛び立った「多重」への飛翔、「モノ」から「バイ」へと動きだした鶴たちの記録を成している。『夢使い』が到達しようとしている多重性の境地は、バイリンガルであり、バイカルチュラルであり、バイセクシャルなのである。

『夢使い』における「バイ」は、何も「両具」という easy で static な均等状態を描いているわけではない。舞子が観察するカタギリの目の「癖」のように、「単一」に対抗して「バイ」を生きてきた者は、落ち着きを知らない神経のズレ、一種の痙攣という代償を払わざるを得ない。二重視覚のカタギリは、ウヨクのようにいかついサヨクに思われることもあれば、同性愛者の生存の知恵を具えた異性愛者に見えることもある。そして主人公マチューの育ての父となったカタギリは、母国語である日本語の合間に「外国語」というよりも「継母国語《ステップ・マザー・タング》」と規定すべき米語を取り入れた話術で舞子と読者を圧倒してしまう。

She was born to be a Rental Child.《まさにレンタルチャイルドになるべくしてなった》

『夢使い』は至るところで英語を取り入れている。その中にあるわずかなつまらないミスを粗探しすることは、つまらない。それよりも、『夢使い』の英語はフォニーと感じさせるところは一行もなく、むしろ英語のアイロニーをたくみに起用したファニーな文章も創りだしていることを指摘したい。ファニーは特にカタギリのコトバに目立つ。国の親に対するBarbarian Chiefという不敬も、ペネロピーというレンタルチャイルドの生みの親に対する不孝も、日本語のテキストから飛び出る。アイロニチックな余韻を持っている。いくら辛辣なニューヨーカーといっても、それはモノリンガル話術の中で得られるアイロニーの効果とは違う。

『夢使い』の英語起用が特にカタギリのセリフにおいて成功しているのは、おそらく「バイリンガル」の形態のせいではないだろうか。「息子」のマチューは、言語学者が言うところの「自然」なバイリンガルのように、英語と日本語をきれいに使い分けている。それに対して、「親」のカタギリの方は、同じ「バイリンガル」といっても後天的な、どこかで痙攣している、だからこそ鮮やかでcrazyな縦横の織目を見せて、ジャクソン・ポロックの抽象画とも似たような質感を帯びてくることがある。

ペネロピーとの条件付きの別れから、東京というもう一つの「都」を舞台にマチュー自身の「オデッセイ」(流離)が展開されるのだが、東京はニューヨークよりはるかにつるつるした、扱いにくいキャンバスである。『夢使い』で描かれている「記憶喪失の都市」は、よそ者の出入りが激しいにもかかわらず、重力を感じさせない都市である。カタギリの二重視覚を受け継いだマチューの東京への「オデッセイ」には、ホメロスの一つ目の怪物《チックロップス》も登場しないし、『ユリシーズ』のブルームがダブリンのパブで襲われる片目の反ユダヤ主義者といった種類の二十世紀の一つ目奇形も登場しない。しかし、『夢使い』のつかみどころのない東京では、日本独自の怪物がその姿を現わさず、スリリングな転換を読みながらもモンスターのいない高画質のアニメを観ているという気もした。「記憶喪失の都市」は、あるいはモンスターが片づけられた後に生き残る勇者たちの新世界を動画化している、と解した方がいいのだろう。いずれにせよ、「記憶喪失の都市」のつるつるした平面の上を光の筋のように軽やかに舞う「在日者」たち——マチューもサマンサもラファエルも——は、タクシーの乗車拒否という程度の差別すら受けずに自由自在に廻る。その動きは、同じ「在日」の課題を背負っている者として、うらやましいかぎりである。

カタギリ流にいえば、immigration のない都市が、しかたなく、migration の檜舞台となった。だから、東西のモンスターと取っ組んだ『悪魔の詩』という immigration の物語とは別質の勇気を、『悪魔の詩』と似た多重の野心を持つ『夢使い』は与えてくれるのである。アメリカの読者も「Hotel ノルウェイの森」に連れ込まれはじめた時代に『夢使い』の英訳は急務となった。

後は、よそ者の在住ということにこだわるかどうか、That's the only problem.

「翻訳」された天皇崩御

日本の歴史的事件が外国の新聞やテレビに報道されたとき、その記事を外国語で読んで、その映像を外国語の声を聞きながら見ることは、日本語の物語を外国語訳で読むことと共通する趣きがある。しかも原文を知った上で訳文を読むと、失望するときも多いが、まれには「原典」について考えなおすきっかけとなることもある。

昭和天皇崩御の日に東京にいて、大喪の礼の日をアメリカで過ごすことになった私にとって（そしておそらく誰にとってもそうだろうが）大喪の礼を「翻訳」した映像をアメリカのテレビで見て、その日の日本の様子を英語の新聞記事に「転置」したアメリカの新聞を読むのは、不思議な体験だった。

毎年十月から三月までアメリカの大学で日本文学を講じている私だが、一九八九年は古事記と万葉集を中心に古代文学を、大学生に向かっては英訳で、大学院生の場合は原文で教えることになっていた。ちょうど八八年の九月末、日本を発った頃にご危篤の報があり、そしてお正月を東京で過ごしていた間に崩御があったため、無意識的にというよりもほとんど自然の勢いのように授業の中心点は古代の天皇像に移ってしまった。アメリカ人の学生たちの関心もごく自然にそちらの方に集中した。

凍るような雨の中の新宿御苑、その風景をより一層「白黒」のものに縮小してアメリカの新聞の一面トップを飾った写真。「安見知之《やすみしし》吾大王《わがおほきみ》」という万葉仮名とHirohitoというアルファベット。私がアメリカで送った大喪の礼の日は、整えようと思っても整えられないイメージのうずまきと文字の断片として、いつまでも記憶に残るだろう。

八八年の秋、一年半ぶりにアメリカの大学に戻り、驚いたのは、「日本」と直接関係のない人たちの会話にも「Japan」や「the Japanese」がいかにひんぱんに登場するようになったか、ということだった。その理由はいうまでもなく「経済」であって、その「経済」の裏には米国もソ連も軍事費によって破産寸前の状態に追いこまれているという認識が非常に強い。これまでは日本について何の関心も示したことのなかった作家のゴア・ヴィダルも、モスクワの米ソ知識人会議に出席した際、「二十一世紀にはアメリカは日本の牧場になって、ヨーロッパは日本のブティックとなる」というある日本の政府高官の発言を紹介した。「じゃ我々はどうなるのか」というロシア人の質問に対して、毒舌家のヴィダルは「あなたたちも気をつけないと日本人のスキーの先生で終わっちゃうぞ」と答えたそうだ。アメリカの巷で聞こえるようになったあの活発な「日本論」の裏には、ヴィダルと同じような認識が働いている。

マスコミの中にはとにかく「日本論」がよく聞こえるようになった。Emperor ということばにつづいて management や quality control という経済用語が聞こえる。戦争の話はそれほど出ない。むしろ「非軍事超大国」という表現が目立ち、オリエンタリズムにSFを交えたような「アジアの未来型国家」というイメージが強い。そしてその国は排他的で、物価は高い。

その日の午後に英訳を通して古代文学の講義をした。ヤマトタケル神話から初期万葉をたどり、その日は柿本人麿の長歌をアメリカ人学生相手に話すことになっていた。古代の、移りゆく天皇像の一つの結晶といわれる「吉野の宮に幸《いでま》し時」の長歌に、吉野の風景に君臨なさる天皇に対して、

山神《やまつみ》の奉る御調《みつき》と春べは花かざし持ち

このくだりの中には「天皇」に寄せられた信仰と修辞の最も本質的なパラドックスがうかがえて、しかも the mountain gods present their offerings/in springtime they bring forth garlands of blossoms. という英文を通して、古代天皇の一つの「原像」を何とか英語圏の読者にも伝えることができる。エンペラーがいない若いアメリカ人にもそのイメージが十分伝わるのである。古代天皇像の核をなしている最も「非西洋的」な発想

が、近代の日本人には想像もつかないほど西洋人には理解できるのである。

万葉集の授業が終って、家に帰ると、テレビを見た。普段はテレビを見ないが、八八年の大統領選挙を見るために七十九ドルの白黒のゴールドスターを買っていた。押し入れの中から出して、つけると、カリフォルニアのローカル・ニュース番組が終り、突然雅楽の調べが流れ出して、新宿御苑の、白い幕の裏に動いている神主の姿がちらりと映る。白黒の映像を見入っているうちに、management も quality control もゴア・ヴィダルもふっ飛んでしまい、数十秒だけ、崩御をはじめて知った一月のある土曜日、近代のベールが一時的にはがされたようなあの日の都会の雰囲気が脳裏に浮んできた。「翻訳」された映像の中にも、一瞬だけ、「原典」の力が伝わってきた。

雅楽に重なって、CBS News, Tokyo というアナウンサーの声が聞こえた。雅が唐突に俗に変り、今度はエキゾチックな尺八の音が流れて、スクリーンの上には「日本的」な扇が現われる。その扇が開くたびに日本の現地レポートが始まる。

悪趣味のジャパニズムにもかかわらず、その夜のテレビ・レポートはかなり充実していた。「日米新時代」といい、「パートナーとしての日本」といい、内容は総じて好意的だった。シンジンルイという名のジャパニーズ・ヤッピー、帰国子女、右翼団体などが登場して、これまでの「日本特集」にみられるような単調な肯定と否定を越えて、複雑でバイタリティに満ちた現代社会としての日本を描こうとしていた。

ただ、日本特集が報道されると同時に、いつの間にか、大喪の礼が消えてしまった。チャンネルをいくら廻しても、ＣＢＳに映ったのと同じ数分間の新宿御苑の映像しか見られない。

テレビを押し入れにもどしながら気づいたことだが、莫大な金を使って何十人ものスタッフを東京に送り込んだテレビ局は二十世紀の日本人にとって「天皇」は何であったかという問題に取り組もうともしなかった。「天皇」一色となったこの頃の日本のマスコミとのズレがとにかく大きすぎた。

そのことは「パートナー」に対する一種の遠慮とも取れるが、「経済」が叫ばれている時代の中にも、西洋にとっての日本像が相変わらず一次元にとどまっている、といわざるをえない。

いずれにしても、近代の「天皇」はいまだに「英訳不可能」である。

李良枝からの電話

四月の終わりに近い土曜日の夕方に電話が鳴った。土曜日はぼくが勤めている女子大学の出講日で、朝から一年生の授業を教えていた。新宿のアパートに帰ってから間もなくして、電話が鳴った。受話器を取ると、流れてくるのは若々しい女の声だった。少しためらいがちな「もしもし」を聞いて、どのクラスの一年生だろうかと思い出そうとした。

相手が、「李良枝《イ・ヤンジ》です」と言ったとき、ぼくは本当に驚いた。

「ええ、本当の李良枝ですか」

「本当の李良枝ですよ」

そう言いながら相手は、やはり女子大生が発するような笑い声をもらしていた。

「リービさん、本をどうもありがとう……これからもがんばってください」

ぼくが出したばかりの処女作を一冊李良枝に送っていたが、まさか会ったこともない小説の大先輩からわざわざ激励の電話がくるとは夢にも思わなかった。後になって、もし「日本人」の第三者が聞けば、芥川賞作家の「韓国人」の先輩が、処女作を出したばかりの「アメリカ人」の後輩に「がんばってください」と激励した、ということになるだろうと思ったが、その瞬間はただ驚きと、はずかしさと、久しぶりのうれしさを感じたものだ。

そしてうれしさすら忘れさせるほど、ぼくがそれまで頭の中で作っていた「李良枝」のイメージと、電話から流れてくるおおらかで若々しい声とは違っていたのだ。

ぼくが抱いていた「李良枝」のイメージはもっとシビアなものだった。李良枝の文学には非常に切実な問題意識があって、その語り口も淡い炎のような力を発揮していた。その代表作の『由熙《ユヒ》』は、現代のどの作家よりも一つの認識の「矛盾」――「日本人」ではないのに運命として日本語の感性の中でしか生きられないという「矛盾」――を、単なる「矛盾」というよりも、ある厳格な同時的認識をもって追求した作品だった。しかも、いつか見た李良枝の写真を思い出すと、確かにソウルで韓国の伝統舞踊を演じていたときの彼女の顔には、シビアなほどの集中力とある厳しい知性が伝わって印象に残っていた。しかし、四月の夕方の電話から流れてくる李良枝の声は、そんな印象と違って、とても明るい。一種の軽みさえ感じさせたのである。

はじめて話をしているとは思えないぐらい、ぼくと李良枝の会話がはずんだ。ソウルから帰ってきたばかりで、これからは大久保の近くに住むようになった、と言った。聞いてみるとぼくのアパートから歩ける距離だった。最近は人間文化の面でかなり空洞化してきた都心に、久しぶりに新しい知り合いが、これからはおそらく新しい友達になる人が近くに現われた、しかもそれが李良枝だと思うと、さらにうれしくなった。

結局は一時間以上話しつづけた。その間に、ぼくは前に「中央公論」のエッセイで『由熙』のことを少し論じてみたときの感想を思い出した。そのエッセイの最後に、ソウルへ行った在日二世の主人公が、自分には日本語の感性しかありえないことを「発見」した末に日本へ「帰」ってくるが、そんな自覚をもって「帰」ってきた人のそれからのストーリーを読んでみたい、というようなことを書いた。

李良枝がこれからどういう小説を書くかは知らなかったが、その小説を楽しみにしていたし、ソウルから帰ってきたばかりの在日作家自身の状況にも興味を持った。

電話の李良枝がぼくのことを次々と聞いてくるのに、逆に勇気づけられて、ぼくが『由熙』を読み、そしてぼくたちの時代における「在日」の在り方を考える上で一番聞きたいことを、思いきって聞いてみた。

「李さんはなぜ自分のことを『韓国系日本人』とよばないのですか」

李良枝は即座に答えた。

「それはね、リービさん、『日本人』といってしまえば天皇を認めることになるでしょう」

それから、正確なことばはもうぼくの記憶の中ですでにぼやけてしまったが、そんなアイデンティティのたてかたは「アメリカ的」だ、というようなことを言った。「アメリカ的」というのは、おそらく「移民的」という意味もあったと思う。李良枝はきっと、彼女がかかえていた豊かな「矛盾」を、「何々系何々」というふうに「解決」することを拒んでいたに違いない。

最後に李良枝は、ソフトでおおらかな声で、

「だって韓国は母国ですもの……」と言った。自明なことをのべるように、そう言った。

ぼくは「アメリカ」に対して、絶対にそんな気持ちにはなれない、と思った。

「母国ですもの……」

もし第三者の「日本人」が聞けば、それは「日本人」の女性の、うたうように美しい声だった。しかし「日本人」の声ではなかった。

「近いうちに会いましょう」ということで、長い電話を、切るのが惜しいという感じで切った。三週間経って、李良枝が三十七歳で急逝した。

ある土曜日の夕方に思いがけなくも流れてきた声は、「在日」そのものの声として、僕の記憶の中で響きつづけているのである。

「つまらない」時代の、決してつまらなくない六人の作家

今年の三月にぼくははじめての小説を出した。それから間もない頃に、文学とは無縁だが文学をよく知っている友人から、「お前も最悪の時代にデビューしちゃったんだな」と言われた。今の純文学はつまらない。今の純文学は売れない。今の純文学はつまらないから売れない。ここ数年、そんな話をよく耳にする。

文壇の中にも、現代日本文学の衰弱はもはや古いニュースとなってしまった。去年、ぼくも一年間、文芸時評を担当し、毎月毎月、扱うべき小説を見つけるのに苦労した。文芸時評を終えた頃、ある作家から「これで現在の日本の文学のレベルの低さがわかったでしょう」と言われた。

最近は外国へ行っても、特に知日派の人たちから「かつては三島由紀夫や大江健三郎を生んだ文化は、この頃どうなっているんだ」と尋ねられる。

In one generation, from Kobo Abe to Banana Yoshimoto...（たったの一世代で、安部公房から吉本ばななまで……）そんな日本の現代文学にお前も作家として加わることに

何の価値があるのか、という批判を浴びたこともある。しかし、しかし、つまらなくないものも、数は少ないが、ある。ぼくの世代にもある。少なくとも、ぼく自身が「最悪の時代」にもかかわらず日本語の作家を志したとき、同じ世代の、実にわずかだが、何人かの小説からインスピレーションを得たし、時代の「つまらなさ」に対抗しているという意味では勇気づけられた。

以下、つまらない時代に、これだけは決してつまらなくない小説をいくつか挙げたい。

たいがいの現代文学はつまらない。しかし、しかし、つまらなくないものも、数は少な

上の世代の日本文学は国内、場合によっては外国でも広く読まれている。ここにあるのは、すべて僕と同じ世代の小説家である。ぼくの不勉強によってここで取り上げない作家もいるし、ここで取り上げる作品も必ずしも「代表作」ばかりとは限らない。だがここで取り上げるものに関しては、自信をもって「読め」と言える作品ばかりである。

三島の後に現れた作家で、現代文学にとって最も大きな存在は何といっても中上健次である。ぼくらの世代のチャンピオン、だが「ぼくらの世代」などというちっぽけな枠組みを越えて、現代の世界文学に大きなインパクトを与えうるのが彼の小説である。

そんな中上文学の中から一冊か二冊を拾って「お薦《すす》めする」ことなど、簡単にはできない。どんな優れた批評家でも、そんな限定をするのは至難であろう。ぼく自身は、だから

極めて主観的だが、多くの批評家に裏付けられもした選択として、まず『千年の愉楽』を挙げる。中上文学のエッセンスであり、「発見」であり、近代文学を逆転すべき最強の武器である「路地」が、この一冊で最も豊穣《ほうじょう》な世界をなしている。近代文学の安全なスタイルと違って、現代のことばで考えうる最高の語りの声がある。「現代の日本語」だけではない「現代のことば」……差別被差別という人間関係の根源をフィクション独自の美意識の中で捕えなおしてきた中上文学は、二十一世紀の世界文学にも大きな影響を与えるだろう。

青野聰の芥川賞受賞作『愚者の夜』という短い作品をはじめて読んだとき、日本の現代文学にこれだけユーモラスで開けた小説があるのかと驚いた。本当の文学の笑いに出合ったのは、大江健三郎の作品を読んで以来のことだった。

去年、ぼくが文芸時評を担当していたとき、最大の救いとなったのは青野聰の『母よ』という連載小説だった。これだけ自由で、しかもまぎれもない和文が現代という時代にありうるのかと思いながら、久しぶりの小説のエキサイトメントを味わった。普通の「私小説」と違って、最もプライベートな事柄を告白したときに生まれてくるものが、感傷ではなく目まぐるしいばかりのストーリーであった。顔を見たことのない「母」への語りかけで生じる「告白」は、どこかアメリカ文学で使われる「I」に通じる大きさを思い出させるが、どのアメリカ文学よりもはるかに柔軟な文体で描かれている。過去と現在がからまって、大きく流れて、その流れの中から、九〇年代最高の散文が生まれてきているのである。

八〇年代にデビューした作家の中で、「めざましい」という形容詞が一番よく当たっているのは島田雅彦だろう。学生としてデビューしたキャリアもめざましいし、小説の語り口もそんな形容詞を得るような神経質なパワーがある。そのパワーが八〇年代に出た他の作家たちとは異なり、単なる巧妙さとは違う。島田雅彦が現代文学の「世代」の中で一番若いから「傑作」はこれだというのは早すぎるかもしれないが、『夢使い』という長編小説が、「島田文学」の一つの記念碑であると同時に、ぼくたちの時代に「日本と世界」を背景にした文学の、最も大きな野心作であることは確かだ。

ニューヨークと東京を結んだ「新二都物語」。「レンタルチャイルド」が主人公の物語は、マルチ・アイデンティティで文化からも、言葉からも、性からも「単一」というふたをやすやすと外してしまう。ここには「人格」という狭くて窮屈な枠を外した想像力の物語がある。その文体も、二十一世紀の日本語のエレガンスを垣間見せる典雅なもので、ストーリーの展開もときには抽象画にうずまく多彩なカーブのように、めざましい。

高橋源一郎の『さようなら、ギャングたち』はここ十年間の日本文学の中で、「これはこういう小説だ」という風に説明するのが一番難しい。だけれどもここ十年間に出た小説の中で読んでいる楽しさでいうと、無敵といっていい。そこが不思議だ。そこは本当に不思議だ。「とにかく、面白いから」と普通の読者からすすめられて、ぼくは初めてこの「小説」を読んでみた。読みだすとやめられなくて、一気に読んだ。いわゆる「ポスト・モダン」の日本文学の中で、本当に体験的に面白かったのはこの本だった。作者が、あらゆる近代文学を食いつぶし、戯化し、メタのレベルで弄《もてあそ》んでいる。そして最も高度な「ジョークたち」を三百ページ近く持続させた力は圧倒的だ。

「詩」と「小説」がぶつかったときに生まれた爆笑の連続、「文学」が覆《くつがえ》されたときに生まれてくる、「またか、またか」の笑いである。そんな「究極」の実験が具体化され、誰でも笑って面白がる事実は、テキストの奇跡といっても過言ではない。

はじめて山田詠美の『ベッドタイムアイズ』を開いたとき、最初の一行から、最初のパラグラフから、ぼくは久しぶりにある正統な衝撃を受けた。つまり衝撃を受けていい、と納得しながら衝撃を受けたのである。もし現代に官能の文体がありうるとしたら、まさにこれではないかという衝撃であった。

『ベッドタイムアイズ』の中で、セックスとことばが不可能なほどに接近して、読者を繰り返し繰り返し圧倒するのである。アメリカ語の4文字コトバを山田詠美が完璧に消費して、カタカナにして日本語の文章に新生を吹き込む。ちょうど日本人の女主人公が黒人の体をむさぼるように。官能文学という日本の伝統が、「世界」を相手にしたときの、もうひとつの到達点がここにある。

ただ、「汚ない物」によって彼女は自分が「澄んだ物」と気づかされて、相手の「匂い」から「優越感」を覚えるところに、アメリカの読者のほとんどが日本独自の人種差別を見るのも事実である。ぼくも日本語の書き手として『ベッドタイムアイズ』からの稀なスリルを覚えながら、もしぼくが黒人だったらはたしてそう思うのかという疑念を禁じえない。その意味でこの小説は現代日本の文学にとって、文字どおりの問題作に違いない。

李良枝の『由熙《ユヒ》』は、クールな情熱が込められた作品だ。在日二世の「韓国人」女性がソウルに「留学」する。「本当の」韓国人の目には、彼女が感性のレベルでは「韓国人」になり切れないように映る。淡い炎のような文体によって、由熙のジレンマが語られている。由熙は「日本人」ではない。「韓国人」である。しかし、故国に「帰」ったとき、日本で生まれ育った自分が日本語の感性の中でしか生きられないと自覚させられる。「アイデンティティ」と簡単にいうけれども、この小説の中で「国籍」と「民族」と「ことば」を問うた最も痛烈な「アイデンティティ」の認識がある。

日本と韓国にまつわる近代の歴史が、誰も予想しなかった結果として、「日本語」と「日本人」とがみごとに切り離されてしまった。そして日本語そのものが今までと違った意味で文学のテーマとなっている。ことばの狭間にいる女のポートレートが、切実で、厳しくて、美しい。

本格的「移民文学」の誕生

最近の世界文学の中で一つの大きな転換が見えてきた。その転換は、行きづまった近代文学に、もう一つの可能性を暗示している。

その転換とは、かつてなかったような本格的な「移民文学」の誕生である。その「移民文学」とは、新しい国へ渡って行った者が本国のことばによって、「行って来たぞ」と書く冒険記とは違う。新しい国のことば――つまり母国語ではない、新しい生活の中から生まれたことばによって、「ここにいる」と書く、在住のストーリーである。その在住のストーリーを、新しい言語で語ることが、二十世紀の小説における最後のチャレンジとなった。

不思議なことに、この新しい「移民文学」は、「移民の国」や「人種のるつぼ」といわれているオープンな大陸国アメリカではなく、長い間にわたって、「単一」の神話にすがりついて、「異人種を見下す」と思われてきた島国イギリスの方で、最初に大きな花をいくつか咲かせた。インド人として生まれた作家が、日本人として生まれた作家が、アフリカ人として生まれた作家が、次々と英文学の新しい旗手になっている。そして同じ「移民文学」といっても、それぞれのスタンスも実際の作品も違う。

カズオ・イシグロのように、長年の半冬眠状態がつづいていたオーソドックスな英語に新生を吹き込んだ「同化型」もいれば、サルマン・ラシュディのようにインド亜大陸の派手な形容詞と起伏の多いシンタックスを英語に持ちこんだ「逆襲型」もいる。しかし、重要なことは、かれらがイギリス文化にとって本来は外部の出自に違いないが、かれらはイギリスをただ「外」から描いているわけではない、という点である。「内」と「外」が混同した形として、かれらの文学があるのだ。

また、かれらにとって英語ということばは、出自からいうと「外国語」に違いないが、その英語が創作のことばとなったとき、それはもはや「外国語」ではなくなっている。突飛ないいかたをすれば、かれらにとって英語は「継母国語」のようなものではないだろうか。新しい国の言語が表現のことばとなったとき、言語学者がするような「母国語」と「外国語」の区別はほとんど意味がなくなるのではないだろうか。そんな現象の裏には、かれらの多くが子供時代や思春期に英語のインパクトを受けた、いってみれば最も鮮烈な「移民体験」を味わったという最も「現代」的な事情がある。

最近、「国際化」ということばを耳にするとき、ぼくは今の日本の状況よりも、新しい英文学を築き上げているイシグロやラシュディらのことが頭に浮かぶ。そしてかれらより三十年前に一人だけの「移民文学」をアメリカで織りなしたロシアからの亡命作家ナボコフのことを思い出す。あるいは「単一」イデオロギーが支配する近代より千余年前に、日本文学の第一黄金期に活躍して、万葉集に数々の傑作を残した、百済出自と思われる山上憶良のことを連想する。さらにぼくたちの時代に、新しい「在日」の認識——「日本人として生まれなかった」ということと、「日本語の感性の中で生きる」ということの同時的認識——を貫いた李良枝の小説を考えるのである。

「国際化」という奇妙な日本語をはじめて聞いたとき、これでもしかしたら、日本人として生まれなかった者も日本文化のプレイヤーになれるかも知れない、という希望を抱いた。それはしかし、日本の言説空間に流通するようになった「国際化」とはほぼ無縁な解釈であるとすぐ分かった。外国出身者でありながら日本語で小説と批評を書きはじめたころにちょうど耳に入った「国際化」を、ぼくはそのようにして「楽観的」に解釈するしかなかった。

世の中に流通するようになった「国際化」にはだいたい二つのニュアンスがある。一つは、経済大国の言い分を、「NO」を交えながら、うまく外国に通じさせること。もう一つは、逆に、外国のルールに合わせて日本文化の都合の悪い面を「改善」させること。日本のナショナリズムと西洋のリビジョニズムの間に起こった概念の戦争に「国際化」が巻きこまれて、こうした二つの正反対の意味をもつようになった。

しかし表現者にとって、「国際化」は、そのどちらの意味でもない。新しい国としての日本へ越境してきた表現者にとって、「国際化」は、日本語の中にしかない感性を限りなく肯定しながら、その感性から人種という条件を取り外すことを意味するのである。ちょうどイシグロやラシュディが、「英文学」というものから金髪という条件を取り外すのに成功したように。

一つの偉大な言語から、人種という窮屈な条件を取り外す、それだけのことである。しかし、言語と人種と文化と国籍をみんな同一視してきた近代日本においてそんな「国際化」を実現することは、もしかすると「白人優越」の伝統がいまだにつづいているイギリスで実現する以上に難しいのかも知れない。

どこの国家にも差別はつきものだ。しかし、ことばというものは「差別」をしない。より正確にいえば、ことばというものは、それを話し、読み、そして書く人間に対して、人種と関わりなく、みんな対等に「差別」し、拘束し、厳しく要求する。それが現代の「移民文学」の最も大きな発見ではないだろうか。

新しいことばの「差別」を自らすすんで受けた者でなければ、そんな発見ができるはずはない。特に歴史の長い島国の場合、移民自身の「国際化」がなければ、先住民の「国際化」はありえない。

Ⅱ

日韓もう一つの文化ショック

成田からソウルに向かったジャンボ機の中で、ぼくは長年の飛行機恐怖症をまぎらわせるために日本の韓国ガイドブックを読んでいた。ガイドブックのページをめくっているうちに、とつぜんぼくの注意を引く文章に出会った。「キーセン・パーティー」とか「ソウルの買物」とかいう章の間に、「韓国の文化」についての短い文章があった。日本人が書いたガイドブックによると、韓国人には非常に変ったところがある。普通は、日本人のように、外国人が自国のことばを話すと異和感、あるいは嫌悪感さえ覚えるのに、外国人が韓国語を喋ると韓国人が喜ぶのだ、と書いてある。

ぼくはこの文章を読んだとき、飛行機恐怖症を一瞬忘れて、吹き出してしまった。話は逆じゃないか。外国人が自国のことばを勉強して、話せるようになるための努力を喜び、評価するのが普通ではないか。そのことに嫌悪感を覚えるのが、全世界の中でも日本だけの現象ではないだろうか。韓国の特徴を論じようとして、逆に日本の特徴を明かしてしまったガイドブックを閉じたとき、飛行機はすでに慶尚北道《キョンサンプクト》の上を飛んでいた。日本と韓国の間に精神的な距離のあることをつくづく感じた。東京から二時間足らずでソウルまで行けるというのは、何という不自然なことか、と改めて思った。

ぼくがはじめて日本から韓国へ旅したのが一九七一年、二十歳の留学生として東京で日本文学を学んでいた頃だった。それ以前、アメリカの大学で韓国語を勉強したことがあったが、教室で学んだ韓国語をまだ実際に話してみる機会がなかった。ちょうど学校の教科書によって英語を覚えた日本人が、本当の英語で話さなければならないアメリカへはじめて旅行するときと同じように、胸の中は不安と期待と好奇心でいっぱいだった。

下関からフェリーで釜山に渡り、慶州、大邱、それから当時の特急列車「統一号《トングイル》」でソウルまで行った。短い旅行だったが、その間に「生きた韓国語」をはじめて聞いて、自分の拙い韓国語を使ってみるいくつかの機会にめぐまれた。韓国語で韓国人に話しかけて、最初に驚いたのは、かれらが日本人のように「お上手ですね」というセリフを言わないことだった。当時の日本人がどんな下手な外国人に対しても言っていた、どこか不誠実で、ひたすら外国人の「外国性」を浮きぼりにするあの外交辞令を、韓国では聞かなかった。

その次に驚いたことには、韓国人がぼくの韓国語を喜んでくれるとともに、韓国語がぼくの口を出るとそくざに、かれらが遠慮なくぼくの発音の誤りを指摘して、直そうとするのだった。はじめて会った人にはかならず、「韓国はどこへ行きましたか」と訊かれた。「はい、釜山《プサン》、慶州《キョンジュ》、大邱《テーグ》、ソウルへ行きました」と答えると、初対面の人でもぼくの話の腰を折って、忽《たちま》ち「大邱《テーグ》」、「大邱《テーグ》」と、ぼくのまちがえた「エー」という母音の発音を、あたかも出来の悪い学徒を叱っているような口調で五回も六回も直すのだった。何という厳しさ、何という思いやり、「君も頑張ればちゃんと言えるようになる」。はじめて外国人に対面した日本人には考えられない振舞いではないか。韓国人には「遠慮がない」と批判する外国人（特に日本人）もいるが、ぼくが「遠慮の島国」からはじめて韓国に渡ったとき、その態度の中にはかえってすがすがしいものを、アジア大陸の大きさをも感じたのだった。

ぼくの発音も何とか通じるようになって、日常会話ぐらいを話せるようになった最近では、はじめての韓国旅行の時とは逆に、こちらが話しかけると、相手が同じ韓国人と喋っている速さで答えるのだ。こちらがついて行けなくなると、相手の韓国人がガッカリして、人によっては多少の苛立ちさえ示すのだ。韓国人の心の中には、人間なら誰しも韓国語を話すのが当り前だという気持ちがあるのではないだろうか。

コトバに対する態度の相違が、日本人と韓国人の文明観における大きな違いから起っている、韓国へ何回か旅しているうちにそんな気がしてきた。韓国にいると、日本ではほとんど聞こえない談論があちらこちらで聞こえる。それが倫理をめぐる談論であって、原則についての議論である。今年の夏に爆発した反政府デモの様子を伝えた記事の中に、実に印象深いものがあった。

外国人記者がデモの参加者の一人に、「あなたは金大中を支持しているのか、それとも金泳三派なのか」と尋ねたところ、その参加者が、「個人が問題じゃなくて、大統領直接選挙制という原則が問題だ」と答えた。韓国の歴史をうかがうと、文化が常に普遍的な原則の上に成り立とうとしているように見える。

その原則が、李朝朝鮮を五百年間宰領していた儒教であろうと、最近の韓国で大変な勢いを示しているキリスト教であろうと、政府側が主張する「反共」であろうと、反政府側が主張する「民主」であろうと、常に「普遍的な」ものとして解釈されるのだ。

日本の日の丸が抽象的な解釈を拒む自然現象を飾しているのに対して、韓国の国旗に飾られている太極が陰陽という原理、「普遍的な」東洋思想を表わしているのだ。そして倫理の原則の上に成り立っている韓国という国が「普遍性」を有しているので、人間なら誰しもその国を評価することができるはずだし、誰しもその国のコトバを話そうとするのも当り前になってしまうのではないだろうか。

韓国人が「日帝時代」を語るときにも、「倫理が踏みにじられた」というようなニュアンスが強い。

その一例としてかならず出てくるのは、「日本人がわれわれのコトバ（ウリ・マル）を禁じようとした」という話だ。おそらくその歴史的な体験も、外国人の韓国語を「普通」以上に喜ぶもう一つの理由であろう。

日本から韓国へ旅すると、当然なことが、当然ではなくなる。

日本のどんな田舎へ行っても、日本人の方から「これは外国と似ているだろう」とか、「こんなものはアメリカにはないだろう」とか、「日本も立派になっただろう」とか、「これはアメリカと比べてどうだろうか」とか、比較の表現をよく耳にする。明治から現代まで、日本の近代化の精神的な機動力となったのは、日本と外国を常に比較しようとする衝動ではなかったか。比べる時代によっては外国の方がよく見えたり悪く見えたりするが、とにかく日本人は比べずにはいられない国民になってきたと思う。劣等感と優越感の終りなき循環、日本人のあの有名な「コンプレックス」も、何もかも比較の対象にしようとする心理から生まれたのではないだろうか。

韓国のさまざまな層にいる人たちと話しているうちに一つの重要なことに気がついたのだ。韓国の近代歴史にあまりにも大きな影響を果たしてきた諸外国（アメリカを含めて）に対しては恨みがあるが、それは日本人のあの「コンプレックス」ではない。

三年前にぼくは韓国のある田舎の町を訪れた。そこに住んでいる友人に町を案内してもらったとき、はじめて日本に住んだ昭和四十二、三年頃に日本人の友人に案内してもらって日本の田舎の町を訪れた経験が脳裏に浮んできた。そして日本の田舎町で会った人たちからアメリカと比較をすることを何回も要求されたのを思い出した。韓国の田舎町の、バス・ターミナルの近くにある郵便局へ手紙を出しに行ったとき、日本での体験が記憶に残っていたぼくは、何気なく、「これはアメリカの郵便局とは違う」と言った。

韓国の友人の顔には妙な表情が浮んだ。

「韓国の郵便局だから違うに決まっているだろう」とすこし苛立った声で答えた。

ぼくが口にした比較は、韓国の友人にとって、「これは火星の郵便局とは違う」とでも言ったかのように、無意味な、否、コッケイな発言だったに違いない。

韓国は、とにかく韓国なんだ。

郵便局員がぼくの手紙を受け取ったとき、「日本《イルボン》へ、速達《ソクタル》」と頼んだぼくの発音がとてもおかしい、と叱った。

ソウル　英語のない大都会

ぼくは韓国について、何も専門的な知識を持っていない。ただ、韓国語を少し学んだことがきっかけとなって、韓国の歴史と文化に興味がわいてきたという理由で、何回か日本から韓国へ旅したことがある。

ぼくにとって、韓国への旅はいつも日本から、、、の旅でもある。そして韓国にいる間、日本と韓国を比べずにはいられないという、いってみれば非常に日本的な衝動にかられることはしばしばある。はじめて日本に住んだ十六歳のときから二十年間、ぼくは「日米」の中に生きてきたのだが、その「日米」に「韓」が加えられたとき、「日米」という視野の中で考えていたテーマをもう一度考え直す機会が与えられた。

日本からは「近くて遠い」国といわれてきた韓国を、エキゾチックではなくて、活気に満ちた現代社会として認識したとき、「遠くて近い」日本とアメリカ、あるいは日本と西洋の関係を、新しい目で見ることもできると思う。

ぼくがソウルに行くと、いつも泊まるのは「鍾路《チョンノ》」というところだ。三《サム》・一《イル》事件という一九一九年の抗日運動の聖所であるパゴダ公園を中心に、東西に延びている鍾路は、「韓国の銀座」といわれる明洞《ミヨンドン》と違って、庶民の町であり、韓国人にいわせると「人間《インガン》味《ミ》」の町である。三・一事件から、一九六〇年の学生革命、そして一九八七年の夏に起きた民主化運動まで、反政府の動きが爆発すると、鍾路はかならずデモの舞台となる。鍾路は、強いていえば、「韓国の新宿」に当るかも知れない。六〇年代の新宿の裏町で十代を過ごしたぼくは、八〇年代の鍾路の裏町にすぐ惚れて、隅《すみ》から隅まで探検するようになった。

朝九時に成田を発って、昼過ぎに鍾路を歩いていると、日本の都会で養われてきた自分の感覚を疑うほどおどろくことがある。ソウルという近代都会の真只中にある鍾路を、一街（丁目）から五街まで歩いていても、他の外国人をあまり見掛けることはない。せいぜいホテルの周辺や骨董品店の並んでいる横丁に、何人かの白人と日本人の姿が見えるだけで、そこから東大門《トンデムン》の方角へ長々と続く鍾路の歩道と、路地と、市場を、何時間歩きまわっても、他の外国人とめったに行き違うことはなかった。

鍾路を歩いていると、外国人も少なければ、店の看板には英語の文字をほとんど見ることはない。一キロも二キロも歩いても、すべてがハングルである。横文字だらけの新宿を考えると、「韓国の新宿」などという安易な比較は、もろくも崩れてしまうのだ。ソウルでも、外国人の居住地や観光客が訪れる名所にはもちろん英語がある。しかし鍾路は違う、鍾路は茫漠たるハングルの海である。そこにあえて入りこもうとする外国人は、ハングルによって泳げなければ、死んでしまうのだ。

世宗大王が十五世紀にハングルを発明したとき、頭の良い人なら一朝で覚えられる、馬鹿でも十日間、と言ったそうだが、自分はハングルを覚えるのに九十日間がかかったことを思い出すと、ハングルの海を渡ろうとしている自分が、一瞬不安になった。

鍾路の歩道を歩きつづける。「遠慮のない」人々の視線からは、友好的なものもそうじゃないものも感じる。「ことばのショック」から生まれたこれだけの魅力と不安を、かつて日本の町で感じたことがあるのか。

そのショックを今でも味わえるということは、ソウルが持っている独特な魅力である。世界屈指の大都会でありながら、どこか古典的な東アジアのシビアーで美しい面影を残しているのは、現在においてはソウルだけではないだろうか。日本ではほとんど抽象概念と石化した「アジア」は、ごく当り前で日常的な現実として、鍾路の街角という街角で生きているのである。

夜になると、そんな印象が特に強い。韓国の、最も韓国らしい季節といわれる真冬の夜だった。鍾路から明洞に向かって、防空のために暗くしてある横通りの、地下鉄の工事で掘り返された歩道を通り抜けていた。オーバーを身にまとった歩行者たちの顔が、屋台のほのかな灯に照らされて、他に光はなかった。いっしょに歩いていた同じ東洋学者のアメリカ人の友人は、「ねえ、ひょっとしたら戦前の満州もこんな雰囲気だったんじゃないか。夜のハルビンとか、大連とか、こんな感じだったんじゃないか」と言った。

ぼくはうなずきながらも、でこぼこの歩道の下に着実に進められている地下鉄の工事が終り、オリンピックが実現した後のソウルについては、そんなセリフがはたして言えるだろうか、と思った。そして、地下鉄と高層ビルがいくら増えても、鍾路で見たあのハングル文化というものが生きている限り、「アジア」的な様相が意外と残るかも知れない、という「楽観的」な結論に達した。

ソウルには古典的な東アジアとも、戦前の満州とも、大きく違ったところがある。それは、街角で横文字も見ないが、漢字もめったに見ない、ということだ。中華料理店をのぞけば、漢字を飾している店の看板はほとんどない。

一世代前のソウルを訪れた外国人から聞いた話によると、五〇年代は鍾路の至るところに漢字があって、中国語か日本語さえ知っていれば鍾路を「読む」こともできた、という。六〇年代に入ってから、政府の方針によってソウルはハングル一色の都会に変った。それがナショナリズムの表れでもあったという。

ぼくも、いつか若い韓国人と話していたとき、韓国語では知らない単語を何とか伝えようと、その単語を漢字で書いて見せたところ、「そんなことばを知らない、あれは中国語だ、外国語だ」といわれたことがある。

その青年は、韓国の飛行機に書かれている会社名も、「大韓航空」という外国語をやめて、ハングルで「대한항공《テーハンハンゴン》」だけにすればいい、といった。

韓国ではじめて人に会ったとき、その人の名前を覚えようとして、「お名前を書いてください」と頼むと、漢字で「金○○」ではなくハングルで「김《キム》○○」と書く人が多いのにおどろいた。どんな字で書くんですか、と尋ねると、私には漢字が読めると思わないこともあってか、相手が最初は戸惑い、それから、「ああ、漢文で書いてほしいのか」といって、やっと「金○○」と書いてくれることもある。

日本人と韓国人の、「自国語」と「外国語」の観念は根本的に違うのではないだろうか。漢字から遊離して、外国語を外国人のいる場所に限定した韓国人は、日常会話の中にも、日本語と比べて、外来語が実に少ない。

最近の日本語では、ほとんどカタカナ英語のコンビネーションによってコンバセーションをすることもできるが、韓国語ではそんなあやふやは許されない。

日本語の外来語について、コロンビア大学のハーバート・パッシン教授が面白いことを書いている。日本語のカタカナは「青目の漢字」だという。日本独自の漢字の熟語と同じように、カタカナになった欧米語も、欧米では考えられないような組み合わせが次々と生まれてくる、という。皮肉なことだろうか、韓国の青年層に見られる漢字の無知を嘆く韓国人の学者もいれば、日本のヤングに見られる「青目の漢字」の氾濫《はんらん》をきらう日本の文化人もいる。しかし「悪い傾向」はどちらも、おそらくとめどのない勢いになっている。

鍾路にしばらくいると、日本で養われた言語感覚もだんだん薄れて、ハングル一色の町に慣れてくるのだ。鍾路の人たちと話していると、「現代化」ということばをよく耳にする。しかし、「国際化」ということばは、あまり聞かない。国家をうばわれて三十六年間、国家を取り戻したとたんに南北に切断され、「国際化」が常に強引な「外国化」を意味していた韓半島の近代史を考えると、ナショナリズムを嫌悪するぼくも、韓国人のこの種類のナショナリズムは何となく分かるような気がする。

「日韓ショック」の原点

一九七一年の韓国は貧しい国だった。はじめての韓国旅行でその年の六月に下関からフェリーで釜山に渡ったとき、その貧しさを韓国の至るところで感じた。ぼくが二十歳の留学生として東京で日本文学を勉強していた頃だった。当時の日本人の心理には「金持ちの気分」はまだまったくなかったと思うが、少なくとも第三世界的な貧困はすでに歴史的な記憶に変わっていたといってもよかろう。

そんな日本から一晩の船旅を経て、釜山で下船した瞬間から、人の服装にも、表情にも、喋り方にも笑い方にまでも、第三世界的な要素がまだ目立っていたのである。釜山の観光案内所に入って慶州でのホテルの予約を頼むと、山の中は大雨だから電話線が切れていて、届かない、ということだった。バスで慶州へ行くと、バス・ターミナルや駅の構内に外国人を見るとお金を求めに数十人の子供が寄ってくるのだった。慶州の名所を回ってみて、道端にある藁《わら》葺《ぶ》きの農家を見ていると、五十年か、百年前へ、タイム・マシーンに乗ってしまったという気分になった。あれから十年経った一九八一年の韓国を訪れたとき、電話がどこでも通じたし、田舎の藁葺きの家も煙と消えていた。西洋で二百年もかかった近代化の過程を、日本が明治時代の四十数年間で果たした、とよくいわれているが、一九八一年の韓国を訪れたとき、それに相当する変化を韓国が十年で果たしてしまったと思わせるぐらい、違っていた。

一九七一年の六月、ぼくは大邱から当時の特急列車「統一号」に乗って、ソウルまで行った。汽車が漢江を渡った瞬間、鉄道橋の端に、銃を持った背の高い兵士が直立不動で立っているのが目にちらついた。軍服を見ない日本から来たぼくの目には、その兵士を最初の一瞬、橋に飾られている英雄的な彫刻かと思った。巨像のような兵士に見守られながら漢江を渡った「統一号」が、ソウルの中心街に入った。

明くる日の朝は昌徳宮や東大門市場を見て、午後は南山を登ってみた。ソウル中心街の南に位置して、公園になっている南山の頂上から、反対の北漢山やさらに北へ連なる山の風景を見てから、下り道についた。老人と家族づれと、非武装地帯帰りの若い軍人と、軍人と腕を組んで登ってくる、日本やアメリカではもう見られなかったつつましやかな長いドレスを着た若い女性と行き違いながら、下り道をゆっくりと歩いているうちに、途中で小さな広場にたどりついた。

広場には、いくつかの石碑と、韓国の伝統的な曲線状の屋根を冠された、小さな博物館という外観を呈した建物があった。建物は何となく荘厳な印象を与えるが、それほど大きくはない、昌徳宮や南大門を見てきた訪問客の目を引くような建物ではない。

ぼくの目を引いたのは、その建物の横に立っている銅像であった。旗を持って、行進しているように片足を前方へ出している男の銅像である。銅像が視野に入ったとき、漢江の鉄道橋を勇敢な姿勢で守衛していた彫刻のような兵士を思い出した。広場の銅像に近づいてみると、スーツを着た三十歳前後の、表情が聡明な男が、右手に太極旗を持っているのである。銅像のとなりにある曲線状の屋根の建物へ歩いてみた。入口のところに、韓国語と英語で（日本語はなかった）、

atrocious Japanese（悪名高い日本人）伊藤博文を殺した愛国の義士・安重根の記念館

と書いてあった。

ぼくは一瞬、自分の目を疑った。「親日派」ということばだけではとてもいい表わせないほど日本にアイデンティファイしていたぼくにとって、記念館の入口に書かれていることばを読んだ瞬間に覚えたショックは甚大なものだった。東京からは飛行機でたった二時間、下関からは一晩の船旅で行ける国の歴史観は、私が教えられてきていた日本の歴史観とはまったく逆である。片方では伊藤博文が近代日本を築き上げた元老であり、片方ではその伊藤博文を暗殺した人間が「義士」で、二十世紀最大の英雄に数えられている。暗殺者の記念館に辿りついたとき、韓国の歴史における大きな一事件を意識させられた、とい

うよりも、思わず日本の歴史の暗部に出っくわしてしまったというおどろきを覚えた。はじめて日本から韓国に渡り、伊藤博文と安重根の歴史的評価の「逆転」に出合ったことは、生活の形式や豊かさの差よりも、至るところに見える軍人の姿よりも、私の胸に鮮烈な「日韓ショック」を起こしたのである。

記念館に入ってみた。中には安重根の生涯と暗殺事件に関する写真と書類と、安重根の書が陳列してある。左側の壁には、太極旗の下に安重根の大きな肖像画が掛かり、その下に花束が供《そな》えられていた。博物館の静かさと、宗教的な厳《いかめ》しさを合わせた、不思議な雰囲気だった。蔣介石の筆による「壮烈千秋」という書も飾ってあるものの、観光コースからまったく外れている記念館を外国人が訪れるという気配はなかった。

一九〇九年十月二十六日、ハルビン駅で下車した伊藤博文が、出迎えの高官たちに帽子を持ち上げて挨拶をしている写真。その数秒後の「哈爾賓驛に於いて伊藤公遭難圖」を載せた日本の新聞。当時の日本の英字新聞には安重根のことが atrocious Korean（悪名高い朝鮮人）と、記念館の前に伊藤博文を指しているのと同じ英語の形容詞が使われている。つづいて、「於旅順獄中」の安重根の写真と書。処刑される五分前の、白い韓服《ハンボク》姿の安重根。書の署名はどれも、「大韓國人　安重根」とある。

書の中で、特に有名なものは、「爲國獻身軍人本分」、国のために献身するは軍人の本分なり、というのである。一九七一年六月、私はこの書を見たとき、それまでの日本の経験の中にどうしても連想するものがあった。ちょうど半年前に東京で起きた三島由紀夫事件を思い出したのだった。『行動学入門』を読んでいた私が、そこに謳われている陽明学、知行合一、マルクス主義とは違った「革命的行動」、そして三島が暗殺を称賛していたことが、まだ新鮮な記憶として頭に残っていた。

安重根が果たした衝撃的な「反日」行動は、マルクス主義でもなく、西洋的リベラリズムでもなく、三島由紀夫が行動を導く原理として称えたのと同じ、アジアの最も正統な革命思想によるものだったのである。「右翼思想」としての反日行動。韓国を訪れる前に私が最も熱心に読んでいた日本の作家、『憂国』と『英霊の声』の作者が、まだ生きていたら、安重根をどう思いますか、この暗殺を、どう評価しますか、と聞きたかったのである。

一九八一年、第三世界を脱してNIESに仲間入りし、日本でも現代国家として意識されはじめた頃の韓国を、日本人の友人といっしょに旅することになった。十年ぶりに安重根記念館を訪れたとき、一回目に見のがしたものに、その友人が私の注意を引いてくれた。それは安重根が処刑される前に書いた「伊藤博文罪悪　十五個條」という漢文の書類だった。その第一条は、

一千八百九十五年　使人於韓國　驅兵突入于皇宮　大韓皇后陛下　弑殺事

それから日韓併合までの、朝鮮半島における日本の「進出」をたどった一覧表である。人を殺したとか、国土を奪ったとかいう「罪状」の間に、気をつけないと読みとばしてしまう短い一条がある。第九条、

韓國青年　外國留學　禁止事

というものである。「大罪」といっしょに、なぜそんな一条が入っているのか、最初は分らなかった。しかし、よく考えると、当時のアジアの一国にとって、西洋への留学が禁じられたということは、そのまま、近代化への道が遮断されたことを意味していた。

中国、韓国、日本という、東アジア三国は、本来、三つとも違った近代化への道をたどり、三つとも違った国家としての可能性を有していた。その一つの可能性が抹殺されたことを、安重根が訴えていたのではないだろうか。

一九八一年九月、安重根記念館から、光のまぶしい広場に出た。「現代化」に走っているソウルの中心街に向かって、日本人の友人といっしょに、南山を下りた。

鉄馬が行きたい、走りたい

ある国を知ろうと思えばその国の列車に乗ってみるのが一番良い、と昔から世界の旅行作家たちが言っている。ぼくも韓国を訪れるときに、かならず列車に乗ることにしている。ソウルに着くとすぐ韓国の時刻表《シガクピョ》を買う。韓国の時刻表は日本のそれより薄くて、ページ数が少ない。しかも時刻表を見ると、鉄道の線路も日本よりまばらで、そのかわり高速バスのほうが非常に発達していて、庶民の足となっていることが分る。

それでも、韓国の鉄道は面白い。古い赤れんが造りのソウル駅から列車に乗って地方へ旅することによって、他ではなかなか見られない韓国の側面を見ることができるし、ときには韓国の歴史と社会の真相を示す小さなできごとやイメージにめぐり合うこともある。そして高速バスや飛行機と違った雰囲気の中で、さまざまな韓国人と接触を持つ機会を与えてくれるのも、列車の旅である。

九月頃の、大田駅のホームで、ソウル行きの超特急「セマウル号」を待っていた。その日の午後は大田市の古本や洋服の市場を回って、ちょうど太陽が傾きはじめた五時前に、駅のホームに出ていた。同じホームで待っている老若男女の生き生きとした会話を聞いて、人々の表情を見ているのは、楽しかった。

とつぜん、韓国人の生き生きとした会話がすべて止まって、ホームは静まりかえった。一瞬、線路のわきに生えた草むらの中を通る風の音しか聞こえなかった。時刻はちょうど五時だった。

スピーカーから韓国の国歌、「愛国歌」のメロディが流れた。まわりの人々はみんな黙って、直立不動の姿勢をとった。「ウリナラマンセ」（我が国万歳）という楽句が聞こえた頃、南から、釜山や大邱の方面から近づいている列車のかすかな遠音が伝わってきた。ソウルと釜山をつなげる京釜線の主要駅で、韓国西部のほぼ真ん中にある大田駅のホームに立って、今、この瞬間、韓国中の会話が止まり、駅が静まりかえり、活気にあふれた韓国の社会が一瞬、停止状態になるのが感じられた。そして毎日、この時刻になると、「愛国歌」が流れて、アジアの中で最も陽気で、最も情熱的な民族が数分間の沈黙を守り、悲劇的な歴史の中で存続してきた国家に敬意を払うのだ、と思った。

「愛国歌」の最後の楽譜が終り、再びホームがにぎやかになった。しばらくして、南のほうから「セマウル号」の白と青の優雅な姿が現われた。

冬の全州駅だった。全羅道の名所をたずねた一週間の旅行を終えて、案内してくれた韓国の友人といっしょに、全羅北道の道庁所在地である全州の駅で、ソウル行きの、「セマウル号」より一級下の特急列車を待っていた。寒くて薄暗い構内のベンチに座っていると、列車の発車時刻が書かれている掲示板の横に、大きな絵が飾ってあるのに気がついた。伝統的な山水画のスタイルで、山の峰に囲まれた大きな湖の絵だった。近くまで行って見ると、それは「白頭山天池」の絵だった。中国との国境に位置する白頭山という名山が、韓民族の創世神話の舞台である。その白頭山が、おそらく韓国人の意識の中で、国家神話の聖地であると同時に、韓国という国の「北の果て」というような意味を持っているのだろう。

「白頭山天池」の絵の下に、ハングルの詩が書かれていた。その意味がよく分からないぼくに、韓国の友人が説明してくれた。かれによると詩のおおよその意味は、

鉄馬が行きたい、走りたい、白頭山まで

ということだった。鉄の馬（列車）が、韓国の北の果て、国家の聖地まで走りたがる、だが、南北分断という事実があるから白頭山まで走れない。それでも鉄馬が行きたい、走りたい、その願望を捨て切れない。韓国人は白頭山をけっして忘れていない、統一への願

望をけっして捨てていない、そういう気持ちが詩の中に込められている、と韓国の友人は言う。

その説明を聞いたとき、二つのイメージがぼくの脳裏をかすめた。一つは、韓国を訪れる前に、いつか朝鮮戦争の写真集で見た白黒の写真だった。三十八度線の辺りに取り残された列車の写真だった。車両がさびついて、輪のまわりに雑草が生えていた。

もう一つは、自分の目で見た実際の風景だった。板門店へ行く途中、汶山《ムンサン》という町がある。臨津江を渡って非武装地帯に入る前の、最後の町である。その汶山の駅の北方には、鉄道の線路が途中で終ってしまうところが見える。本来は「北」へつづくべきで、そして南北分断以前には実際につづいていた線路が、一本の緒が巨人の手によって切られたように、とつぜん絶えてしまうのである。

「鉄馬が行きたい」白頭山の絵を見たとき、韓国の近代史を語る「鉄道のシンボリズム」をつくづく感じたのである。

全州へ着く前の夜、全羅北道の各駅停車に乗っていた。外国人観光客も使っていて、何となく「エリート」の雰囲気を漂わせている「セマウル号」と違って、古い各駅停車がひどく混雑していた。日本だったら二人が座る堅い木の座席には三人が詰めて、通路もぎっしりだった。数分ごとに列車が止まり、大きな荷物を背負った老婆が降りたり、農夫と、軍人と、赤児をかかえた女が乗ったりした。

そんな電車にぼくが韓国の友人といっしょに乗ったところ、向かい側の席に詰めていた三、四人のチンピラ風の男たちが、バクチのカード・ゲームに夢中だった。トラブルになるから見るな、と韓国の友人が私の耳にささやいたが、すでにチンピラ風の男の一人がぼくの存在に気づいて、日本でもときどき経験するのと同じような「外人をナメる」目つきで、「場違い」のぼくを睨《にら》んだ。日本の田舎の各駅停車だったら、似たような男がわざと大声のジャパニーズ・イングリッシュを言い、外人をからかって「コンプレックス」を吐き出す。そのような瞬間だった。

韓国人のチンピラが相棒の袖を引いて、ぼくを指さした。青い目の私のことを嘲笑《あざわら》いながら、

「アアソウテスカ」

と日本語でからかった。

相棒も、「アアソウテスカ」

とおうむ返しに笑った。

もう一人の相棒が、

「イトーヒロプミ」

と大声で笑った。

それから、かれらは満足したように、ぼくのことを忘れて、カード・ゲームにもどったのである。

ぼくはびっくりした。かれらにとって、ぼくの存在は「外国」を意味していたに違いない。とにかく「セマウル号」に乗るべき外国の者がローカルの各駅停車に乗ってしまったという「場違い」(侵略?)に、外国のコトバを突き返して対抗する。かれらの心理はきっとそのようなものだったのだろう。

しかし、どう見てもアメリカ人にしか思われない「外国」の存在に対抗した瞬間、なぜかれらの口から出た外国のコトバは英語ではなく日本語だったのか、なぞだった。ぼくの表情の中には韓国人がすぐ見てとれるような「日本的」な何かがあったのか、そうは思えない。かれらの意識の中には、「外国勢力」と「日本語」は同じ意味だったのか、それとも、アメリカも日本も同じで、たまたま日本語のほうが先に出てきたのか。

ぼくはその夜、各駅停車が終着駅に着くまで黙っていた。韓国のなぞについて、日本で考えることにした。

韓国は六〇年代の日本ではなかった

ぼくは東京からソウルに着いた日に、ホテルにチェック・インしてからすぐ鍾路《チョンノ》の名曲喫茶店へ行くことにしている。ソウルの名曲喫茶店はピンからキリまであるのだが、どちらも東京では味わえない雰囲気を持っている。内装まで、無理に西洋的——もちろん、本当の西洋にはない「西洋的」——に創り上げる東京の名曲喫茶店と違って、ぼくが行く鍾路の店は、ギャラリーのように壁に白磁の器が並んだり、漢詩やハングルの書が飾ってあったり、非常に「東洋的」なスタイルである。普通の茶房《タバン》より値段がいくぶん高いものの、雰囲気の中には気取ったものを感じさせない、実にリラックス・ムードである。耳は西に、目は東に、という風に、ブラームスやマーラーを聴きながら漢詩や白磁を鑑賞していると、いつの間にか概念としての「東洋」と「西洋」を忘れてしまうこともある。

日本のこういうところでは必ず感じさせられる、あの演じられたような「和製西洋」という緊張感が、なぜソウルでは感じられないのか。

ひょっとしたら、韓国ではまだ生活やフルマイの次元で「東洋」が生きているからこそ、逆に「西洋」文化を気取りも「コンプレックス」もなく受け入れることができるのではないか、そんな結論が頭に浮んでくるのである。韓国の喫茶店に座っていると、私はよく日本のことを考える。自分が今まで経験した日本と韓国、そして日本人が韓国を語るときのイメージと、韓国人が日本を語るときのイメージ、二つの現実と二つのイメージが万華鏡のように次々と多彩なパターンを成して、頭の中で転々と動く。

日本にいると、よく「韓国は六〇年代の日本に似ている」という話を耳にする。ぼくも現代の韓国を訪れる前に、韓国へ行ったことのある日本人からも、アメリカ人からも、韓国は「昔の日本」、「六〇年代の日本」、「二十年前の日本」、そして特に「オリンピック直前の日本」に「そっくりだ」という話を聞いていた。外国の事情をなるべく簡単な（消化しやすい？）イメージにしぼりたがる日本のマスコミからも、そんな印象を受けていた。ある外国を理解するために、自分の国のある時代にたとえるという心理は、どこの国にもあるだろう。特にアメリカと日本のように、「近代」や「発展」という神話を生きがいにしている国なら、ことさら外国を自国の発展のある段階まで来ているという見方でとらえて、判断する傾向が強い。しかし、その外国を知れば知るほど、そういう時代的比較が崩れることも確かである。

日本人が韓国を見る目と、アメリカ人が日本を見る目が、どこか似ている。たとえば、アメリカから今の日本を見ると、アメリカの一九五〇年代を思わせる要素が実に多い。その国の歴史ではじめて普通の人が裕福になって、かつては一部の上流層しか味わえなかったゼイタクを楽しむことができるようになった。それが原因であろうか、若い人の間に「思想」がすたれて、コンフォルミズムが支配的になり、テレビや広告会社が巨大な影響力を持ち、多くの人たちがお金で外国文化を消費しながら心の中では自分の文化に陶酔する……八〇年代の日本に見られるこれらの要素はすべて、五〇年代のアメリカにもあった。八〇年代の名古屋のサラリーマンがはじめて夏休みをスペインで過ごせるようになったのを見ていると、三十年前のピッツバーグの労働者がはじめてスイスのアルプスでスキーを楽しめるようになったことを、アメリカ人は思い出さざるを得ないだろう。二つの国の、違った時代が重なるのも、無理はないだろう。

　しかし右の経済的・社会的類似が示されたところで、現実の八〇年代の日本が正確に描かれているかということになると、大きな問題がある。アメリカ人が考えるそういう類似――「今の日本は五〇年代のアメリカとそっくりだ」という見方は、日本の歴史と文化と生活、現代の日本にある固有の状況を無視した、かなり表層的な見方だと言われるだろう。アメリカ社会にない独自なものがたくさん日本にあるし、三十年前のアメリカどころか、現在の日本は現在のアメリカよりはるかに進んでいる面もたくさんあるのではないか。近代化とアメリカナイズを同一視するのは高慢なアメリカ中心主義に過ぎない、と反論する日本人は少なくないと思う。

ぼくはその反論は正しいと思う。ある国からもう一つの国を見るときに、その経済状況、あるいは一部の社会現象を拾うだけでは、その国の本当の姿は浮ばないし、下手をするとそういう比較が「誤解」を招くだけの結果になりかねない。アメリカから日本へ、日本から韓国へ行って、このことを考えると、おそらくアメリカ人が「日本」を語るとき以上に、日本人が韓国を語るときに、そういう危険な省略――「韓国が昔の日本とそっくりだ」――がなされている、という気がする。近代の世紀に入って以来、どこの国民よりも自国と外国を比較したがって、比較するときに外国の方が自国より「進んでいるか」「遅れているか」ということを気にするのは日本人だから。

ぼく自身も、かつては韓国をそんな「日本的」な目で見ようとしたことがあった。そして今の日本にはアメリカの五〇年代を思わせる雰囲気が確かにあるのと同じように、ソウルの街に漂う一種の活気、まじめさ、国が登り坂を歩んでいるという希望が東京の六〇年代を思い出させることは否定できない。

鍾路の喫茶店に座っていると、確かに、六〇年代の新宿にあった名曲喫茶店と同じように、学生たちは熱烈に話しているのだ。しかもその話題が現在の日本の喫茶店で聞こえるマンガとファッションではなく、やはり「まじめ」で、どうも「政治」と関係のある話が多い。しかし、その「まじめ」さが昔の日本人の「まじめ」さと違うし、モーツァルトを聴きながら熱烈に話している若者の中に軍服姿の人もかなりいる。鍾路は新宿ではない。鍾路の喫茶店にいる若い韓国人たちに、アメリカはどう思うか、日本はどう思うか、と聞けば、単純な比較では答えないだろう。

そもそも日本に関心のない多くのアメリカ人が、日本が経済大国になってからはじめて日本に目を向けるようになった。二十年前のアメリカで「日本」の話をしようとすると、アメリカ人の相手のほとんどがシラケたことを、今でもはっきり覚えている。そして、十年前の日本で、こちらが「韓国」の話をしようとするとき、ほとんどの日本人の反応にはそれと同じようなシラケが感じられたことも、ぼくは覚えている。

それからアメリカでは「日本ブーム」が起こって、日本では「韓国ブーム」が起こった。二つの質はあまりにも似ているのではないか。

「ショック」の要素がなければ、「ブーム」は起こらない。今のアメリカ人にとっての「日本ショック」の一因は、「アメリカナイズ」とは違った超近代国ができ上ってしまった、という驚きではないだろうか。日本人も、いつか近い将来に、「日本化」を拒んだアジアの経済大国の存在に直面せざるを得ないかも知れない。

モーツァルトと白磁が不思議な調和を保っている喫茶店から鍾路の歩道に出ると、ハングル一色の世界である。英語も、中国語も、日本語も見当らない。街をそぞろ歩いている韓国人からは相変らず「活気」を感じる。その「活気」も、おそらく韓国が経済成長の道に踏みこんだ以前からあったのではないか、という気がするのだ。一九七一年に私がはじめて訪れた「貧しい国」、アメリカ人も日本人もほとんど関心を示さなかったあの時代の韓国にも、今のと同じような「活気」があったのではないか。経済とは直接に関係のない、一種の文化の力を、そのとき感じて、びっくりしたのではないか。「近代化」や「発展」ばかりを気にして、一つの国をその経済のレベルだけで見てはいけないという教訓は、八〇年代という経済の時代の中で忘れられている。私はもともと日本が好きになったのも、何も経済大国に引かれたからではなかった。日本から韓国へ渡ってみたのも、別にもう一つの経済大国の誕生を観察するためではなかった。

アメリカのことも、日本のことも忘れて、あらゆる比較を捨てることができるようになったとき、はじめて韓国の姿が見えてきたのである。

モスクワ　ささやきの都への旅

I

ぼくははじめてソ連の土を踏んだ瞬間、不思議とアメリカに戻ってしまったような気がした。

その日の正午にワルシャワで汽車に乗った。汽車がポーランドとソ連の国境にある、ブレストという第一次世界大戦ゆかりの町に到着するまでは三回も故障で止まったが、とにかく夜の八時にぼくは無事にソ連に入国してしまった。

ヨーロッパの国々を三週間廻ってからのソ連入りだったので、「大国に戻った」という気持ちが強かったかも知れない。駅を出るなり、ぼくはアメリカ大陸を思わせるようなちょっとだけ乱雑な自然の中を歩みだした。はじめて歩いてみたソ連の町並は、ヨーロッパの整然とした町と違って、不格好でごちゃごちゃな印象で、それこそミシガンやニュージャージーにでも戻ってしまった、という錯覚を起こすように、アメリカの田舎町を思わせる「下品」で粗野で開かれた雰囲気だった。

野放図な大地、母なるロシア——ヨーロッパから解放されたという気分になって、メイン・ストリートをしばらく行くと、スーパーマーケットにたどりついた。

中に入ってみると、スーパーマーケットというよりも万屋《よろずや》、それも三十年か四十年前のアメリカ中西部のゼネラル・ストアーのように、地味な食料品が簡単に並べてあった。一種のなつかしさを感じた。ソ連という国がなつかしさを感じさせることに驚きながら、食料品のラベルを飾ったキリール文字を珍しがり、客を黙って睨みつけるレジの老婆の顔をちらりとうかがった。

棚からビートの缶詰を一個手に取ってみた。缶詰に指が触れた瞬間、そのラベルがたちまち剝れて、床に落ちてしまった。

ぼくはミンスク経由モスクワ行きの特急に乗っていた。興奮のあまり、車室にいたたまれなくなって、通路に出た。通路の窓から夜のウクライナの広野を眺めていると、若い兵士が寄ってきて、ぼくの知っているわずかなロシア語の一つを大きな声で言った。

「飲もう」

兵士に連れられて、レストランに入った。テーブルに案内されたとたん、兵士がビールを九本頼んで、一本一本を歯であけては水のように呑みはじめた。

安部公房が書いた満州のロシア人兵士の凄じい描写を思い出しながら、ぼくは一本のビールをゆっくりと呑んだ。

兵士が早口で喋りだした。それがまったく通じないということに気づくと、兵士が声を高めながら怒鳴りつけたところ、スーツを着た二人の紳士がそのテーブルに寄ってきた。その一人が兵士に身分証明書を見せると、兵士はすぐおとなしくなって、九本目のビールを呑みほしてから、レストランから去ってしまった。

向かいの席に腰を下ろしながら、その一人の紳士はぼくに「ドイツ語を話せますか」とドイツ語で尋ねた。

「すこし」とぼくはドイツ語で答えて、それから「あなたたちは政府に勤めているんですか」と訊いた。

ぼくの質問をとなりの席に座っているもう一人の紳士に通訳すると、二人が大声で笑いだした。「あなたたちは人間ですか」とでも訊かれたかのように、二人の紳士は数秒間笑いつづけた。

「何省ですか」と訊くまでもなく、二人はすぐKGBのエージェントであることを教えてくれた。

アメリカに舞いもどったという感覚はなくなった。

しかし、二人の紳士は酒を飲むのにとてもいい相手だった。アンドレイというエージェントが「空軍でドイツにいたことがある」と教えてくれたとき、「文化ショック」とビー

ルでほろ酔いのぼくは生意気にも、

「それは東ドイツですね」と言ってみた。

二人のエージェントがまた吹きだした。

他の乗客がじろじろ眺める中で、ぼくらがジョークを交し、平和に乾杯を繰り返し、ホイットマンとマヤコフスキーを朗詠した。二人の紳士の飲み方も、西洋人のようにケチではなくて、むしろ日本人のように徹底的に酔うまで付き合うというスタイルだった。かつてスターリンが駐ソ日本大使に「われわれもアジア人だ」と言ったという話を思い出しながら、「西洋」とはいったいどこまでを言うのだろうか、と考えはじめた。アメリカからソ連経由で日本へ行くことを決めたとき、多分そのようなことを考えさせられるだろう、という予感もしていたが、実際にソ連に入ってみて、KGBのエージェントとごく自然に非西洋的な飲み方をしていると、普通にいわれている「文化ショック」とは一味違った驚きを味わうことになってしまった。

「ぼくはとにかく、社会主義圏に入ってから、頭がすこしおかしくなった」とぼくはアンドレイに言った。

アンドレイは思いやりのある口調で、

「分かる、分かる」と答えて、またビールを注いでくれた。

レストランが閉店になり、他の客の姿が消えたが、アンドレイとピョートルは何の特権を使ったのか、マネジャーにまた数本のビールを持たせて、ぼくと飲みつづけた。

やがてスピーカーから、まもなくミンスクに到着します、というロシア語が流れたとき、アンドレイがその日本製の腕時計を見て、あわてて立ち上がった。

「ミンスクでおりるんだ」と酔った声で言って、レストラン車のドアに向かった。ピョートルも立ち上った。

閉まっていたドアをアンドレイが開けようとしたところ、錠がかかっていた。すでにレストランの窓にはミンスクの光が映っていた。

これは大変だ、という表情になって、アンドレイはマネジャーを呼んだ。

マネジャーは鍵を持っていなかった。

スピーカーからまたミンスク到着を告げる声が流れた。

唖然としたアンドレイがドアを蹴ってみたが、どっしりとした鉄のドアは開かなかった。

ピョートルがマネジャーに何かを命令すると、マネジャーがすぐスクリュードライバーを持ってきた。ＫＧＢの二人とぼくが見守っている中で、マネジャーはドアのねじを次々と抜いた。

一瞬経ってから、鉄のドアがドドンという音をたててレストラン側に倒れてしまった。

すっかり酔ってしまったぼくがドイツ語でアンドレイに言った。「鍵がないからドアそのものを外してしまう、それが共産主義ですね」と。

ぼくにとって最初で最後のKGBの飲み友達が笑い声を残して、ドアの有った大きな穴を通って、消えてしまった。

ぼくは車室の寝台に座って、ブルガリアのたばこを吹かしながら、このソ連という国はいったい何だろうか、と色々考えをめぐらしてみた。

ヨーロッパ文化のシンメトリーと繊細さがなくて、むしろアメリカのようにどこか野暮なところがあって、「開拓国」特有の心の大きささを感じさせる。しかし、アメリカと違って、個人主義を極力に抑えた、非西洋的な共同体、その中にぼくは確かに「アジア」の面影をうかがうこともできた。

「ナゾのロシア」などという決まり文句はつまらない。それは西欧人が昔からロシアに押しつけつづけてきたエキゾチシズムに過ぎない。ぼくはもっと単純に、もっと直接に、今まで世界を理解しようとして創り上げてきた明確なカテゴリーを揺がす微妙な振動を感じていた。これから十日間、シベリアを横断して、日本に着くまで、その振動を感じつづけるだろう。それも、「資本主義」と「共産主義」とはほとんど関係のない振動だった。

車室のスピーカーから音楽が流れた。ぼくはすばやく洋服を着て、柔らかな光が溢れている通路に出た。どこからか、タマネギの匂いとお茶の香りが漂ってきた。

汽車はすでにモスクワの郊外を走っていた。

Ⅱ

ぼくは魅惑された気持ちで、夕方から赤の広場を何回も歩き廻り、人々の顔をうかがい、クレムリンに出入りする政府高官の黒いリムジンをにらみ、レーニン廟の横に長々とつづくロシア人の列を遠くから見守った。

「西側」からモスクワを訪れた人は誰しもある程度は感じることだろうが、「鉄のカーテン」をくぐって入った「裏の世界」、巨大な鎖国に踏み入ったことによって、一種のめまいに襲われてしまった。それはもちろん、「表の世界」で通用する常識がとつぜん通用しなくなったことも原因だったに違いない。

「共産主義、それは社会主義プラス各国の電気化」というスローガンを目にしたとき、ぼくはソ連のある諷刺作家のことばを思い出した。もしソ連の日常生活、ソ連のリアリティをそのまま忠実に書けば、その文章はおのずから超現実主義、シュールレアリスムになってしまうのだと。ソ連を理解するのには、ソ連の国民が自己防衛のために持っているのと同じぐらいのシニカルな心が必要だろう。ソ連を描くのには、ソ連の作家が有しているのと同じぐらいの諷刺の精神が必要だろう。それほどシニカルでもなく、諷刺の精神もそれほど強くないぼくには、「西側」の国々を旅行するときよりはるかに深刻な文化ショックが、ただめまいのように襲ってきたのだった。

モスクワは巨大な鎖国の都であると同時に、「大帝国」の中心でもある。そしてその「皇居」であるクレムリンの前の赤の広場には、実にさまざまな階層と人種が歩いていた。百姓の婆さんたちもいれば、ニューヨークの五番街を歩いているのとほとんど変らない、ファッショナブルな毛皮を着た女もいた。広場の端に東洋人の団体を見た。みんなが男性で、ダブダブの茶色いスーツを着ていた。三十年か四十年前の日本にあったような古い写真機で赤の広場の記念写真を撮っているかれらに近づいてみると、一人一人の襟に金日成のバッジが付いていた……。

飽きもせず歩き廻っているうちに夜になった。近くのレストランで食べて、十時頃にまた赤の広場の不思議な引力を感じて、訪れてみると、まだ沢山の人々がいた。レーニン廟の近くに佇んでいると、地方からモスクワにやってきたと見える老夫婦がすぐとなりに来て、廟の裏にあるクレムリンの壁に刻まれている「革命家たち」の名前を読んでいた。とつぜんその老婦人がひじで夫をそっと小突き、立ち聞きしているぼくにも聞こえるほどの声でささやいた。

「あれはスターリンだ」

かつては廟の中にレーニンのとなりで永眠していたスターリンの遺体が、ある日とつぜん裏の壁のほうに移動されてしまったという話を、ぼくは思い出した。

夫がオウム返しに禁じられた名を口にした。

「スターリン」

そして老夫婦がもっと声を低くして、ささやき合った。かならずしも悪口を言っているという雰囲気ではなく、むしろ隠蔽された巨大な存在、老夫婦の生活に三十余年間も君臨した大王が、「やっぱりそこにいた」という庶民の口調だった。

スターリンをめぐるささやき声がとだえて、赤の広場からホテルにぼくが戻ろうとしたところ、左の肩が軽くたたかれているのを感じた。警察だろうかと思って、振り返ってみると、そこに立っているのが、五、六人の高校生のギャングだった。

レーニン廟のかげに立って、アメリカ流ジーパンにスポーツ・ジャケットの、その若き「親分」が、ニューヨークの麻薬売りとそっくりのジェスチュアを交えて、

「グム?」と話しかけた。

赤の広場の反対側にある「グム」(ГУМ)という有名なデパートを指さして、ぼくは、「グムはあそこだ」と簡単なロシア語で言った。

不良少年たちが一斉に笑い出して、違う、違う、と言った。

十八歳の「親分」がスポーツ・ジャケットをあけて、その内ポケットを見せた。ちょうどニューヨークのチンピラがスポーツ・ジャケットの内ポケットに盗んだ時計やコカインの小袋を並べているのと同じように、ソ連の不良少年が同じところに隠しているものは、

「西側」各国のチューインガムだった。

「グム」とは「ガム」のことで、「グム？」とは「チューインガムを持っているのか」ということだった。

「ない」とぼくは答えると、「親分」がガッカリして、子分たちを連れて次の外国人を狙いに行った。

後で聞いた話によると、ソ連の不良少年の間に「西側」のチューインガムが大変な流行で、ほとんど覚醒剤のようなものだそうである。

物々しいレーニン廟のかげに、今でもチューインガムの闇取引が行われているだろうか。

「西側」のチューインガムが出廻っていることは、青少年の道徳問題と憂慮されているようだ。

ぼくは「ドム・クニーギ」（「本の家」）という、モスクワの有名な書店に入ってみた。高校時代からソ連の現代詩が好きで、一九二〇年代のフォルマリズムという批評にも興味を持っていた。たとえロシア語がほとんど読めなくても、お土産としてその原書を二、三冊手に入れたいと思っていた。

新宿の紀伊國屋より数倍広い「ドム・クニーギ」の、詩集売場にたどりついた。そこに展示された詩集を見渡した瞬間、ぼくは非常に驚き、そしてガッカリした。

高校時代から翻訳で愛読していた二十世紀ロシアの数々の偉大な詩人たちの本は、どこにも見当たらない。マヤコフスキーもマンデリシュタムもなく、アフマドウリナもボズネセンスキーもなく、エフトシェンコすら、一冊もなかった。あるのは某将軍の『愛国大戦詩集』のたぐい、まったく俗悪で古くさい英雄的なプロパガンダだけだった。モスクワでは人気のある文学書が新鮮な野菜と同じようにアッという間に売り切れてしまう、とかねてから聞いていたものの、あたかも紀伊國屋書店へ行って夏目漱石の本を一冊も買えないような驚きを覚えた。

詩集がだめだったら、せめて批評の本を探してみようと思った。いや、フォルマリズムという、文学作品の形式そのものを問題にした一九二〇年代のソ連の批評は、「社会主義リアリズム」と相反する悪質な思想だとされて、スターリンの時代から禁じられていた。モスクワの書店ではそんなものを売っているはずがない。

と諦めたところ、詩集売場の近くに古本売場があることに気がついた。そこへ行くと、ガラス・ケースの中に一九一七年革命前後や、一九二〇年代のモダニズムの黄金時代の初版本は、かなりの数が展示されていた。

ぼくはチューインガムの少年と同じような気持ちになって、売場の、厳しい表情のオバさんに、

「フォルマリズム?」と聞いてみた。

オバさんは苛立ちを隠さないで、

「なに？」と答えた。

「フォルマリズム、二〇年代のクリティク」

オバさんは、そんなもの、聞いたことがない、という顔をした。

ちょうどそのとき、となりに立っていたインテリ風の中年の男が、英語で話しかけて、ぼくを助けようとした。

「二〇年代のフォルマリズム」というと、そのインテリ風の男が、

「ああ、ヴィノグラドフとか、その人たちですね」と、声をはずませていた。

インテリ風の男が、五十年間も禁じられていた本の題をいくつも口にした。発禁になってから半世紀の間、その題が世代から次の世代へと、口コミで伝わってきたわけだ。

そして、その本を禁じた巨大な権力者の名前も、赤の広場ではささやきの中で伝わっていたのだった。

アメリカの埼玉県

日米往還の生活を繰り返していると、ときどきアメリカ的な風景を日本の中で見たり、あるいは日本的な光景をアメリカの中で発見するという、一種の既視現象が起こる。

何年か前に、ニュージャージ州にあるプリンストン大学で教えていたぼくは、冬休みを使って、正月を過ごしに日本へ旅行したことがある。出発の日、朝六時に起きて、大学正門前からマンハッタン行きの始発バスに乗った。ゴシックの城のような大学講堂を通りすぎるとプリンストンという小さな知性の王国を抜け、そのプリンストンの四辺を囲んでいるニュージャージ州の風景の中にバスが入るのだった。

それが一般のアメリカ人にいわせると、全国の中で最も魅力のない風景なのだ。二時間近く、バスの窓に迫ってくるのが、トラックが排気ガスを吐き出す高速道路と、ガソリン・スタンドと、けばけばしいネオン・サインで飾られたピザ屋、それに路端に捨てられたポンコツ車の山がえんえんと続くのだ。

ニューヨークという大都会に隣接しているくせに、ニュージャージには「品」がない、

「文化」がない。テレビ局もない。大都会のかげにあって、大都会に対するコンプレックスを抱えながら、その大都会にたどりつくための通路として、ニュージャージというところが存在するのだ。マフィアが死体を埋めるのに利用しているという汚れた茶色の牧草地の辺りからトンネルに入って、それを通り抜けるとマンハッタンに着いた。

その朝ぼくはマンハッタンのバス・ターミナルで乗り換えて、一時間でケネディ空港まで行って、空港の中で二時間待ってから、ジャンボ機に乗った。約十四時間後に成田に到着して、入国手続きなどを済ませてから京成線で上野まで行って、上野からタクシーに乗って、東京の夕方のラッシュの中を一時間余りのろのろと進んで、夜八時頃に埼玉県の、東武東上線沿線にある日本人の友達の家に着いた。

ニュージャージを出てから二十何時間もたっていた。友達の家に近づくと、タクシーの窓に迫ってくるのが、トラックが排気ガスを吐き出す高速道路と、ガソリン・スタンドと、けばけばしいネオン・サインで飾ったラーメン屋だった。交通標識を漢字から英語に変えて、ラーメンをピザに変えさえすれば（実際にピザの看板もある）、二十時間前に見た風景とあまり変わらないのだ。時差ぼけのせいもあったかもしれないが、どうも、地球を半周して、けっきょくニュージャージにもどった、という不思議な感じがした。

埼玉県の町の友達といっしょに正月を過ごした。ニュージャージへ帰るまでにかれらに教えてもらったいくつかの新しい日本語の中に「ダサい」ということばがあった。

普通のアメリカ人が「ニュージャージ」という地名を聞くと、ほとんど反射的に軽蔑の笑いを浮かべるのだ。おそらく五十州の中のアメリカ人が最も憧れるのがカリフォルニアだとすれば、最も蔑むのがニュージャージだろう。

カリフォルニアとニュージャージとはアメリカの陽と陰であり、未来と過去であり、そして何よりも「ファッショナブル」と「ファッショナブルではない」という両極を意味するのだ。ニュージャージは昔からマンハッタンの一部のインテリから「アメリカのベルギー」と言われてきた。最近、一部の知日派からは「アメリカの埼玉県」と言われるようになった。アメリカ人の意識の中で、ニュージャージはとにかくダサいところである。

日本人が言う「ダサい」は、その語原からして、あらゆる流行が集中している東京に隣接しながら、その流行に参加しない、あるいは参加できない、というニュアンスがあると思う。それと同じように、マンハッタンの人間がたとえば「あれはジャージだ」と、マンハッタンのすぐとなりに位置するのに「品」も「文化」もない州の名前を形容詞として使うことがある。

マンハッタンは流行が集中した島であり、その島民の中には、マンハッタンで生まれて、マンハッタンで育って、マンハッタンから一歩も出ないまま死ぬ人もいる。マンハッタン人がそのことを弁明するとき、「どうせ外へ行ってもすべてがニュージャージだ」と言う。マンハッタンとニュージャージを隔てるハドソン川を越えてもしようがない。マンハッタン以外の全世界がダサい、ということになる。

ニュージャージの名物といえば、東海岸の南方からニューヨークへ行くときに通らなければならない「ニュージャージ・ターンパイク」という、八車線の高速道路がある。ぼくも十七歳でプリンストンに入学したとき、そのターンパイクからはじめてニュージャージ州に入った。新入生に配られた大学新聞の特別号には、「ニュージャージについて」という記事が載っていた。その書き出しは「必要は発明の母、ニュージャージは必要の母」とあった。記事を読むと、けっきょくニュージャージには遊ぶところはない、だからマンハッタンへ行きなさい、という内容だった。ニュージャージを紹介するはずの記事の最後に、マンハッタン行きのバスの時刻表が載っていた。

一九八四年の大統領選挙のときに、民主党の予備選挙が同日にカリフォルニアとニュージャージで行われたことがある。中西部出身の候補者、ゲリー・ハート議員がカリフォルニアの集会で演説をして、その中で、支持者たちからもらった土産物について感謝の辞をのべて、「ニュージャージへ行くと有毒廃棄物の土産しかもらえない」という失言をした。

大統領への道も、ターンパイクと同じく、否応なしにニュージャージを通らなければならないのだが、憤慨したニュージャージの州民はその日、ハート議員が通るその道を立派に塞いでしまった。ハート議員もニュージャージで廃棄物となった、と言われていた。ニユージャージの人々は、自分たちの故郷が全国の物笑いの種となっていることを知り、そのことをかえって一つのプライドにしているところがある。ニュージャージは必要の母でもあれば、常に辛辣な皮肉を生み出す母でもある。バージニア州がPRキャンペーンとして赤い心《ハート》マークに「バージニアは恋人たちの州である」という車のバンパー・ステッカーを作り出したとき、ニュージャージの車のバンパーにはひび割れた黒い心マークに「ニュージャージはマゾヒストたちの州である」というステッカーが現われた。

「品」もない、「文化」もないニュージャージの青春を歌いつづけてきたブルース・スプリングスティンには、「Born to Run」というヒット曲がある。州議会の若い議員がその曲を新しい州歌にしようと提案したことがある。モータバイクに乗った、タフで、何一つ幻想を抱かない青年が、北ニュージャージの高速道路に沿った荒廃した工場地帯の中を暴走しながら、

若いうちにここから逃げだすんだ

We gotta get out while we're young

と歌うのだ。いくらニュージャージといっても、その歌詞は「州歌にふさわしくない」と否決されたが、高速道路沿いの醜い現実の中にマンハッタンにはない生気を見つけ出したスプリングスティンは、依然としてニュージャージの若者たちの英雄だ。流行に酩酊した二十世紀末の大都会のかげに隠れて、大都会に見捨てられた最も「ダサい」場所から、

このどろどろの訴えが生まれたのである。

ぼくは三十歳を過ぎてからニュージャージを出た。ニュージャージを逃げてから、アメリカ人が最も憧れているカリフォルニアと、マンハッタンよりもめざましい早さで流行を作り流行を消化する東京で生活を営むようになった。埼玉県の友達も、渋谷の近くにある住宅街に引っ越してしまった。ぼくもめったにニュージャージを訪れることはない。コンプレックスはコンプレックスのままでいい。

最近聞いた話によると、ニュージャージにも先端技術が進出して、州民の間には「ニュージャージを見なおそう」とか「やはり、ニュージャージ人に生まれてよかった」というスローガンが流行《はや》っているという。ニュージャージらしくないその話を耳にしたとき、コンプレックスが高慢に変わりはじめたときの人間は、本当に、ダサい、と思った。

追記　このエッセイが雑誌に掲載されたとき、一部の読者から「埼玉をバカにしている」と誤解されて、抗議文ももらった。ぼく自身が埼玉に住んだこともあり、埼玉の友達も多い。自分の文章がまさか、そう誤解されることに実におどろいた。このエッセイで書かれているのが、いうまでもなく、ニュージャージと埼玉がどう見られているかということであり、スプリングスティンの歌を論じたところで明示しているように、ニュージャージにも埼玉にも、それぞれが隣接しているファッショナブルな大都会にはない根源的な力があるということを書きたかった。その力をむしろほめているつもりでいた。そのことがうまく伝わらず、意図するところとは正反対の解釈を招いてしまったことを、残念に思い、ここでおわびします。

Ⅲ

木造の青春

一九六八年の春に、十七歳の学生だったぼくははじめて東京でアパートをかりた。家族が住んでいた横浜から、東京にある大学に通って日本語の勉強をしていた。大学に通っているうちに、「アナタ」と「ワタクシ」という外人向けの日本語を教えこむ授業がつまらなくなって、「俺」と「お前」で喋る日本人の学生の生活に引かれてしまった。いつの間にか、友達と同じように、どんなところでもいいから、普通の学生が住んでいるような部屋に住みたくなった。

その願望を横浜の家族に伝えると、賢いだけにケチな父が、「日本人の学生と同じ生活をしたいなら、日本人の学生がもらっているのと同じぐらいのお金でやりなさい」と言った。「戦後」の面影をまだ残した「高度成長」の時代にあって、父は「戦後」の方を重要視して、一ヵ月の生活費として五十ドル、当時は一万八千円をくれた。

友達が住んでいる本郷通りの下宿屋に部屋が一つ空いたので、そこへ入ることにした。東大農学部の都電停留所からすこし歩いたところの、酒屋の二階にある三畳の間だった。部屋代は（一ヵ月）三千五百円だった。

酒屋の入り口のとなりに別のドアがあって、小さな玄関からすぐ険しい階段になっていた。二階に上ると右側に小さなキッチンがあって、昼間でも薄暗い廊下の両側に三畳の部屋が六つばかり並んでいた。ぼくの「アパート」は右側の真ん中の部屋で、右隣は中央大学の夜間部に通っている学生で、左隣は家政大学の女子学生だった。

階段を上った左側には、通りに面した「大きな部屋」があった。そこだけが四畳半だった。四畳半には何かの病気で退職を強いられたという、元高校の教師が住んでいた。たまには「大きな部屋」のドアの隙間に、昼も夜もゆかたを着て座卓に向かって本を読みふけっている三十代の病人を垣間見ることができた。他の三畳に住んでいた友達が畏敬に近い口調で、

「あの人は文学者だ」と教えてくれた。

そのときぼくははじめて「文学者」という日本語を聞いた。そして十七歳の頭の中に入ってきた「文学者」という日本語には、木造アパートの薄暗い部屋に住んでいる「病人」というイメージがつきまとった。

窓をあけると、となりのビルの壁しか見えず、やはり昼間でも天井からぶらさがっている裸電球をつけっぱなしにして暮らしていた。光があまり入らないくせに、大通りの音が十分入ってきた。特にあちこちのデモに急行する機動隊のサイレンの音が一日中流れてきた。

「俺」と「お前」で呼びあった友達には「俺の部屋」と「お前の部屋」の区別がはっきりしないで、ある一つの時間に誰が誰の部屋にいるか分からないような共同生活だった。そのうちに「俺の部屋」には誰が飲みほしたか分からない「ニッカ」の壜が現れて、「俺の灰皿」には誰が吸ったか分からない「ハイライト」と「わかば」の吸い殻がたまってきた。アメリカだったら「クロゼット《押し入れ》」と呼ばれるぼくの「アパート」は、リビング・ルームでもあり、ダイニング・ルームでもあり、ベッド・ルームでもあり、スタディ《書斎》でもあった。ときには誰が連れてきたか分からない客のゲスト・ルームにもなった。

ある夜、斜め向いの三畳に住んでいた早稲田の学生が、イングリッシュ・スピーキング・クラブで会ったという留学生を連れてきた。その人は眼鏡をかけたぽっちゃりした顔で、アメリカの中西部訛の、流暢な日本語を話していた。ぼくより四つか五つ年上のその留学生が自己紹介をしたとき、「文学者」よりも不思議な日本語のことばを使った。

「ぼくは日本文学研究家です」と言った。

その人の日本語は、日本人から「すごい」と言われていた。「漢文も読めるんだぜ」と早稲田の学生がほめると、留学生は、「まあ、唐詩あたりなら何とか」と答えた。その人は夏目漱石のことを「則天去私の心境ですね」と言ったり、谷崎潤一郎の文体を「流れるように美しい」と言ったり、常にまわりの日本人をおどろかせていたらしい。

日本文学研究家が、乱雑を極めたぼくらの下宿を見回して、とつぜん、「太宰治が好んだようなところですね」とつぶやいた。

「すごい、すごい」という日本人の声を聞きながら、そんな格好いいことをすらすら言える日本文学研究家に対して、「だざいおさむ」とは何者かすら知らない十七歳のぼくは殺意のような嫉妬を覚えた。

一九七〇年代のはじめごろ、家族がアメリカに帰って、ひとりで日本にいたぼくは、また部屋を探しに出かけた。奨学金を少しもらっていたので、今度は二、三万円の、ちょっと良い六畳に入ろうと思っていた。

不動産屋の窓には、一万円台から三万円台までの四畳半と六畳のアパートの広告紙がぎっしり張りついていた。「礼二ツ敷二ツ日当り最高」等と書いてある広告紙を眺めているうちに、東京での生活の無限な可能性が目の前で開いている感じがした。

ドアをあけて入ってみると、古い机の後ろに座っている忙しそうな男がぼくの顔をちらっと見て、「だめだ」とそれっきり。

何がだめだろうか、といぶかりながら、「あの、部屋を探しているんですが」と言った。

「外人はだめだ」とその男はぼくから目をそむけて、机の上に散らばっている契約書に何かを書きはじめた。

「ぼくは日本文学研究家ですよ」

その男がスワヒリ語でも喋られたという表情を浮かべた。

ぼくは閉口して、一瞬その男の前で立ち止まった。三畳の間に住んでいた頃から胸の中に生まれた日本語のことばをその場で吐き出しそうになった。「お前は何を考えているか、俺は分かっているんだよ。俺はお前と同じ日本語を喋っているんじゃないか、俺は、お前が考えているような外人じゃないんだよ」だけどぼくは、それ以上何も言わないで、その店を出た。

その日、不動産屋を何軒も当ってみた。一軒目は門前払いで、二軒目は、二万三千円の六畳があったが、大家の方が拒否した。三軒目では、「まあ、アメリカ人だから東南アジアの人みたいに汚いことはないだろう」と言われたが、ぼくの清潔を示すためのアパートは、「たまたま」なかった。不動産屋が並んでいる大通りを歩きつづけて、「どなたでもお気軽にお入り下さい」という標札のある学生協会に入ってみた。インテリ風の若い従業員が、「やはりだめですね」とていねいに言ってから、慰める口調で、「ジャパン・タイムズで探せばどうですか」と付け加えた。ジャパン・タイムズの住宅欄にある広告を思い浮かべてみた。

AZABU！ROPPONGI！￥600,000,
￥700,000

WALK TO AMERICAN SCHOOL！

BARGAIN IN HIROO：
WITH MAID'S ROOM, ONLY ￥550,000

ノー・サンキュー、外人ゲットーは、たとえ安くてもいやだ、英語の聞こえる町はいやだ、出島は、ただでもごめんだ。ぼくは胸に熱くくすぶる激怒をおさえながら、学生協会を出て、今まで歩いてきた大通りを都心の方向に向かってまた歩きつづけた。ちょうど「外人ゲットーはいやだ」という思いが「日本はいやだ」という結論に変わりはじめたとき、大通りの曲り角に、もう一軒、小さな不動産屋があった。

「太宰治が好んだような」といわれた昔の木造三畳の間を思い出しながら、部屋を探しに出かけて、四軒の不動産屋でことわられたが、五軒目では非常に親切な人に出会った。

その人はぼくと同じ年かすこし年上の若い女性だった。ぼくの話を聞くとすぐ電話をかけて、大通りとそのうらの路地に密集しているアパートや下宿屋の家主たちに次々と当たってみた。

こちらの条件を伝えてから、彼女はすこしためらいがちな声で、

「あの、向こうの方ですが」とか、

「あの、アメリカの方ですが、とてもまじめな方で……」とかいうのだ。

そのすぐ後に、

「ああ、そうですか」とか、

「やはり無理ですか」ということばが続いた。

しかしその人はぼくのためによくがんばってくれた。六回目の電話で、一万円ちょっとの四畳半があいていて、大家さんはぼくのことを、

「かまわない」

ということだった。

ぼくはうれしかった。と同時に、その日、日本の社会から強いられた妙な体験の意味を自分なりに理解しようとした。アメリカでは法律できびしく禁じられている屈辱的な被差別体験を四回繰り返してから、アメリカでは考えられないような親切なもてなしを受けた。そのことを理解する手がかりを色々と探したあげく、ぼくは「日本文学研究家」ならではのとっぴな連想に到達した。

ちょうどその頃、万葉集をはじめて通読していたぼくは、万葉集の「相聞」の巻々にあ

る、「つまらない」とされている歌と、その歌を読んだときの苦労を思い出した。実に平凡な、あるいは平凡以下の短歌を五首も六首も読みつづけて、お手上げだと思うと、六首目か七首目にはとびぬけて良い作品がある。

万葉集を通読するぐらいの辛抱強さがなければ、日本という鎖《と》ざされたテキストを解読することは不可能だが、先まで進んで行けばかならず「名作」に出合うのだ。

日本人の人種意識は何という不思議なものか、と思った。アメリカの人種差別にあるような明白な惨《むご》たらしさがなくて、陰に隠れて、陰の中からいつ飛び出してくるか分からない得体の知れない化け物だ。しかもアメリカよりははるかに類型的な差別だ、と思うと、その類型からまったくはずれている人間もいる。

和歌の類型的に「つまらない」作品を読み通すのと同じく、よそ者が日本で生きるためには五回ガマンすれば六回目はかならず当たるという信念が必要だ。

五軒目の不動産屋から、その後もいくつかのアパートを紹介してもらった。部屋を選ぶときのぼくの条件は一つだけだった。ぼろ屋でもかまわないから、とにかく古い木造がい い。七〇年代のはじめ頃にはそういう物件はたくさん残っていた。

ぼくは路地の奥にある下宿屋の四畳半に住んで、印刷工場の二階にある六畳にも住んだ。神田川が溢れると玄関が泥の小池となる建物にも住んだ。山手線が通るたびに震度三ぐらいの地震が起こったかと思わせるようにガタガタ揺れるアパートにも住んだ。窓のすぐ外、夜中の二時に「ヤキィーモ」という声が響き、朝の七時頃から「うちの主人はねー」という井戸端会議が始まった。

七〇年代の終わり頃から、一つの大きな変化に気づきはじめた。不動産屋の方があちこちの家主たちに電話するとき、それまでは五回も六回も当たってみないとぼくを受け入れてくれるところは見つからなかったが、七八年か七九年ごろからその回数が少なくなった。八〇年頃になると、一回か二回ですぐ決まったし、十年前に聞こえたあのためらいがちな「あの、向こうの方ですが」という重苦しいセリフが、最近になって、ほとんど付け加えるという軽い調子で、たとえば「あの、関西の方ですが」といった程度の響きしかなくなった。いつの間にか「差別」が少なくなった。

その代わり、「木造」も少なくなった。アメリカへ行って、東京にもどってくるたびに、かつての「太宰治が好んだような」ところが次々と消えて行くのだ。木造をかりられるようになったが、入ってから半年か一年後にその建物がこわされることも多くなった。

たとえば未亡人が住んでいる古い二階屋の、四畳半の書生部屋をかりたときはそうだった。古い石壁をめぐらし、午前八時と午後四時に女学生の声が聞こえる小路《こみち》に臨んでいる家だった。陽気なオバアちゃんと、そこに下宿している学生たちが夜になるといっしょに酒を飲んだり、冗談を交わしたり、小さなサブカルチャーを作っていた。

ぼくはアメリカの大学にもどるためにその家を出たが、半年後に東京に帰ってくると、昭和初期の雰囲気を漂わせていた古い二階屋が、駐車場となっていた。駐車場の周りのほんの一部に、古代ローマの遺跡を想像させるように、昔の家がめぐらしていた低い石壁が数メートル残っていた。近くにあった下宿屋とアパートもこわされて、いたるところに工事現場があった。そして建物だけじゃなくて、その建物が冠していることばも変わっていた。

「荘」という文字がなくなって、「荘」をこわした土地に建つもののほとんどには、西欧語の名前がつく。たとえば「ふたみ荘」が「ふたみマンション」か、「メーゾンふたみ」か、「ハイマットふたみ」、あるいは（マルケスの影響か）「カサ・ド・ふたみ」となるのだ。

英語が聞こえないから住みついた町が、いつの間にか横文字だらけになった。

駐車場となった未亡人の家を出たあとに、ぼくは一年間「××荘」というところに住んでいた。苔のようなトイレのにおいがする一階の廊下の左側にあるアパートだった。六畳と三畳と四畳半の台所の、三間続きの細長いアパートで、日がほとんど当たらないこともあって一ヵ月四万円でかしてもらった。六畳が一千冊の書物でうずまり、三畳が万年床で、四畳半の台所だけが普段の「生活の場」となった。

一年たつと、「××荘」もこわされて、八六年の春に「××マンション」として生まれ変わった。

その年の六月に日本にやってきたぼくの弟子で、若い日本文学研究家の部屋探しの世話をした。たまたまその「××マンション」に部屋があいていたので、いっしょに見に行った。三階の広いワン・ルーム・マンションは日当たりがバツグンだった。すべてがピカピカで、暗いところは一つもない。真白な壁で、最新型のビデオとコンピュータ・ターミナルが似合うような、日本の戦後の面影を「総決算」したポスト・モダーンの洋間だった。戦後文学を「歴史として」研究していて、最近の小説にもくわしいその青年が、ワン・ルーム・マンションを見廻して、

「先生、これはまるで村上春樹が設計したようなところですね」といった。

ぼくの弟子は次の日そこに入った。

住み心地は、と後で聞くと、

「うん、明るすぎるときもあるけど、なかなかいいですよ」と答えた。

平成になってから、学生時代にアパート探しに歩いた同じ大通りを久しぶりに散歩していたら、ある不動産会社の窓に張ってあるコンピュータでプリントした広告紙に、「ペット」、「水商売」、「外人」というボックスを見た。ボックスのほとんどが×となっていた。もう一軒の不動産屋も同じで、そこの窓の前に女高生が二人立ち寄り、「水商売、外人だ

って」と声を出して笑っている光景に出会った。

「ペット、水商売、外人」、バッ、バッ、バッ。

かつてはアジアにおける白人優越の象徴として、上海の公園の入口に「犬と中国人は立入禁止」という悪名高い看板があった。それと同じ趣向のものが平成の日本に現われてしまった。

ぼくが一人で味わった、と錯覚していたアパートの入居拒否は、数十万人の共同体験となって、日本における人種差別の現象として全世界のマスコミに取り上げられるようになった。

日本の差別が、かつての日本と違って、かつてのアメリカのように、はじを知らない、明白な酷《むご》たらしさを示してきたところ、もはや一人の文化体験では語りえなくなった。

日本の差別が、かつてはアメリカの特徴だと思われていた合理性を見せたところ、もっと合理的な解決法を必要としているに違いない。たとえば不動産免許の取り消し措置を含めた差別禁止法の立法化。

木造の青春をおくった者から見れば、平成という時代は、すべてがまぶしいほど明白になってしまったのである。

部屋から部屋へ

二十数年間、日本とアメリカの間を行ったり来たりしている間に、色んな部屋に出入りしてきたのである。

日本人の部屋、日本の中の自分の部屋。

二十数年間、ぼくは東京の、いくつだろうか、三十か四十ぐらいの部屋で寝起きしてきた。莫大な敷金と礼金を払って、何度も家具をすべて捨てては新しく買い換えて、ときには部屋を探して門前払いを食ったこともある。窓がギザギザに割れていた昭和の木賃宿にも、ベンツの間をぬって歩いて帰る平成の屋敷町にも住んだことがある。

六〇年代から九〇年代までのぼくの「東京」は、数えられないほどの部屋の連続のように記憶の中に生きている。一つ一つの部屋の中に、それぞれ違った「日本」があった。部屋という、奥の、プライベートな空間の中に「日本」があった。靴をぬいだ瞬間「アメリカ」をぬいでしまい、それから日本の部屋に上るのだった。

掘り炬燵のある部屋、床の間から備前焼きの暗い光が滲む部屋、そして四半世紀たって、同じ国かと思うような、ベッドと最先端のオブジェをぎっしりつめたワンルームマンション、オートロックから入って、中もボタンだらけの、まっ白い壁のLDK。「お邪魔します」は通行するための合言葉だったような気がする。「お邪魔します」を百回言って、はじめて「日本」のことを語れるような気がする。

部屋の中に文化がある。部屋の中まで見せてくれない「文化論」を、ぼくは信じない。「国際化」といわれている時代に、異文化の理解や異文化との関わり合いなどといった決まり文句が氾濫している。ぼくは異文化の部屋の中まで入らないと理解はありえないと思う。そして「異文化」との最も有意義な関わり合いは、「異文化」の中で自分自身の部屋を見つけることだ、と思っている。人間は国籍を変えるのはそう簡単ではないし、人種を変えることは不可能だ。が、部屋を変えることは、敷金と礼金とを揃えればそれほど難しくはない。

一九六八年の春、ぼくははじめて日本の部屋に住んだ。アメリカ・バージニア州の高校を卒業したばかりのぼくにとって、そこが世界の中ではじめて入った「自分の部屋」だった。

その部屋は、三畳の間だった。

本郷通りの、都電の行き交う音が、朝から夜半まで、薄い壁を通して入ってくる「下宿屋」とも「アパート」ともつかない、酒屋の二階に、その部屋があった。いくつかの三畳の部屋と、一つだけの四畳半の「特別室」が並び、廊下の奥には谷崎潤一郎が好きそうな、薄暗くて苔《こけ》のにおいのするトイレがあった。

一畳が千円の時代に、部屋代も確かに三千円か、三千五百円ぐらいだったのではないか。ちょうど一人が横になれるほどのスペースで、窓をあけるとすぐとなりの窓が見えた。

真中に置いた座卓のまわりに、五人も六人も友達が座って、安いウイスキーを呑みながら三畳の中をたくさんの声で満たしたのだった。

記憶の中の三畳の部屋は、広い。アメリカの広々としたルームには見つからない世界が、そこで生まれた。四畳半の「特別室」に移りたいという欲張りは、一度も起こらなかった。

誰しも、青春の一時期を過ごした部屋は、記憶の中では広いだろう。東京の三畳の間に十七歳の春を過ごしたぼくは、その後、日本のことを「狭い」と思ったことはない。

ターミナル

　S子から、また仕事でニューヨークへ行く、という電話があって、かれは東京のアパートにいながらアメリカのことが頭に浮んできた。また「ポート・オソロシイ」を見ることになるよね、とS子の笑い声が伝わってきたとき、あのバス・ターミナルの光景はたぶん一生、頭から拭い去られることはないだろう、と思った。とにかく、アメリカのバス・ターミナルほど、この世界に陰鬱なところをかれは知らなかった。

　サンフランシスコの郊外にある大学で日本文学を講じていた頃だった。十二月の土曜日の夜、その大学町へ行く最終バスに乗りおくれて、シスコのバス・ターミナルで朝まで待つことになった。バス・ターミナルで夜を過ごすのは学生時代以来、十何年ぶりのことだった。

　臆病なかれは、一階の入口にある州警の交番の近くに立って、ぬくもりのあるシスコの夜空を眺めながら、昔よく通っていたバス・ターミナルを思い出した。シスコから三千マイル離れたニューヨークのバス・ターミナルだった。かれはカリフォルニアへ移る前に、ニュージャージー州の、やはり大学町からニューヨークに入って、一日遊んだ後に、マンハッタンの四十一ストリートから四十二ストリートまでの、丸一ブロックを占めるポート・オソリティ・バス・ターミナルの三階乗り場から、夜中の二時半出発の最終バスに乗った。九番街を横切るランプからトンネルに入り、トンネルをくぐるとニュージャージーの荒廃した工業地帯を通り、朝の四時頃、マンハッタンと同じ国にあるのかといぶかるほど静かな大学町に降り立つのだった。

そのバスが走る古い高速道路から見渡せる、夜のニュージャージーの荒廃ぶりが、何年間も見ているうちに、一種の「大自然」の様相を呈するようになった。アラスカの氷河、モンタナの草原、ニュージャージーの廃れた広漠たる工業地帯。S子が東京から来たとき、「アメリカの内臓を眺めているような感じだ」と言った、閉鎖された赤煉瓦の工場と、移民から次の移民へと幾世代も捨てられてきたスラム街。ニューアーク、ニューブランズウイック……石までが朽ちたような古びた都市の名前は、みんな「ニュー」がつくのだ（そういえば、かれも日本では神戸の新開地や大阪の新世界のような町にもスケールは小さいが似たような「自然」を感じたことがあった）。

ニューアークを過ぎたところ、ギンズバーグがウィリアムズといっしょに歩いて、ホイットマンの話をしていたというドブ川のほとりを指し示して、そのことをS子に話したとき、かれは大きな喜びを感じた。この風景をS子に見せたい、というよりも、この風景のことをS子に語りたい、日本語で語りたい、とかれは常に思っていた。とにかく、この「新しい自然」について、日本語で語りたかったのだ。エズラ・パウンド曰く、Make it new. ドブ川が再び活かされる、とまでは言わないが、日本語で語ればニュージャージーの荒廃も新鮮な風景として生まれ変るのではないか、というひそかな希望をかれは常に抱いていたのだった。

「ポート・オソリティ」というバス・ターミナルの名には、「ノートリアス」（悪名高い）という枕詞が冠せられていた。文明の終焉というドラマが連日連夜演じられている大きな三階建ての舞台のように、ターミナルの通廊と待合室には、売春婦と、麻薬中毒者と、ギャングと不具者とバッグ・レディが屯《たむろ》し、タイムズ・スクエア周辺に流されてきたアメリカの棄民が、特に冬の夜になると、ブレヒトの芝居に出てくるエキストラの群れのようにバス・ターミナルに集まってきた。ターミナルに住んでいる人たちもいた。通廊のつきあたりにある暗いトイレの中では殺人事件がたびたび起きた。ターミナルから郊外に帰る中産階級の白人の中には、家に着くまでガマンした人たちもいるほどだった。かれははじめて「アイ・ラブ・ニューヨーク」というスローガンを耳にしたとき、これは一流のアイロニーに違いない、と思った。

特に、東京からニューヨークに戻ったばかりのかれにとって、「ポート・オソリティ」

は衝撃だった。日本からの十何時間の飛行機の旅の後にバス・ターミナルの光景に直面した瞬間、かれは忽ち、ある絶望感にかられるのだった。東京にいるS子にいつか「ポート・オソロシイ」のことを話せるという思いだけが、かれをその絶望感から救ってくれた。

「ポート・オソリティ」の地下乗り場からグレイハウンド・バスに乗れば、約四日間の大陸横断でサンフランシスコに着く。三千マイルの大陸をへだてたシスコのバス・ターミナルの雰囲気は、ニューヨークのそれとは違う。同じように汚くはある。同じような薄暗い空気の中で、常に「危険」が漂う。しかし、「ポート・オソリティ」で感じられる絶望感はない。たとえニューヨークに溢れているのと同じような「文明の終焉」のエキストラたちが集まっても、カリフォルニアがそんな芝居を演じさせてくれない。文明の終焉どころか、カリフォルニアは「希望」を否応なしに強いる場所だ。「ターミナル」もウロウロする場所ではなくて、出口を出て再出発をする場所だ。そもそも「ターミナル」という英語は、「終着点」、乃至は「終焉」という意味を持っているが、大陸を渡って西に終着した地点が、逆に再出発する場所でなければならないのだ。カリフォルニアというところには、最初からそういう無理があった。

かれは日本に近づくためにカリフォルニアへ移ってから、ニューヨークの何が恋しくなったかといえば、一つはアイロニー、ユダヤ人の生存の笑いだった。もう一つは、世界の最もアイロニカルな都市の、どんなアイロニーでもまぎらわせることができない、あの絶望感だったのである。

その夜、かれは州警のいる入口から奥の待合室に入ってみた。待合室の長い木のベンチには、ホイットマンのような白い鬚のある白人の浮浪者が寝ていて、そのとなりに二人の子供をかかえた黒人の女が退屈そうに座っている。長距離バス乗り場に通じるゲートの前には、南米系の男が五人、スペイン語で喋っている。カリフォルニアの農場で働いている日雇い労働者だったのだろうか。切符売場近くのベンチには、休暇中の水兵たちが何人か横になっている。中には東洋系の顔もある。

「ナカソネの悪夢だ」、とそこにいないS子につぶやきながら、かれはベンチに腰をかけた。二列離れた後のベンチから、英語の声が聞えてきた。寝ている人たちに対して遠慮しているか、かすかな声だったが、そのアクセントからは中年の白人、たぶん中小企業のビジネスマンであることをかれはすぐ推測した。

そんな人の会話なら面白くないだろうと思って、待合室の入口に屯している黒人のチンピラたちに視線を移すと、とつぜん、中年の白人の口からかれの注意を引くことばが静かに伝わってきた。

「ザ・ジャパニーズ」ということばだった。

それにつづいて、

「追い出すべきだ」ということばが、確かに聞えた。

もう一人の中年は、

「なぜ追い出すんだよ」と反論していた。

「だって、かれらがわれらの経済《エコノミー》をだめにした」

もう一人は声を高くして、

「かれらは実際に良い物を作っているんじゃないか」と相手を責めた。

驚いたかれは、ビジネスマンたちの議論を耳をそばだてて聞いた。十年前、いや、五年前までは、アメリカのどこのバス・ターミナルでも「ザ・ジャパニーズ」についての会話が聞えなかった。

薄暗い待合室の中を、「パーマネント・エムプロイメント」や「クオリティ・コントロール」という文句が飛び交った。やがて「親日派」は叫びだした。

「お前、日本の会社ってどんなところか知っているのか、社長から労働者まで、みんなが会社のことを考えて働くんだよ」

「反日派」がむっつりと黙りこみ、二三秒経ってから、

「そんなの、ファシズム同然じゃないか」と答えた。

「親日派」も一瞬口をつぐみ、それから、

「Anyway, it works」と終局を告げた。

「とにかく、それがうまく行っているんだ」

バス・ターミナルの中の日本論、その結果が簡単明瞭だった。日本は「うまく行っている」。アメリカは「うまく行っていない」。

ビジネスマンたちの声がとだえて、待合室は静まりかえった。始発のバスまで、後二時間だった。

二十年前、アメリカの誰も「ザ・ジャパニーズ」のことを口にしなかった時代に、かれは西のターミナルからさらに西へ出発して、はじめて日本に向かった。違った意味で、「うまく行くだろう」という希望を抱いて、かれは出発したのだった。

悪魔のサカナ

二十数回目の括弧付「帰国」、その直後に区役所へ足を運び、黄、白、黒、褐色の新しい「在日者」たちといっしょにベンチに座って、指紋押捺という陰鬱な小儀礼を待ちながら、日本で買えない小説の、コピー原稿の束のページをこれから汚される人差指でめくっていた。周りはどこの国々の出身者たちか分らず、ここはひょっとしたら日本の中で『悪魔の詩』を読むのにかならずしも安全ではない数少い場所の一つか、と一瞬とまどったのだが、「インド人」が書いた「外国語」のコトバの火花とドタバタ劇につられて、読みつづけていると、「外国人登録」を待っている時間も楽しいひまつぶしとなった。

死語だと思っていた「禁書」とは、こんなに愉快なものを指していたのか。若き源氏の不倫の恋が戦後になって潤一郎訳『源氏物語』に復元されたとき、そのことに気づいた読者には似たようなスリルが訪れたのだろうか。イランのどこかに女体ではなく物語のページに触れて指を汚すことをひたすら夢見ている青少年もきっといるだろう。

しかし『悪魔の詩』のスキャンダル性は、「建国神話」を維持しようと必死になっている近代国家の、ヒステリーとしか言いようのない反応にもかかわらず、けっしてマホメットに対する「不敬罪」の問題ではない。『悪魔の詩』は、実は移民の叙事詩である。ボンベイ発ロンドン行きのジャンボ機の爆発から始まり、二人の生存者の「英印往還」をたどった物語は、空中分解した固有文化の破片が舞いおりる層雲の辺りを浮遊する「天使」たちの、目まぐるしいドタバタ・マンダラである。

「天使」の一人はサラディンという。少年の彼は、「神々の人口が人間のそれの三分の一を上廻っている」亜大陸の混沌とした大都会の街角でポンドがぎっしり詰まった財布を見つける。それがきっかけで、サラディンは閉鎖的で秩序だった島国に対して危険な憧れを覚えて、ついにイギリスの中学校に入学する。

ある日の朝、サラディンが学生食堂に出ると、皿の上にのせてあるのは、イギリス人の大好物、一匹のニシンであった。しばらくニシンをじっと睨み、ようやく一口かじってみた。口の中は忽ち骨ばかりとなった。細かい骨を一つ一つ口の中から抜き出しているインド少年を、白人の同級生たちは黙って眺めている。「誰一人、ほら、こう食べるんだよ、教えてやろうか、と言いだす者はいなかった」。ニシンをきれいに食べないと、席から立つことが許されない。一匹のサカナを、九十分も苦しんだ末に食うことができた。ラシュディにしては珍しく淡々とした「私小説」的な文章で、固有文化の不可視の境界線を渡ってしまった少年の心境を捉える。「立ち上ったときはもう震えていた。もしそのときかれに泣くことができたならば、泣いたに違いない」。

イギリスは「骨がいっぱい入った、妙な味のする燻製の魚」であること、そしてその食べ方を誰も教えてくれないことを、サラディンはそのとき知った。それからもう一つ、「発見」したのは、自分自身の残虐性である。

「ざまみろ、食ってみせてやる」。ニシンが食えたことはかれのはじめての勝利だった。イギリスを征服する第一歩だった。

ウイリアム征服王も、まずイギリスの砂を一口食ってから、襲って行った、といわれている。

コンプレックスは征服の母なり。イギリスに移民したサラディンは、白人女と結婚して、ラジオという顔を見せないメディアで「千と一つの声の男」として大スターとなる。インドに一時「帰国」している間に、「民族学という拘束衣」を脱ぎ捨てようとしているドタバタ・ナショナリストの女と出来てしまう。女からはしきりに「戻って来なさい」といわれるが、もはや「突然変異体《ミユータント》」として生きつづけることを選択したサラディンは、「今となって戻るとは、ゴーストになることだ」と、イギリスへ「帰」るためにジャンボ機に乗る……。

サルマン・ラシュディは自分のことを Anglo-Indian Writer と呼んでいる。この名称は日本語の貧しい用語でいう「在英印度人」という意味ではない。かといってアメリカの単調なエスニック感覚でいう「印度系英国人」でも、「英国系印度人」でもなく、むしろ二つのタームが緊張の中に平衡を保つ「英印作家」とでも訳した方が適《ふさわ》しいだろう。サルマン・ラシュディの斬新さと危険さは一種の混血意識にある。しかもそれは血によるものではなく、むしろ体験、とりわけコトバの体験に基づいた混血意識である。「英」と「印」、「西」と「東」が一人の物語作家の頭の中で百年戦争を行う、ということである。

サカナが食えた者の特権、それは近代国家の登録証明書には記入されることのない「両国籍」、言語学者の方法では計ることのできない「バイリンガル」、固有文化のボーダーを、生まれたときにではなく、思春期に越境してしまった突然変異体《ミュータント》の、現代文学にとって最も有利な特権である。

指紋押捺を済まして、区役所のガラス・ドアから東京の路上に戻ったとき、思った。新しい「在日者」たちの中には、より閉鎖的な島国の、よりむずかしくよりおいしいサカナをあえて食おうとする者は、何人いるだろうかと。

カリフォルニアの清少納言

春はあけぼの

In spring it is the dawn

回廊に囲まれているスペインの修道院を模してつくられたスタンフォード大学講堂の、二階にあるゼミナー室で、白人、黒人、東洋人の色とりどりの健康そうな顔をしているカリフォルニアの学生に向かって、ぼくは『枕草子』を講じていた。故アイバン・モリスの流麗な英訳を使って、「春はあけぼの」から始まり、四季折々の美しい瞬間を愛でる日本の、平安時代の官女のことばをたどってみた。

夏はよる　　　　秋は夕暮

In summer the nights／In autumn the evenings

冬はつとめて

In winter the early mornings

ゼミナー室の石壁には、修道院と同じように小さな窓がいくつか彫られている。窓から目がくらむばかりの陽光が差しこみ、『源氏物語』と『万葉集』の英訳書が散らばっているテーブルの上にまぶしい縞を描いている。窓の外には大きなやしの木が見える。今日の空も、きのうの空も、一ヵ月前の空も、雲一つないコバルト色だ。回廊の中で、ショート・パンツにランニング・シャツ姿の教授たちと学生たちがジョギングをしているのだ。秋学期の「日本古典文学入門」の授業も終りに近づき、もうすぐ十二月になるのだ。英訳された清少納言に言わせると、

　雪の降りたるはいふべきにもあらず

It is beautiful indeed when snow has fallen during the night

カリフォルニアで日本文学の教鞭を執《と》ることになって、一番困ったのは、特に古典文学の基礎をなしている四季感だ。その前まで教えていた東海岸のプリンストンでは、和歌や物語文学を読んでいる学生たちが、四季のこまかい変化を描いた個所を、大した苦労もなくすなおに受け入れることができた。ひょっとしたらマンション育ちの若い日本人よりも

かれらの四季に対する感受性は鋭い。東海岸の自然そのものが日本文学にあっているかもしれない。たとえば『万葉集』を教えている時間に、都合よくも曇り空の中を雁の群れがやかましく通り過ぎることもある。

しかし西海岸では、そううまくは行かない。「雪の降りたるはいふべきにもあらず」を英訳した文章を聞いて、南カリフォルニア出身で日に焼けたコンピュータ学科の青年が、「冬の美しさについてどうのこうの言われても、ぼく、ピンと来ないですよ」と反応するのだ。やや苛立った声だ。その青年は冬にはまったく関心がない、というよりも、おそらくかれにとって「冬」というものが、かなり昔の先祖たちがどこか暗い国で強いられていた伝説的な苦悩を意味しているのだろう。しかも、二代も三代もカリフォルニアに居着いた家の青年にとって、「冬」という伝説すらその力を失って、もはや一つの抽象概念に過ぎない。その青年を見て、ぼくは不思議な現地人に出会った文化人類学者になった気がした。かれもきっと、『枕草子』という四季の聖典を手に「どうのこうの」説教しているぼくのことを、訳の分らない宗教を持ちこもうとしている宣教師と思っていたに違いない。

ぼくが東海岸で過ごした最後の四ヵ月は、とても「春学期」とはいえない寒さで、二月のはじめから五月のはじめまでなぜか週末になると必ず空が石板色に変り、嵐、吹雪、みぞれ、イギリス人しか好まないような天気となった。スタンフォードに着いた後に新任教授のレセプションに出席したが、そこで会った副学長から「東の大学の教授をスタンフォードに誘うとき、なるべく二月に誘いの電話をかけるようにしている」という話を聞いた。レセプションの大広間では、ハーバードから誘われた言語学者、プリンストンから誘われた比較文学者、マサチューセッツ工科大学から誘われた生物科学者など、東から西へやってきた実にめざましい数の俊英たちが、カリフォルニア産の白ワインを啜りながら明るく会話をしていた。その「移動」を反映して、この二年続いて全米大学長のアンケートでは、スタンフォードはハーバードをしのぎ、アメリカ一の大学とされている。アメリカ経済の基盤が実際に北東部の古い製造業から、西へ、南へ、高度技術の「サンベルト」へ移りつつある。

それと並行して、アメリカ知識層の大きな一部も常夏のフロンティアへ移り、「冬」からの亡命者たちを中心に、コバルト色の空の下で新世界を築きつつあるのだ。

カリフォルニアはフロンティアだ。開拓地でもあり、辺境でもある。六〇年代の学生運動から八〇年代のアボカド寿司まで、ビート詩人からヤッピーまで、善くも悪くもとにかくアメリカの新しいものは大体カリフォルニアから発生する。文化が新しいだけに、自然は実に単調だ。フロンティアという環境の中で、文学の東西を問わず、古典的な自然観が通用しないのも、当然のことだ。ただ、ぼくが最初カリフォルニアへ行ったとき、教室の

だ。テーブルの上に開いた日本文学のテキストと、窓の外にある風景とのズレが大きすぎたの

そのとき覚えた違和感を理解する手がかりは、多分日本文学の中からは見つけ出すことができない、と思った。しかし、そう思っているうちに、島国で生まれて大陸のフロンティアで育った作家からいつか聞いた話を思い出した。

その作家は安部公房だった。そのフロンティアは満州だった。安部氏が少年の頃に通っていた満州の小学校では、教科書を読むと桜の話が出てくるのに、窓の外は見渡すかぎり荒野だった、という。そのときのズレ、違和感、コッケイさは、おそらく安部氏にとって大切な原体験の一つではなかったかと思うが、その話を思い出して、カリフォルニアの自然の中にも似たようなズレが感じられると思った。「桜」という、まさに四季の文学を結晶したような記号が、辺境というところの中では通用しない。快適なカリフォルニアと荒涼たる満州は正反対の環境に見えるが、満州という植民地は、日本人が今までの歴史の中で体験した唯一の、本物の、大陸のフロンティアであったことを考えると、それほどとっぴな比較ではないかもしれない（何年か前に日本のある経済雑誌の表紙に「カリフォルニアは新しい満州になるか」という見出しを読んで、ぼくはハッとしたことがある。実際にそうなれば、新しい「植民地文化」としてアボカド寿司が出てくるのも、不思議はないだろう）。

島国で千何百年も組織されてきた美意識は、欧州やアメリカの東海岸では意外とすなおに受け入れられているが、その美意識がアメリカの常夏のフロンティアや北アジアの冬枯れの辺境では脆《もろ》く崩れてしまうようだ。フロンティアの自然の中には、とにかく容赦のないところがある。

島国の一番古い文学には「春」ということばの上に「冬ごもり」という枕詞が冠されている。監禁があってはじめて解放がありうる、ということだ。冬を知らない、監禁を知らないフロンティアの青年男女に、ぼくは島国の文学を教えつづけるのだ。四季の緻密な理論をたてた『万葉集』から、島国の監禁の中からはじめてフロンティアを直視した安部公房まで。

カリフォルニアの空は依然としてコバルト色だ。大学の中庭を、長い金色の髪にウォークマンのイヤホーンをかけた女子学生がジョギングをしている。

次の授業は『徒然草』だ。

読書ノート『ユダヤ人』

去年、反ユダヤ主義の本が日本で数十万部も売れて、全世界の笑いの種となっていた頃、私は、これはおかしいぞ、かつての西洋文化の病いであったユダヤ人差別が日本で現れる根拠も必然性もまったくない、と思った。調べてみると、問題の本を書いた日本人が、ファンダメンタリズムという、アメリカ南部を中心としたキリスト教過激宗派の信者であることが分かった。どうも日本の「反ユダヤ」現象の裏には、アメリカの低教育層の白人（反日議員ゲッパートの支持者層にも多かったような白人）の田舎宗教をまねた、最もコッケイな西洋かぶれが働いていたようだ。

西洋の古典的なユダヤ人差別が日本で現れるはずがない、という結論から遡って、その反ユダヤ主義とはどんなものだったのか、興味が湧いてきた。一九四〇年代のフランスをはじめヨーロッパにおける反ユダヤ主義の原因を鋭く追求したサルトルの小さな名著を、久しぶりに読み返してみた。

近年、サルトルの本を読むことはあまりなかった。西洋でも日本でも、サルトルという巨星の輝きがかなり色褪せたのも事実だ。

『ユダヤ人』（安堂信也訳・岩波新書）も、最後の数ページにある、反ユダヤ主義を根絶するのに社会主義革命が「必要且つ十分な」手段であるという主張に対して、私の知っているユダヤ人はまず「ノー・サンキュー」というだろう。しかし、そこに至るまでの、フランス社会におけるユダヤ人差別の分析が、四十年の歳月を越えて、いまだ卓絶した実感と迫力を持ち続けている。サルトルが浮きぼりにしたフランス人反ユダヤ主義者の肖像ほど、「差別者」の卑劣な心理を正確に摑んだものは、私の知りうるかぎり、西洋文学にはない。

日本では、西洋の思想家が抽象的に導入されて、しばらくもてはやされた後に、あたかも用の済んだ「おやといさん」の如くに捨てられてしまう、という傾向が強い（ドゥルーズも気をつけろ）。しかし、イデオロギーとしての実存主義が忘れられてしまった段階で、サルトルがその身辺から生々しく描き出した差別者たち――「わたしの同僚」、「才能のない俳優」、「ある魚屋」――の群像が残り、いつかは日本でも再評価されるだろう。なぜなら、ユダヤ人に対するかれらの言い草が、他民族、特に在日の他民族に対するある日本人たちの発言とはそれほど異質なものではないからである。

貧弱な身を二千年の白人《アリアン》優越の鎧《よろい》で固めたフランス版純血主義者の肖像の後に描かれている被差別者たるユダヤ人が強いられた不安、ノイローゼ、生存のためのあらゆる精神的な工夫……。ユダヤ人の屈折が、それまで連想せざるを得なかった「差別者」としての日本人の姿とは相反するかのように、「西洋」の圧倒的な力の前で日本人が明治以来強いられてきた精神的な屈折とはあまりにも似ているのだ。

その屈折に耐えながら、頭脳という唯一の源をたよりに生きてきた、日本人とユダヤ人。日本にとって、「今、ユダヤのごとく」は何も新しいテーマではない。

読書ノート
『フローベール全集第八巻――エジプト紀行（抄）』

この前、シカゴ大学のノーマ・フィールド氏から、アメリカの学会で起った小さな出来事の話を聞いた。ある著名な左翼系思想家が、第三世界の文学はすべて西洋帝国主義に対抗する国家意識への希求である、という旨の発言をしたところ、ある著名でないパキスタン人が、第三世界の私たちはだいたい自分たちの争いに夢中で、実はあなたたち西洋人が自惚れて考えるほどあなたたちのことを意識していない、と反論したそうだ。

西洋人の、「非西洋」における体験の貧しさを改めて証明するような、その話を聞いたとき、私は一八四九年にヨーロッパからエジプトに渡ったフローベールのことを思いだした。「オリエンタリズム」という批難を浴びてきたフローベールのエジプト紀行文（平井照敏訳・筑摩書房）について、ちょっと違うと前から直感していたが、なぜ違うのかという理由をはじめて摑めたような気がした。

フローベールはもちろん、十九世紀の西洋人であり、帝国主義が絶頂期に向かっていた、まさに「オリエンタリズム」の時代に、その構造を疑うことなくエジプトに遊行したのも事実である。しかし当時の「オリエント」を旅したほとんどの西洋人が背負っていた自惚れ、自己のイメージに他者を引き合わせるナルシシズムは、フローベールの紀行文には感じられない。カイロに滞在してナイル川を溯ったフローベールの目が、自惚れのフィルターを外した精密なレンズとなって、エジプト人がかれのことを意識しないところまで見抜いて、鮮やかに捉えた(それは帝国主義者にも人類学者にも不可能なことである。フローベールの同伴者のフランス人はそこまで見ようとしなかったし、そもそも見る資質はなかった)。

フローベールの資質は、「ヨーロッパ」の自我を置き去りにするほどの好奇心と、腐敗した「リアリズム」を突破したヴィジュアルな想像力だった。だから「セックス・ツアー」の様相もあったフローベールの遊行にあっては、凄絶な体験も不思議と清らかで無邪気なものとして純化されるのだ。白人が原住民を性的に搾取する、というよりも、原住民が原住民を性的に搾取する精緻な伝統の綾に身を寄りそわせて、現代の日本文学の用語を借りれば外側から一種の愉楽にありついた、といってよかろう。

エジプトがフローベールに与えたものは、ヨーロッパの灰色のシンメトリーの中で見つけられなかった透明の美学であったと思われている。同伴者のデュ・カンがフローベールのことを、「アフリカの風景の中で、かれはノルマンディの風景を夢見た」と書いた。ヨーロッパのナルシシズムを捨てて、「西洋」を反映しない「非西洋」のイメージまで直視したフローベールが、固有文化の真空地帯とでもいえる境地に至った。その中で『ボヴァリー夫人』の透明で鮮かな構想が浮び上ったということは、近代文学の誕生をめぐる豊かな逆説といわざるをえない。

読書ノート『万葉集・巻五』

現代の「国際化」は、けっきょく英会話の氾濫《はんらん》とアジア人娼婦の流入しかもたらさないのではないか、と憂慮する日には、奈良朝のおおらかな「国際感覚」を反映した和漢両言語の詩歌集を拾い読んで、慰めを得ることがある。

万葉集の中で大陸の影響が最も直接的な形で現われた巻五に、読者、または英訳者として取り組むには、他の巻々とは異った資質が要求される。特に山上憶良《おくら》の長歌となると、中国の思想を解読する以上に、その思想がいかに和歌のことばづかいとシンタックスに「翻訳」されているかを読み取ることが必要であり、また楽しみでもある。

大陸思想の受容とは逆の意味で興味をそそるのは、憶良の「好去好来歌《かうきよかうらいのうた》」のあの有名な歌い出しである。

神代より　言ひ伝て来らく　そらみつ　倭《やまと》の国は　皇神《すめかみ》の　厳しき国　言霊の　幸《さき》は
ふ国と　語り継ぎ　言ひ継がひけり

憶良の長歌の中では珍らしく、人麿以上に「人麿的」な件《くだ》りである。ちょうどこの件りを英訳していた頃に、私は中西進氏の『山上憶良』という大著を読んでいた。宣命との共通性が指摘されて、言霊意識の出発点ともいえるこれらの荘厳な修辞を、百済生まれの帰化人が綴ったとする有力な学説を知ったとき、私は不思議な感慨を覚えた。中西説によると、扶余《フヨ》が滅びた後、四歳の憶良は百済の宮廷侍医であった父に連れられて、大津京に渡ってきたという。つまり、大歌人山上憶良の存在を可能ならしめたのは、日本への亡命という、近代の島国ではほぼ考えられない事情だったのである。

「言霊の幸はふ国」という表現は、「内」から「外」へ出向く際の遣唐使におくられた儀礼歌の歌い出しにある。しかも、その歌人自身は遣唐使の経験があり、奈良のどんな歌人よりも漢籍に精通していて、他の長歌では誰よりも大陸の思想を日本語の中に編みこむのに成功した。その憶良が「倭の国」を「言霊の幸はふ国」と謳ったとき、「外」の視点が働いていたことは十分想像できるのだ。

というのも、言霊は、コトバが有する魔術的な力という意味において、何も日本独自のテーマではない。詩が常にめざすものはコトバのアニミズムである。コトバの物活である。

憶良の伝記とこの作品を考え合わせているうちに、日本の「言霊」も、「外」の感性が日本語の宇宙に入りこみ、日本語を共有したとき、はじめてそれとして意識されたのではないか、という気がしてくるのだ。長歌という修辞の次元で「言霊」が日本文学に現われたのは憶良の作品であったという事実の中に、島国のコトバが早くも孕んでいた「内」と「外」の豊かなパラドックスがうかがえるのではないだろうか。

鎖国の国ブータン

昔から、なぜか、ブータンに行きたかった。

同じ「ヒマラヤ国」の中でも、ネパールよりも、カシュミールよりも、ブータンに行きたかった。

写真で見るブータンの景色は、清い。山肌にすがりついているように建ち並ぶ修道院の風景には、「プリミティブ」とはおおよそ正反対の、落ち着いた根元的な魅力が感じられる。

しかし、ブータンへ行ってみたいのは、特に厳《いかめ》しい山岳を観賞するためではない。落ち着いた小さな仏教国へ行きたいのは、別に仏教を修《おさ》めるためではない。

ブータンに引かれるのは、もっと単純な理由である。端的に言えば、ブータンは鎖国だから。日本という、もう一つ鎖国の歴史のあるアジアの国に根をおろすことになったぼくが、鎖国だからこそブータンへ入ってみたいのである。

ブータンはもちろん、完璧な鎖国ではない。年に二千五百人までの外国人観光客の入国を認めている（江戸時代の日本も、「完璧」な鎖国ではなくて、一握りのオランダ人や朝鮮人の入国を許した）。だが、「鎖国」というものを体験させてくれる程には十分門を閉ざしているし、アルバニアや北朝鮮という現代世界の他の「鎖国」よりははるかに魅力的だろう。

ブータンへ行ってみたいもう一つの理由がある。それはブータンの若き王、ジグメー・シンギエー・ワンチュックのお人柄である。最近、アメリカの雑誌に王のインタビューが載った。イギリス留学の経験もある王が、鎖国政策に触れて、「われわれは別に東洋のスイスになりたいと思っていない」とおっしゃった。ブータン人は特に勤勉じゃないし、オーソドックスなものの考え方は好きじゃない、と。

「東洋のスイス」という、かつての日本にマッカーサーが託していた夢を、王は頭から拒絶している。鎖国政策によって、自国文化のいったい何が保存されるか。王は答える。

「われわれは遊びやゲームやレジャーが好きなんだ」と。

「fun and games and leisure」アメリカの雑誌で活字となった王のおことばを読んで、ぼくはその裏にある、翻訳不可能な文化の感覚がうかがえたような気がして、思わず感動してしまった。文化は「遊び」である。文化が破壊されるとき、まず「遊び心」が抹殺《まっさつ》されてしまう。

破壊された遊び心に代わって、陰鬱《いんうつ》な近代ナショナリズムがはびこる。それと同時に、自発的に行われていたゲームが見せ物となって、見せるという意識のあまり、「ネイティブ」が「ネイティブ」以外のものに変貌してしまう。

ブータンがそうならないうちに、ブータンへ行ってみたい。もし、二千五百人の中に自分も「合格」ができるならば、鎖国に入りこんで、崇高《すうこう》なる遊技を、いつかの日本でぼくが学んだように、もう一度学びたい。

「歴史」の後はコンプレックス

一九九二年の大統領選挙を東京から観察していると、政治家たちの多くのスローガンの中に、ときにアメリカが直面しているシステムの危機をかいま見せるものがある。たとえば、民主党の政治家の一人が「日本がアメリカのようになってくれなければ、俺たちが日本のようになってやる」と発言したらしいが、そのことばの中にはポスト冷戦における一つの大きな「真実」がうかがえるかも知れない。

We'll become like Japan. 民主・共和両党の予備選挙の中で「日本をアメリカのようにさせてやる」という単純な日本たたき派が、どこの州でもほぼ完敗に終わった。ポンコツ車の押し売りとなったブッシュの訪日が、日本のマスコミ以上にアメリカのマスコミで批難を浴びたし、経済摩擦は四分の一が日本のせいで四分の三がアメリカ自身のせいだという、おそらく正確に近い数字を主張してきたクリントンが優位になった。片方では、国内経済のラディカルな再建を訴えるペローが人気を呼んでいる。外敵を探すよりも国内を建て直そうという「憂国」的な姿勢が最近のアメリカで非常に目立ってきたことは、日米のはざまで生きなければならないぼくたちにとって、ひとまず安心できる要素だと思われる。すべては日本のせいだという本来のバッシングを、アメリカはいつの間にか卒業してしまった、と結論するのは早すぎるかも知れない。ただ、日本を米国のように「改善」させればすべての解決になるという「戦後」的な思いこみが、驚くほどの早さで消えてしまったのは事実である。

むしろクリントンやペローの「憂国」的なアピールには、アメリカは日本のように、なってやる、というよりも、ならざるを得ない、という響きがある。

We'll become like Japan. その予言は、F・フクヤマの著書『歴史の終わり』で触れているように、コージェブ等が三十年前に予言した西洋の日本化とは意味が違う。ポスト・モダンの遊戯ではなく、日本の近代システムそのものの「移植」が暗示されている。その日本化のシンボルは能や禅ではなく、むしろ通産省である。インダストリアル・ポリシイという名の下で「通産省」的な徹底した経済管理体制が呼びかけられている。「強兵」から「富国」へ移ろうとしている国策の議論の中で、異文化のシステムの導入しか生きる道はないという自覚が生まれつつあるのだ。だが、アメリカにとって、そんな自覚は難しい。しかも、近代個人主義の文化にとって「通産省」的な管理体制は苦手のはずである。

そんな屈折の中から、アメリカのナショナリズムにはかつてなかったような「コンプレックス」の色が滲《にじ》んできた。異質のシステムをまねてしか救国の道はない――テキサスやアーカンソーから立身した現代の「志士」たちの、劣等感と優越感の複合的感情《コンプレックス》を、こちらから観察していると、一種のデジャビュー、もしくはなつかしささえ覚えるのではないだろうか。

コンプレックス型ナショナリズムに走りだしたアメリカは、日常の次元でも、今までと違うようだ。ニューヨークへ行っても、本来は「下品」とされてきた経済の話題がソフィスティケーテッドな会話に登場してきた。「日本」については、とても活字にできないような意見も聞こえるが、その半面、日本から何を学べるのか、何が応用できないのかというかなりまじめな「分析」が多い。タクシーの運転手からとつぜん、日米比較教育論を聞かされて、ぼくがおどろいたこともある。ついこの間まで「外人」が日本の酒場で飲んでいるとまわりからあきるほど「日米比較」を聞かされていたことを思い出しながら……。

日本型コンプレックスが米国でも現れてきたことを、日本の「勝利」だとする日本人もいるだろうが、それも「戦前」的な思いこみに過ぎない。日本が近代の百年間にわたって経験してきた屈折の「輸出」は、そんなすっきりするような結果を生むとはかぎらない。『歴史の終わり』は、一国のシステムの勝利どころか、むしろ「コンプレックス」の終わりなき相互移植を意味しているかも知れない。

What is Shinjuku?

元々は「外国語」である日本語で書いた小説について、最近、外国の取材を受けるようになった。そのことを特にアイロニックに感じるのは、小説自体が、アメリカ人の少年が家出をして、一九六〇年代の東京へ逃げ込んだというストーリーだからである。そんなアメリカから日本への逃亡について、アメリカのメディアで説明しなければならないハメとなって、ぼくは一種のとまどいを覚えてしまった。

しかも、ぼくにとっては元々「外国語」である日本語で書いた小説を、「母国語」である英語に「翻訳」するように要求されて、「ぼくの日本語は英訳不可能だ」とつっぱりながら、なんとか向うに伝えようと、色々工夫をこらしたものだ。「バイリンガルの時代」と簡単にいうが、こんな難しいこともある、と思った。

特に難しかったのは、アメリカに背を向けるようにして東京へ旅立った少年が家出のあげくたどりついた場所の説明だった。そこが「新宿」という場所だったのである。

What is "Shinjuku"?

そう聞かれたとき、ぼくは一瞬、何のことばも出なくなった。「新宿」とは何なのか、「新宿的」なものは何なのか。

「新宿」を外国語に「翻訳」すると、大きな駅、数千軒の飲食店、銀座とも六本木とも浅草とも違ったエンターテーンメント・ディストリクト、そして六〇年代にはヒッピーとジャズ・カフェと、グリニッチ・ヴィレッジにも似ているが、やはりグリニッチ・ヴィレッジとはまるっきり違った……どんな説明も、口にのせたとたん、それが歪曲されて聞こえて、「新宿」という日本語をどんなに詳しく「翻訳」しても、それが省略に過ぎないことを痛切に感じた。

「新宿」そのものは、もちろん、江戸時代から一つの歴史をもっている。しかし、「新宿」には、たとえば永井荷風の「下町」と違って、戦後になってから、その歴史からはみ出た形でより大きな意味合いが生まれた。けっして「伝統」という特権的な位置づけでは片づけられない、より偶発的な、いってみればより乱雑な形で、戦後の日本人の同時代的認識の中で「新宿」が生きてきたのではないだろうか。だからこそ「新宿」は現代文学の場になりえたのではないだろうか。

『星条旗の聞こえない部屋』が出たとき、そこで描かれている六〇年代の「新宿」について、日本の中でもいくつかのコメントがあった。評論家があの時代の新宿は日本の中で最も日本的な場所だった、と指摘した。新宿は戦後から近年まで日本人にとって「家出」の場であったことを強調する人もいた。そして、何人かの評論の中で、あの時代の新宿は、中上健次をはじめとするぼくらの世代にとっては最も「自由な場所」であったことが取り上げられた。

「新宿」を、強いて英訳すれば、

The most Japanese place, and the most free ということになるかも知れない。つまり、六〇年代の日本文化の中で新宿の横丁と路地が最も「日本的」な場所を形成して、その密度の中からアメリカにない「広さ」が生まれた。と同時に、乱雑に交差する小道の中には、西洋にない「自由」が約束されていたのではないか。

最も「日本的」な場所が最も「自由」な場所でもあった。それが「新宿」の独特な魅力ではなかっただろうか。最近の「日本と西洋」をめぐる議論を見ていると、どうも、「日本的」ということと「自由」ということが相反する性質のものとして主張されているようだ(そしてそんな主張については、西洋の日本たたきと日本のナショナリズムが妙に一致している)。そんな議論が無視している現代文化の場の中に、「新宿的」な空間――家出をそそって家出を受け入れる、ランナウェイやハミダシ者に対してはパリやマンハッタンよりはるかに優しい日本独特の領域――がある。

What is Shinjuku ?

新宿について小説を一回書いたところ、ぼくはその問いにはとても答えきれなかった。

九〇年代の新宿は、昔と比べて、特に「日本的」でも、「自由」でもなくなったことも確かである。経済大国時代の多くの日本の文化現象のように、もはや過去形で問うべきかもしれない。What was Shinjuku ? と聞きなおした方が正確かもわからない。

ただ、現在形にせよ、過去形にせよ、どこかで Shinjuku を問わなければ、What is Japan ? という質問は成り立たない、そんな気がしたのである。

混血児のごとく

　ぼくの小説のひとつの場である早稲田大学にひさしぶりにもどって、しかも学生時代のぼくに「日本文学」というもののもうひとつの可能性をはじめて認識させて下さった李恢成さんといっしょにいることで、たいへん感動しています。

　ぼくの小説のなかには「仲間」という短篇がありますけれども、今日は自分の作品よりも、別の意味の「仲間」、どこか自分の仕事に通じると感じている三人の話をして、もしかするとそれらを通して現代日本文学のこれからのもう一つの可能性が暗示されるかもしれません。

　ぼくは去年「海燕」で文芸時評をやっていました。それで日本国籍をもつ新人作家の作品を毎月、二千ページくらい読んでいて、すっかりうんざりしてしまったんです。そしてそのなかに自分の「仲間」だと思えるようなひとは、残念ながらひとりもいなかったんです。もっと前にデビューした作家には、何人か「仲間」だと思えるひとたちがいましたけれども、「仲間」というよりも「先輩」や「先生」です。ぼくとおなじ九〇年代にデビューして九〇年代を出発点としたひとたちのなかには、「仲間」はいないと感じました。ぼくは西洋出身者で日本の作家の道に入ったんですが、皮肉なことに最近のインスピレーションとなっているのは、むしろ西洋文学なのです。ただしそれは西洋人が書いている「西洋文学」ではない。

これにはぼく自身が驚いているんですが、この場合、西洋といっても、ぼくの出生したアメリカ——あのオープンな移民の大陸ではなく、むしろもうひとつの単一ということにしがみついてきた島国、イギリスなんです。ぼくが非常に感心しているのは、この十年間にイギリス文学はもはや、イギリス人に代表される白人のものではなくなっていることなんです。いまイギリス文学の新人としてつぎつぎに登場しているのは、日本人として生まれたカズオ・イシグロや、インド人として生まれたサルマン・ラシュディのほか、ナイジェリア人の作家などなのです。とくにサルマン・ラシュディの作品、なかでも『真夜中の子供たち』と『悪魔の詩』の登場はイギリス文学にとって大きなできごとだったと思います。そうしてみると現代文学の方向づけは、イギリスですすんでいるという気がしてきます。ただし、それはあくまでもイギリス人がやっているのではなく、アジアやアフリカのひとたちによってなされている。いまはそういう時代になっているし、ぼく自身もそうしたところからインスピレーションをえているわけです。

このへんでおのずから「越境」ということばが浮びあがってきますが、すこしこのことばについて考えてみたいと思います。ぼくが「越境」というとき、このことばが喚起するイメージは、「渡っていくこと」「越えていくこと」「入りこんでいくこと」ですね。しかし、非常に入りこみにくい文化の場合は、それを「入りこんでいこうとすること」といいなおしたほうがいい。最近、「国際化と文学」とか「移民と文学」といったことが話題になっていますが、ぼくは問題の立てかたがちがうように思います。

日本の場合、ほんとうの国際化とは、日本から外に渡っていくことではなくて、むしろ外から渡ってきたひと、あるいはこれから渡ってこようとするひとをどう受け入れるかという問題だと思うんです。たとえば、ある一流企業はいま二百人くらいの外国人を正社員として雇っているんです。そしてその社員たちが二十一世紀ごろに取締役くらいになっていくかどうかで、ほんとうの日本の国際化が問われることになると思う。この渡っていくこと、入りこんでいくことというのは、根本的に政治的な問題だと思う。ぼくはそういう政治的な問題と文学の問題とは切り離して考えたほうがいいのではないか、と思っています。つまり、いま言った意味での完璧な「国際化」ができれば、逆に「移民」のストーリーが消えてしまいます。そう考えると、日本での「移民文学」はまだまだ大丈夫でしょう。

「越境」というのは、つまり、どこにも属さない、なにかとなにかの狭間にいる状態だということです。しかし、その「越境」を文学の問題として考えると、その狭間にいる状態を絶望的にとらえるのではなく、むしろそのことによって、ふたつの文化を非常にアイロニカルにみることができる立場にいる、と考えることができる。「越境」は小説の問題として、ふたつの文化を同時にみるという活動的なアイロニーを意味しているのです。

これを実例をあげて話してみましょう。ひとつはさきほども話に出た『悪魔の詩』という小説です。ぼくはあの本を読んだときに、移民体験を語ったところに衝撃をうけました。この小説は自伝的な要素が強いのですが、ぼくはなかでも、ひとりのインド人の少年が思春期にイギリス文化から大きな影響をうけるという部分に、新しい文学のひとつの手がかりがみえてきたと思った。主人公がロンドンにむかって、「陰鬱なロンドン、ぼくがおまえをトロピカライズする」と叫ぶ。「ロンドンを熱帯化する」というんですね。元植民地出身の主人公が怨念をいだいて、イギリスに逆襲しようとするんです。また、ボンベイに住むインド人少年、サラディンがある日、街で財布を拾うんです。するとそのなかにポンド紙幣がいっぱい入っている。この少年はべつに貧乏じゃないんです。そのお金がほしいというのではなくて、そのポンド紙幣の色や質感によって、イギリスにたいして猛烈なあこがれとコンプレックスを抱くわけです。これはたとえばフィリピン人が百万円入った財布を拾って、日本に行きたいと思うのと似ているんですが、ぼくはこの場合はちょっとちがうと思う。つまり、出稼ぎのように外国の紙幣が自国のお金に換算されることをこの少年は考えていない。むしろ、色彩のちがった紙幣が少年にもうひとつの生きかた、もうひとつの感性をにおわせるのです。

この少年が財布を拾うという小さなできごとの場面を読んだとき、ぼくは新しい文学の可能性を感じた。つまり、そのラシュディだけでなく、ほかのインド人作家のタッチがどこかガルシア・マルケスのような、いわゆるマジック・リアリズムに似かよっているんですね。これはやはり、彼らの出発点がおなじ第三世界だということもありますが、しかし、マルケスのようにひとつの複雑な共同体のエピックをつくるというより、文化と文化のあいだにおこる不条理と、それによっておこるコメディが主になっています。そういうものにインド人の作家たちは思いあたったにちがいない。

財布を拾った少年はコンプレックスと憧れをもって、思春期のまっただなかに、留学生としてイギリスに行くわけです。そしてエリート中学校に入るのです。その寮での最初の朝、彼はイギリス人の同級生が朝ごはんを食べている食堂に降りてくる。その食卓に鰊《にしん》が出ていて、みんなが食べているから、サラディンも食べようとして、一口かじってみる。ところがその一口だけで、たちまち口のなかが骨だらけになってしまう。それで彼はパニック状態になって、ある種の恐怖を覚えるわけです。

ところが周囲のイギリス人たちは、鰊を食べるとそうなるのが当然だという雰囲気で、だれも助けようとしない。同級生がだれも「ほら、君、こうして食べるんだよ」と教えてくれない。ようするに、だれも仲間になってくれない。彼のイギリス生活の先輩になってくれるひとがいない。しかし、サラディンは結局一時間以上もかかって鰊を食べてしまう。同級生たちがみんな食べ終えて席を立った後も、まだそこでひとりのインド人がずっと鰊ととっくみあっている。でも、彼はどんなに時間がかかっても、最後の最後まで食べてしまう。そして、食べ終ったときにサラディンは「イギリスという国は、骨がいっぱい入った、妙な味がする魚である」ということに気がつくのである。しかし、いかに奇妙であっても、それを自分が食べることができる、ということによって、その少年には、彼自身がいままで気がつかなかった自分の力を発見するわけです。そして彼は「ざまあみろ、食ってみせてやる」という。その鰊が食えたということは、彼にとってイギリス文化を征服するための第一歩となる、はじめての勝利だった。そこで彼はウィリアム征服王がノルマンディーからイギリスにやってきたとき、イギリスの砂をひとくち口に入れてから襲って行った、という話を思いだす。

ぼくはこの場面を読んで、いくつか感想があるんです。ひとつはそのインド人の移民の少年のほうがイギリス人の同級生たちより若いという印象を与える。つまり、イギリス人たちはひとつの固有文化の内側にいること、しかも自分たちがエリート・コースにいることで安心している。だからじっさいの年齢よりも老けている。「越境」のまっただ中にいる移民の少年のほうが若い。インドは亜大陸であり、多民族、多宗教、多言語の国ですね。そこの出身者が単一文化の島国に入りこもうとする話なんです。そうするとどうもいわゆる帝国主義の方向性を考えると、イギリスはアジアやアフリカといった広い場所を征服する。また日本が朝鮮半島から、アジア大陸に入りこみ、満州を開拓する。またアメリカでいうと、東部のイギリス系の古いボストンやニューヨークに象徴されるような閉じこもったヨーロッパ系アメリカ人が西部にひろがって、インディアンを滅ぼす。こういう動きが古典的な帝国主義の方向であったことを考えると、このラシュディの話はひとつの逆転で、おなじ征服といっても、大陸出身者が島国にやってきて征服を夢みるわけですから、ちがうのではないか、とぼくは思うんです。

このことを考えるだけでも、ここでは近代によって定義されてきた南北問題の文脈とはすこしちがったものが二十世紀末に出てきたんじゃないかという気がします。つまり、「南北」を逆転させて、そのあいだを混血児のように動くことによって、ひとりの作家が狭間というところを非常に豊かな場所にしてくれた。

もうひとつの例は李良枝のことです。

じつはぼくは何年か前に、彼女の『由熙《ユヒ》』という芥川賞受賞作となった小説を論じたことがあります。ぼくにとって非常に興味のある作品です。この『由熙』は在日韓国人二世が故国の韓国にもどって、留学するという話です。この小説は、日本で生れ育った日本人ではないひとが故国にもどったときに、じつは自分が日本語の感性のなかでしか生きてゆくことができない、ということを発見するというのがテーマなんです。主人公は故国の韓国にもどるのですが、どこか韓国人になりきれないところがあって、抵抗感を感じる。また逆に生粋の韓国人が彼女を見ると言語的感覚がちがうように映る。そのほかすべての感性がちがうように映る。この小説は韓国人が彼女を見るという視点で書かれていて、そのなかで彼女は一種のカルチャー・ショックを覚えるのです。

たとえば、由熙は韓国の学生について、つぎのようにいうことでそのショックをあらわしている。「この国の学生は、食堂の床にも唾を吐き、ゴミをくず入れに棄てようとしない」「トイレに入っても手を洗わない、教科書を貸すとボールペンでメモを書き入れて、平気で返してくる。この国の人は、外国人だとわかると高く売りつけてくる、タクシーに合乗りしても礼一つ言わない、足を踏んでもぶつかっても何も言わない、すぐ怒鳴る、譲り合うことを知らない」と。これはいわれた例の韓国人の読みかたを考えると、外国人の偏見にみちた感想として読まれることは十分想像できます。

ぼくがこの文章にぶつかったとき、非常におもしろいと思ったのが、韓国にたいするおなじ外国人の「偏見」といっても、おそらく中国人やアメリカ人のいうこととちがうだろうということです。つまりこういう文句は、いかにも日本人が韓国人にたいしてみる視点にもとづいているのです。在日二世が差別を背負って故国に帰り、こういう視点で故郷を見てしまうということに気づいたとき、おそらく大変なショックを受けたと思います。

ただし、たとえばこれをアメリカの視点で読むと、それほどめずらしい話ではない。移民の国においては、たとえば日系アメリカ人がはじめて日本へ行くとき、似たような文化的ショックを覚えるということがよくあると思う。あるいはポーランド系アメリカ人がポーランドに行って、それまで自分のアイデンティティの拠りどころだと思っていたものが、実際はちがうことに気づいてショックを覚える。さらにぼくのもっと身近な例でいうと、ユダヤ系アメリカ人がイスラエルへ行って、やはり大きなショックを受ける。ニューヨークにあるユダヤ文化とイスラエルは全然ちがう。ですから、そういうショックを受けるということは、ぼくにとってはそれほど珍しいことではなかった。逆に、在日二世のそういった情況には、必然的に「アメリカ」的な要素が現われてきたのではないか、とすら思いました。

小説の最後で、彼女は日本にもどるんですが、韓国を発ったあとに彼女に下宿を貸した韓国人は、由熙はもうどこにもいないのだ、という「結論」を告げるのです。ぼくはこの小説を読んで、いまの日本と日本文学の状況からすると、むしろ李良枝さんが書かなかった、『由熙』の続編――由熙が日本に帰ってからの話を読みたいと思った。そういうストーリーのなかには、民族とことばをめぐる日本文学の最先端の内容が暗示されているのではないかというふうに思いました。

残念ながらぼくは李良枝さんに会うことはなかったが、一度だけ電話で長い会話をしたことがあります。そのなかで、ぼくは『由熙』のことを思い出しながら李良枝に、自分のことを韓国系日本人だと思ったことがありますか、と聞いたら、彼女は「いや、それはちがう」と答えた。それで、どこが日本人とちがうと思うか、と訊ねると、「日本人だ、といってしまうと、天皇を認めることになる」というわけです。そして、「リービさん、それは非常にアメリカ的な考えかただ」といわれてしまいました。「アメリカ的」ということは、つまり移民的な考えかただということでしょう。移民的な認識とはちがって、「韓国は母国です」と彼女にいわれて、ぼくは自分がこの小説を、もしかしたら「アメリカ的」に読んでいたかもしれない、と反省させられました。作者自身の認識はけっして「アメリカ的」ではなかったようだ。

ところが、李良枝が母国の韓国に行ったとき、彼女もことばの感性ということでは、韓国語にたいして変だなと思うことがあったという。そこから、日本語と韓国語の話になった。ぼくはすこし韓国語をかじったことがあるんですけど、韓国語はよく熟語を使うんですね。たとえば日本語だといわゆる大和言葉で、ひらがなでいう動詞を、漢字の熟語＋ハムニダ（～する）というようにいうことが多い。それが変だ、と李良枝はいうんです。たとえば、日本語でいう「うらぎる」が韓国語だと、「ペバン・ハムニダ（背反する）」となる。韓国の学生と話していて、どうしてもっとかんたんな動詞を使わないのかと感覚的な抵抗を覚えたといいました。言語的にいうと、どちらのいいかたも伝達という機能をはたしているんですが、感性の問題としてはどちらかが変ないいかただと感じられてしまう。

どうしても「変だ」と感じてしまうところを、李良枝はおそらく自分の肉体の部分でぶつかった。これは矛盾ではなくて、おそらく同時的な認識だと思う。

『由熙』はとてもおかしな小説で、いまでもわからないところがある。たしか韓国の下宿のひとが由熙が韓国語で書いたノートを読むんですが、そのなかにハングルで「愛することができません」と書いてある。ただそれだけなんですけど、ぼくはこれはとても変なシーンだと思った。これは一見、とても白樺派的な、ヒューマニズム的な感じがするわけですが、ふたつの文化の狭間にいる人間の告白として考えると、どこかで大人になることができない、ということをいっているのではないか、と思えてきます。「愛することができません」と書くこの人物は大人になれないのですからね。そして、それは大人になることがひとつの文化に属してしまうということをあらわしている。どうもそういう解釈がなりたつんじゃないか。じっさい、李良枝さんは日本に帰ってきてから、長編小説に取り組んだらしいですが、それは韓国語と日本語のあいだに立って、詩が書けなくなる在日の詩人の話だったと聞きます。李良枝は何々系何々人というアメリカ的な、法律や契約による解決法を非常に安っぽいものだと考えていたと思う。彼女は自分が感じた矛盾を矛盾として見ないで、そのなかからひとつのおおらかな文学をつくろうとしていたのではないか。民族とことば、あるいは母国と母国語の狭間にあって、それをただ単に悲観的に見ないで、逆に文学の糧《かて》とする、李良枝さんの仕事がラシュディとはちがったかたちで、狭間の豊かさを示したのではないでしょうか。

もうひとり、ふたつの文化の狭間で表現をしようとしている「仲間」の話をしてみます。ノーマ・フィールドという、日本では知るひとぞ知るひとです。彼女はプリンストン大学では、ぼくの学生だったんですが、たいへん頭のいいひとで、いまはシカゴ大学の教授になっています。彼女は戦後の日本で生れた混血児です。父親はアメリカ人のGIで、母親が日本人なんですね。高校を卒業したとき、ハーフとして日本で生きることが嫌だということもあったらしくて、アメリカに渡ってしまった。そして、プリンストンの大学院を出て、シカゴ大学の教授になった。彼女は『源氏物語』について、たいへん有名な論文を書きました。ぼくらの世代の学者のなかでも、有望なジャパノロジストです。ぼくはかねてから彼女に小説を書けばいい、とすすめていたのですが、彼女は自分の子供時代を表現すべきことばをみつけられなかったのか、なかなか書くことができなかったらしい。でも、大変文才のある人で、貴重な体験をしているから、いつかは面白い本を書くだろうと思ったら、そのフィールドさんが九二年の一月に――小説ではなかったんですが――日本語訳では『天皇の逝く国で』というタイトルの日本論を発表した。これが全米で大変な話題になった。天皇制に抵抗した三人の日本人のポートレートなんですが、その内容の合間にノーマ・フィールドが自分の日本での子供時代――一九五〇〜六〇年代に混血児として育ったころのことを書いている。彼女はやっとその当時を表現することばをみつけたわけです。白人とアジア人とのあいだの混血文学というのは、あまり例をみないことです。ほとんどないといっていいんじゃないでしょうか。いわゆる「日本論」――社会問題、政治問題をあつかったテクストのなかで、非常にパーソナルなことを書いて、しかもパーソナルな視点から「両方を見抜く」ということでいえば、もしかしたらこれが最初のものかもしれません。

ノーマ・フィールドさんと何年か前に対談をしたことがあるんですが、そのときにこういう話を聞きました。彼女が若いとき、国籍に関する手続きで母親につれられてアメリカ大使館に行く。母親は彼女に、なにか聞かれたら、とにかく「イエス」と答えなさいという。それで彼女は大使館で「あなたは共産主義に反対しますか」とか「あなたはアメリカ憲法を守りますか」とかいろいろと聞かれるのに、ぜんぶ「イエス、イエス」といって、手をあげて誓いをするんです。そのあとで、今度は日本の区役所へ行って、さっきはみたこともないアメリカに誓いをしたおなじ手で、指紋押捺をさせられたという。フィールドさんはその不条理、アイロニーについて話していました。そのどちらかを体験するひとは多いだろうけれども、その両方を一日で体験するというのはあまりないと思う。狭間にいるということはまさにこういうことかもしれない。ふたつのシステムの不条理をおなじ一日で味わってしまったというじつに貴重な「証言」を聞くと、いわゆる「移民文学」といういいかたは、単純すぎるように思います。日本においてはこれまではそのずれのあいだにいるということを語ってはいけないという禁忌があったと思う。こういうことは子供時代、思春期に経験したことを、大人になってから書くわけですよね。大人が大人時代を書くのではなくて、大人が子供時代や思春期を書く。なぜかというと、大人になるということは、おおむね「どちらかを選べ」というかたちであらわれるからです。それが「解決」ですね。ところがフィールドさんの場合、「解決」以前の不条理が回想されて、とても鮮烈なアイロニーが発掘されたのです。じっさいの混血児の体験は、「両方を一日で体験する」ことにつきる、のであれば、混血児のごとくにという文学のチャレンジは「両方をひとつのテクストのなかで表現する」ということにつきるのではないでしょうか。

この子供と大人の問題についてもうすこし考えてみます。ひとつの例をあげますと、ベトナム戦争が終って何万人もの混血児が残されたわけですね。アメリカの報道雑誌でその子供たちの写真を見たんですが、子供の目でありながら、固有文化の残虐性を見抜いている。あまりにも早い時期に大人の領域を知りすぎたという感じがする。ある意味ではふたつの人種のあいだの「混血」というだけでなく、子供と大人の「混血」とでもいうような、なんともいえない表情をその子供たちはしているんです。その目にはもっとも肉体的なアイロニーが光っている。さきほどふれた李良枝の小説のなかの「愛することができません」という告白とあわせて考えると、混血児のようにふたつの文化の狭間にいて、どちらも最終的に選ぶことができない。かといってアメリカ的な解決もできないという究極的な状況が浮き彫りになります。

李良枝やノーマ・フィールドは、ぼくに「仲間」という意味でインスピレーションをあたえてくれましたが、彼女たちの立場とぼくの立場はもちろん、大きなちがいがあります。それはたとえば、在日韓国人・朝鮮人であれば、あらかじめ歴史の必然性を背負って立っている。戦後に生れた混血児にしても、同様なことがいえるわけです。

そういう歴史を背負わない、新しい在日者のことを考えてみましょう。現代の日本に到着した青年のことを考えてみましょう。たとえば大陸国からこちらの島国に、コンプレックスとあこがれをもって、入りこもうとする青年。かれは欧米人でもいいし、アジア人でもいい。重要なことは、かれが民族的に日本人として通すことはできない、いわゆる「異人種」であること。そこで移民の少年、ラシュディのロンドンにたいする叫びにたちかえりますが、彼は「ロンドンよ、おまえを熱帯化する（London, I am going to tropicalize you.）」と叫ぶのです。日本というもうひとつの島国を考えると、よそものがやってきたときに、どんな叫びを発することができるだろうか。たとえば「東京よ、おまえをアメリカ化する（Tokyo, I am going to Americanize you.）」ではまったく意味がないですね。あるいは「日本よ、おまえに大陸文化を導入してやる」「仏教国にしてやる」それとも「マルクス主義をおしつける」「デリダを和訳してやる」。どちらも、インパクトはないですね。そうやってなにをもってきても、イギリスとちがって、すでに日本はすべてを取り入れ、消費してしまっている。そういう国にたいして、よそものはどうすればいいのか。

むしろ、「おまえたちのことばをおれが共有する」ということ、それが有意義なのではないだろうか、という気がします。ぼく自身が十六、七歳のころに感じた、こちらの島国独自の、どうしても最終的に入れてもらえないという恐怖を前にして、自分の育ちの文化をもってくることは無意味だ。それがわかった時点でぼくも変った。むしろ自分からすんで日本語を使って表現する。それが二十一世紀に向う日本に対しては、最も有意義な姿勢ではないでしょうか。

そこでもう一つの、日本語そのものの勝負があるのではないだろうか。

あとがき

ここにあるのは、青年期にはじめてアメリカから日本へ渡来してきた者の、すべて日本語で書いたエッセイ集である。今年の春に上梓した『星条旗の聞こえない部屋』という小説につづく、ぼくの二冊目の日本語の本である。

外から日本へ渡って、入りこんでゆく。しかし、入りこんだところ、「内」の人々から、「お前は外から来た」ということを一日も忘れさせてもらえない。二十五年間、そのような体験をつづけてきた。ぼくが日本語で書く場合、その経験は決定的だった。

外国で生まれ育ちながら、外国から「家出」をするように、十七歳ではじめて東京の路地をさまよって以来、常に何らかの形で日本の「内」にいたということ。日本人と人種を異にしながら、日本語の感情の中で生きてきたということ。

ここにある文章はすべて、その状態を根拠にしている。

民族が違うのに日本語で生きるということを「矛盾」とする人もいる。しかし、ぼくの経験からいうと、「矛盾」はあまりにも陰鬱《いんうつ》な言い方だ。まず、日本語はもっと楽しい。

はじめてぼくに「お前も日本語で書け」といってくれた作家中上健次氏のことばでいうと、日本語は「愉楽」の言語でなければならない。

もし現代の日本で、「国際化」という実に奇妙なことばにまともな意味があるとすれば、それは日本人とは血を異にする者も、日本語独自の「愉楽」を共有する、ということではないだろうか。

日本の中では、昔から、日本以外の国籍の者が批評やエッセイを書くためには、一種の条件があった。日本の中であらかじめ決められていた「外人」というフィクションに自分の視点を合わせるという条件であった。あらかじめ設定されていたある「日本人」像に合わせて、その「日本人」像のよき鏡になるような「外人」だけが許されていた。アメリカ人も、フランス人も、そしてアジア人までもその条件の下で書いていた。ぼくも、自分の初期のエッセイを読み返してみると、信じてもいなかった「外人」というフィクショナルな枠にはまるように、どこか無理して書いていた個所もある。あたかも東京の路地をさまよったことがないかのような、純粋に「外」から日本を眺めているという通俗的なフィクション。今それを読むとはずかしい思いがする。ぼくも代々の「外人」のように、あるタブーの下で書いていたに過ぎない。

それから、何かが変ってきた。日本も変ったし、ぼくも変った。日本語で書いているうちに多少の自信がついてきた。昔と違って、「お前も日本語で書け」といってくれる日本人も現れてきた。純粋なる「外」というありもしないものの視点に取って代わって、いつの間にか自分の体験に根ざした「本当の声」を日本語で発することができた。それは、「外」の出身者でありながらもまぎれもなく「内」にいるという「在日者」の声である。信じてもいなかった「外人」の視点が崩れて、もう一つの、より複雑で、より豊かな視座が生まれた。とすれば、ぼく自身にも一つの「日本語の勝利」の時が訪れてきたに違いない。

ここに収められている論文とエッセイの初出の雑誌と新聞の担当編集者各氏、および単行本の出版にあたってお世話になった講談社の川端幹三氏に、感謝します。最後に、装幀をしていただいた菊地信義氏に深く御礼を申し上げます。

平成四年十一月一日

リービ英雄

アイデンティティーズ

I

東北の出会い

東北地方のある町に向う特急列車にぼくは乗っていた。その地方都市で行われる松尾芭蕉に関する座談会に出席するための、久しぶりの国内旅行だった。

特急列車は、新幹線の止まる駅から分岐して、山の中に入り、温泉町を通り過ぎているところだった。地方都市の自治体の招待ということで、ぼくはグリーン車に座り、次々と窓にうつる午後の光の中の田んぼと、竹やぶと、新興住宅街を眺《なが》めていた。向うの席には、「田舎の不動産屋の社長」風の、五十をこえた男性と、「田舎のスナックのママさん」風の四十代の女性がいっしょに座っていて、グリーン車の中には、他に客はいなかった。

ぼくにとっては在日二十五年間で、三回目か四回目の東北の旅だった。

アメリカ、中国、ドイツと海外ばかり飛び廻っていた一年の中で、めずらしい国内旅行だった。そして東京や関西の人以上に、東北人の、まわりの旅客の目にはぼくのその旅は「国内旅行」として映らないだろうという不安を抱きながら、『奥の細道』の話をするために、ぼくは、「旅」というものをほとんどパロディ化してしまう特急列車のスピード感を味わっていたのである。

ちょうどその二ヵ月前に、ぼくは実は二十年ぶりの、学生時代の一人旅以来の「東北」へ、ある雑誌の取材で行ったばかりだった。そのときの「東北」は、地方都市からかなり離れてしまった真冬の漁村などをたずねるという、ハードで、そしてより本格的な「旅」だった。

そのときの「東北」で感じたことの一つは、地方都市を離れれば離れるほど、こちらの人種が問題にされなくなる、ということだった。より「客観的」に言い換えれば、もしかすると東京以上に強い地方都市の「民族」神話――異人種に対する近代の極端なこだわりが、かえって漁村の、明治生まれや大正生まれの老漁師たちといっしょになると、感じられなくなる、ということだった。よそ者に対する劣等感と優越感と排他主義から成るあの「コンプレックス」は、日本人の土着的な「気質」ではない、むしろ近代の都市社会から生まれたものである。そして「中央」から離れた小さな近代都市ほどその複合感情《コンプレックス》が強くて、それらの小さな「中央」をさらに離れた農村や漁村になると、それらが実に不思議なほどに感じられなくなるのだ。そのことが分ったときぼくは国内旅行で何年ぶりかのおどろきを覚えたのである。

それまでは、ぼくは「東北」をただ漠然と恐れていたかも知れない。二ヵ月前の旅において、複合感情《コンプレックス》の「配置」についてもう少し複雑な理解を得て以来、漠然と恐れるだけではかえってぼく自身が「在日者」として損をしていた、というか、日本語の作家としての自分自身の「コンプレックス」をぶつける一つの豊かな場をずっと見のがしていた。東北の、しかもかなり奥まで行った旅先で、そのような不思議な反省が生まれたのであった。

今度は漁村ではなく、地方都市への、「旅」ともいえない、むしろ出張のような、日帰りの仕事だった。特急列車が向って走っている地方都市ははじめてで、好奇心もあったし、座談会そのものも、芭蕉というテーマも面白いし、他の出席者たちは一流の芸術家であり、一流の話者でもあるから楽しみにしていた。が、列車のすばやい動きが芭蕉の『奥の細道』とはあまりにも違って、前の取材旅行のように東北への旅だという実感はほとんどなかった。

特急列車は、早春の水田と、殺風景な新興住宅地と、伝説的な地名の中をすっと通りすぎて行った。

座談会では芭蕉の英訳の話も頼まれたので、ぼくは、そんな風景を横に見ながら、『奥の細道』の原文と英訳を読み比べていた。向うの席にいる「社長」と「ママさん」は、夫婦ではないだろう、夫婦にしてはあまりにもなごやかに話しているので、とにかくそのなごやかさからは、東京の列車ではまず感じられない一種のゆとりが伝わってくる。彼らの方をちらっとうかがってから二つのテキストに目を移し、

夏草や兵《つはもの》どもが夢の跡

は、

Summer grasses——
the aftermath
of warriors' dreams

でいいのかなといぶかりながら、『奥の細道』の句も、当然なことだが北上すればするほど良くなるもんだ、という思いに駆《か》られた瞬間、突然、

「失礼ですが、リービ英雄さんですか」

という声が耳に入ってしまった。

若い男の声だった。しかし東京で聞こえるそういう声と違って、非常に礼儀正しい音律の、ていねいな口調だった。「田舎の青年」ということばがちらっと脳裏《のうり》に浮び、ひざに並べたテキストから見上げると、目の前には、座席の上にそびえる、一九〇センチもあるだろうか、背の高い白人の若者が立っている。

「ええリービです」と答えると、相手は、一行も英訳されたことのないぼくの文学の読者だという。

「今日S市にいらっしゃることが分って、是非お話をうかがいたい、と思って……」

そして名刺をぼくに渡してくれた。

名刺には、カタカナの名前と、その県の県庁の何とか局という肩書きがあった。

その青年は、実はぼくと同じアメリカの大学を卒業したばかりで、話を聞いているうちに、ぼくと同じような学生時代を送ったことが分かった。つまり最も「西洋」をにおわせるその大学――プリンストン――で、四年間何をしていたかというと、朝から晩まで日本文学ばかりにのめりこんでいたようだ。

S市に向う特急列車の中で、その青年が次々と、近代、現代の日本文学について、質問をあびせてきた。

その会話は全部日本語だった。そのことについてぼく自身が特に意識していないことに、いつの間にか気がついたのである。

それだけではない。向うの座席にいる「社長」と「ママさん」は、おそらくは東京の中年カップルとは違って、ぼくとその青年――民族的にいえば「二人の白人」――が、そのような内容を日本語で話し合っているという光景に、特に反感を抱いているという様子もなかった。

「東北」だからこそ、なのだろうか、「田舎」だからこそ、なのだろうか、その瞬間には、三つか四つの「コンプレックス」が同時にふっ飛んでしまったような、明るい雰囲気となった。

その青年の日本語は、とても礼儀正しいものだった。しかし、いわゆる「外人」のバカていねいとはまるっきり違っていた。「自然な日本語」と形容してもいいのだが、ただ「自然」だけでは片づけられない、何かを確信している、と同時に、その確信の上で何かねばりのような、切実な口調が伝わってきた。

こいつは日本語で自己表現をしているんだ、こいつはただ日本語を理解しているだけではなく、日本語はもはや内面のどこかに入りこんで、その感情を形成しているのではないか。性格も意見も生いたちもぼくとは違う。しかし、ぼくと同じように、こいつは、最も根源的な意味で脱西洋をしてしまっている。そしてたとえこいつはそういうコトバを使わなくても、「国籍」や「民族」という二十世紀末いまだに続いている外的条件を何とかまぬがれるようにして、確かに自分の中で「日本人」を形成しているのではないか。

かつてはぼく自身が他人（つまりまわりの「日本人」の一部）から受けた審判を、ぼくが今、他人（つまりぼくが出会う「外人」の中の、わずかな「例外」）について、審判をしてしまっているそのことに、ぼく自身がおどろきを覚えたのである。

「真の国際化」ということばも脳裏を掠《かす》めた。しかし、それすらも消えてしまった。東京での「国際化」議論は、何というバカバカしいさわぎに思われたことか！

けっして当り前な会話ではなかったが、その会話が日本語で行われたこと自体は「当り前」だった。特急列車がS市に到着したとき、ぼくは東京では「外人」と日本語で話すのは絶対に嫌だということを思い出した。さらに、東京のある種の日本人と話していると、「外人と日本語で話している」ような錯覚をときどき覚えたことも……。

座談会の後、東京に帰るぼくが、S市から県庁所在地の大きな地方都市に帰るその青年と、またいっしょになって、途中まで「当り前」な日本語で話をすることになった。

特急列車の窓にシルエットとして映る、山脈と新興住宅と温泉街を見ながら、二人の「白人」が、長々と話をした。言葉はもちろん、日本語だった。一度も「母国語」、とまわりから言われすぎている言語に切り換えようと思ったことはなかった。そんな必然性もまったく感じなかった。

日本語の文学者と日本語の読者が、県庁所在地へ急ぐ特急列車の中で、さまざまなことを語り合った。三島由紀夫のこと、大江健三郎のこと、柄谷行人のこと、島田雅彦のこと、新宿のこと、そしてプリンストンのこと（本格的な悪口が出たのは、最後の、プリンストンのことだけだった）。

東京にはない、ゆったりとした町の光を眺めながら、ぼくは作者と読者の「当り前」な会話を「当り前」な言語で交わしている自然な感覚から、一種の解放感を味わった。今の東京では、なぜか、こういう経験はまず味わえないだろう、と頭のどこかで意識しながら。

今は県庁に勤めているが、将来は、もっと日本文学を勉強したいと思っています、と白人の青年が言いだした。

将来はどうするの、とぼくは訊いた。

できれば日本人に日本文学を教えるような仕事をしたい、と青年が答えた。

ぼくは一瞬、胸がつまるような思いをした。そしてほとんど反射的に、そんなことをやったって意味がないんだよ、と言った。

ぼくも二十代のとき、そのような「当然」な野心があったことを思いだした。しかし、そんなことは不可能だった。これからの日本では不可能かどうかは分らないが……。アメリカなら、日本人として生まれた人が、向うへ渡って、一流大学で英文学をアメリカ人に教えていることは実際にあるし、その中に一人か二人、かなりするどい文学者もいる。

しかし、逆のことは、ぼくの青春時代、まず不可能だった。

ぼくは二十年ぐらい、その人たちを、ではなくて、そのシステムを憎んでいた。

しかし、今考えてみると、その一人か二人のするどさは、そんなこととはあまり関係がないのではないか。そしてぼくがそのことによく目覚めたのは、大学にも行かなかった中上健次の、かれらよりは数十倍もの「するどさ」に初めて出会ったときだった。

特急列車は山から、盆地に入った。

「だって日本の大学で日本文学を教えたって意味がないんだよ」ともう一度言ったとたんに、自分の口調は少し独断的になっているのに気がついた。

(「やったって意味がないんだよ」と宣言をしたって、そんな宣言をする人には、やるかやらないかの選択の自由はまったくなかったのだから。学者であった頃の自分の「野心」の小ささを思い出して、はずかしくなった。小さな「野心」をほとんどのけられて、そのこと自体がいつの間にかバカバカしくなったから、自分で日本語を書きはじめたのかも知れない。とにかく、たくさんのズレの結果として、今のぼくが今の形で日本の中にいる、そのことだけは確かなのだ。)

「これからの日本では、そういうこともできるかも知れない」とあまり確信のない声で、ぼくが言った。

特急列車の窓に、ゆったりとした光が密度を増した。が、東京の光のように、それはけっして見る人を圧倒するような密度ではなかった。

特急列車は、県庁所在地である地方都市にすべりこんで行った。

この青年は日本の中でどれほど難しい経験をしているのだろうか、これからはどれだけのズレを経験するだろうか、という、疑念とはまた違ったブレーキがかかってくるのを意識しながらもぼくは、

「とにかくがんばって下さい」

と言った。一人の若い人に「がんばってほしい」と心《しん》から思ったのは、久しぶりだった。

あのシステムも崩れるかも知れない、とにかく自分の中の日本語を大事にしなさい。そして変えられる国籍と変えられない人種はともかく、「外人」にされないように、気をつけなさい。

いっしょに特急列車を降りて、ぬくもりを約束しているような肌寒い、「東北」の不思議な空気の中へ歩みこんだ。新幹線の乗り換え口で別れた後に、ぼくは二十一世紀の日本の「野心」を一つかいま見た、という気がしたのだった。

Boys be ambitious !

十九世紀からの日本の「野心」が作り上げてきたまぶしい光の海に向って、東京に向って、ぼくは帰途についた。

「there」のないカリフォルニア

「東京とニューヨークの間を何度も行ったり来たりしても、どうということはない。しかし、途中でカリフォルニアに立ち寄ると、いつも凄《すさ》まじいカルチャー・ショックを覚えるんですよ」

いつかアメリカ人のビジネスマンから、そんな話を聞いたことがある。それを聞いたときには、ぼくはまだカリフォルニアに住んだことがなくて、イメージでは何となく理解できたものの、日米の大都会よりはるかに深刻だというカリフォルニアの文化的「衝撃」の内容については、何も分らなかった。むしろ、東海岸で生まれ育ち、伝統のある大企業につとめているビジネスマンのスノビズムからは、カリフォルニアの「新しさ」は分らないのではないか、と疑う気持もあった。

その時まで、カリフォルニアを知らなかった。

ぼくは十数年間、アメリカの東海岸と日本の大都会の間を、行ったり来たりする生活をしていた。飛行機の直行便がふえて、カリフォルニアに立ち寄ることも少なくなり、ニューヨーク周辺と東京だけから成る「世界」に住んでいたのである。いつかカリフォルニアに住むようになるとは、夢にも思わなかった。

ビジネスにはならない文学の仕事で十数年間、ニューヨーク周辺と東京の間を行ったり来たりしていたぼくにとって、ある年、アメリカの中の「日本文学」の場が、東海岸のプリンストン大学から西海岸のスタンフォード大学に変った。プリンストンを辞めてスタンフォードに移ったのは、特にカリフォルニアに魅かれたからではなく、スタンフォードの方は「ハーフ・タイム」の教職で、一年のうちに半年間だけ日本文学を教えて、残りの半年間は日本に住んで実際の「日本文学」の場に居つづけるために、という話だったからである。ドナルド・キーンやサイデンスティッカーが長年コロンビア大学で行っていた「ハーフ・タイム」の教職と同じ構図だった。つまり、距離的にも時間的にもスタンフォードの教授になった方が「在日」の生活を営む上で有利だったわけである。アメリカの名門大学ならではの話だろうが、とにかくそのような理由でぼくは、十七歳の一年生から三十三歳の助教授まで、日米往還生活のアメリカの「極」として経験していたプリンストンを去った。そして、特にそこにいたいという動機もなかったのに、ぼくの人生にはカリフォルニアの時代が加わった。

それまでは、日本とアメリカの東海岸しか知らなかったぼくが、まず体験したのは「カルチャー・ショック」ではなかった。「ネイチャー・ショック」だった。文化の違いよりも、まず最初の日から、同じ惑星にいるのかと疑うほど、自然環境の違いが衝撃的だったのである。

四季がはっきりしていることが現実にとっても文学にとっても重要な特徴でありつづけてきた日本から来ても、あるいは、もしかすると近年の日本以上に四季の変化が豊かなアメリカ東海岸から来ても、はじめて体験するカリフォルニアの自然は、実にショッキングなものである。

スプリンクラーを止めたらたちまち砂漠にもどる芝生の上を歩きながら、広々とした、雲一つないコバルト色の空におどろく。最初にその下を歩いた日には、その空にこの惑星のものとは思えないほど「異質」でショッキングな美しさを覚えてしまった。雪と嵐が毎年連続する東海岸の厳しい冬から逃げようというかなり単純な動機で、アメリカ人は昔からカリフォルニアに「再移民」していたのである。

コバルト色の空は、一週間いても変らない。一ヵ月いても同じである。一つの「季節」に相当する時間が経っても、空はぼくが来た日からほとんど何の変化もみせない。

そのカリフォルニアの空に対して、最初はとても快いおどろきを覚えた。空は開放的だった。スタンフォードの空を最初に見上げたとき、はじめて村上春樹の文章を読んだときのように、単純で明快なグッド・フィーリングを覚えた。

そんなグッド・フィーリングのために、アメリカ人はカリフォルニアに「再移民」するのに違いない。

季節の変化を束縛として感じる人はおそらく、ここで一つのパラダイスを見つけて、その中で自然の一つの「条件」から自らを解放してしまったような気持になるだろう、と思った。東海岸の豊かな季節の変化を苦痛と感じる人は、変化のないところに「パラダイス」を見つけるだろうと、思った。

カリフォルニアの空は、その下を歩く人々を「束縛」しない。コバルト色の天空は、「文脈」にはならない。季節という「前後関係」を暗示しない。過去も未来もなく、永遠なる「今日」の空。ぼくがカリフォルニアに移動して住んだ一九八〇年代には、雲一つない、広々とした空を、すべてのニュアンスがはがされた、だから意味や解釈などを超越してしまった、最も「現代的」なテキストに見たてようという気持さえ起きたのである。

そのような気持は、一週間ぐらい残った。一行一行からグッド・フィーリングが滲む、ちょっと長い短編小説とか、ちょっと短い中編小説のような、なかなかすばらしい一週間だった。

それから、日本古典文学の授業が始まった。

東海岸のプリンストンでは、季節感の細かい変化を表現の大きな軸の一つにした古代・上代の日本文学を講じることにはあまり違和感がなく、むしろ現代の日本の都市で講じるよりも「自然だ」と思えるときすらあった。

ところが、カリフォルニアに来ると、日本文学の一流の研究家たちが同じ学科にいて、学生のレベルも、プリンストンと同じか、プリンストンよりも高いにもかかわらず、和歌を教えはじめた時点から、窓に映る、きのうも今日も明日も同じコバルト色の空がひどく気になってか、ぼくはつまずいてしまった。『古今集』になるとコッケイな気持になって、『枕草子』まで来ると、まわりの現実とテキストのズレによって、心の中は一種のパニック状態になった。

オクラホマ出身の、九十キロもあるアメフトの選手に、額田王《ぬかだのおおきみ》についての感想を言わせると、「あ、あ、今までは春が好いと思ったけど、やっぱり秋もバカにできない、と思いました」という「結論」を渋々とのべるが、彼にはそんな実感はまったくなく、「東海岸《イースト・コースト》的」なノイローゼの結果として人間は季節などを問題にしたに過ぎない、と考えているのも明らかだ。

ましてや「冬」とか「雪景色」になると、そんなものはヨーロッパとかボストンにいた祖先たちが悩まされて、カリフォルニアにいる自分たちが卒業してしまったテーマだ、という態度が、日焼けして色白が一人もいない白人の生徒たちから伝わってくるのである。

春はあけぼの？ いいえ、毎日はあけぼの、年中はあけぼの。俺たちにとっては、季節の区別なんて、歴史の領域なんだ。

『歴史の終わり』の著者が、カリフォルニアのシンク・タンクの研究員となったことは、不思議でも何でもない。共産主義の崩壊の前の時代にも、カリフォルニアの学生たちはすでに「歴史の終り」を生きていた、あるいはそんな思いこみをさせてくれる環境の中で生きていたことは確かである。

秋山そ我《あれ》は

春の景色と秋の景色を比べた額田王の、細かい「季節比較」の結論の日本語を「The autumn hills are for me」と英訳して朗読するぼくの声が、だんだん弱々しくなって、「カルチャー・ショック」より深刻な、一つの虚無感を覚えてしまった。どこでもいいから、四季のある「ノーマル」な国にもどりたくなったのである。

When you get there, there's no there there.

カリフォルニアで育ち、カリフォルニアのみならず「アメリカ」そのものから逃げるようにして、パリに移り住んだガートルード・スタインの、久しぶりにカリフォルニアに帰ったときの名言を、どう和訳すればいいのだろうか。「そこに着くと、そこにはそこがない」と直訳しても通じないから、「そこに着いても、そこには『そこにいる』、あるいは『どこかにいる』という感覚はまったくない」というふうに説明するしかない。

一九二〇年代のパリに集まったアメリカ近代文学の創造者たちにとっては、おそらくヨーロッパの都市は「there」にあふれていたのだろう。出身地の野蛮な大陸の方は、「there」のなさが致命的な欠点だったに違いない。しかし、二十世紀の終り頃になってみると、カリフォルニアには「there」がないということは、逆に疲労した近代文明の「その次」の生き方を暗示している、だからかえってプラスに感じられる。少なくとも一九八〇年代のカリフォルニアの澄んだ空気には、カリフォルニアの生き方はヨーロッパや東海岸のぶあつい「there」から解放されたものだ、だからここは先端だ、そのような優越感が漂っていた（ヨーロッパ系の「再移民者」たちの他に、アジアからカリフォルニアに着いた新しい移民者たちの中にはそのように感じた人たちもいたのだろうか。それともかれらにとっては、故国の「there」はかえって消し去りにくい記憶と化したのかもしれない）。

thereにはthereがない、そこには「そこだ」という実感がない。カリフォルニアに一ヵ月もいればスタインの名言の内容はよく分るのだ。毎日変らないコバルト色の、「春の」空でも「秋の」空でもない天空が、「ここ」の空でも、「そこ」の空でもない。「there」がないという地理的な虚無感も、「then」を言わせない時間の浮遊と切っても切れない関係にあるようだ。カリフォルニアは、「いつ」と「どこ」を意識の周辺に追いやった、実に不思議な「パラダイス」なのである。

日本の知識人も、ヨーロッパの知識人も、二十世紀において文化のたどりついた空洞化という意味で「アメリカナイズ」を言うとき、それは実は「カリフォルニアナイズ」を意味しているのではないか。コバルト色の空の下を、『枕草子』の講読が不毛に終った教室から自然食品店に向って自転車で走りながらそう考えたことがある。そして「there」さが豊かなパリから逃亡したようにスタンフォードに来て「ポスト・モダン」の楽園を楽しんでいるフランスの知識人の姿を、ガートルード・スタインに見せてあげたかった。

『枕草子』の通じない「パラダイス」にはぼくはそう長くはいられない、とカリフォルニアで日本文学を教えていた一学期目にしてもはや分っていた。清少納言の「季節批評」はやはり「there」だらけの狭い島国の密度の産物であることを、かえってカリフォルニアで再確認することもできた。が、そんなカリフォルニアにいて、ぼくはだんだん、「批評」そのものが恋しくなってきたのである。カリフォルニアの人は、声が明るいのにニューヨークのようにジョークは通じない。皮肉は耳に入ってこない。清少納言が記録したような細やかな判断を誰も下そうとしないし、誰も受け止めようとしない。ぼくが体験したカリフォルニアは「批評」のない世界だった。東海岸から来てたちまちノイローゼになった日本語科の女子大生が言ったように、カリフォルニアは「テンキとゲンキだけの世界」だったのである。

ぼくがスタンフォードを辞めて完全に日本に移り住んでから、カリフォルニアは何だったのか、そして近年の世界文化にとって「カリフォルニア」は何を意味していたのか、たびたび考えることがある。「カリフォルニア」は、八〇年代に旺盛だったある種の「ポスト・モダン」思想の隠れた理想郷ではなかっただろうか。「there」を超越してしまった究極的な生き方、あらゆる固有文化を「歴史」として鑑賞できる、「どこでもない」明るくておだやかな中間地帯──スタンフォード周辺は、いうまでもなくコンピュータ・ソフトの「みやこ」でもある。もちろん、ソフトを中心とする新しい経済の地でもあり、脱欧入亜するアメリカの、アジアとの接点でもある。

しかし、そこにはアイロニーの笑い声は聞こえない。パロディの鋭さは感じない。二つの「there」が衝突したときに起るようなユーモア・センスはうかがえない。ジョークが通じないときほど深刻な「カルチャー・ショック」はない。その意味ではカリフォルニアの「カルチャー・ショック」は、東西とか、日米とか、第一世界と第三世界の間など、普通の異文化間とはまったく異質な、衝撃的なものだったのである。

ぼくはスタンフォードと東京の間を行ったり来たりして、総計二十数ヵ月、コバルト色の空の下で生活することになった。「永住」はしなかったので、カリフォルニアはぼくにとってはあくまでも一つの明るい中間地帯として記憶に残っているにすぎない。しかし、今察するに、ぼくと違ってカリフォルニアに一生いる人たち、もしかするとそこで生まれ育った人たちにとってすら、カリフォルニアは一つの永遠なる中間地帯になっているのではないか。

季節が豊かに変化を見せて、旧来の「there」さが根強く残っている文化——日本にしても、ヨーロッパにしても、そしてアメリカの東海岸にしても——の中にいるぼくたちは、一度はカリフォルニア、あるいは「カリフォルニア」的な場所を体験すると、自らの文化的確信の壁には一つのスキマが開いてしまう。それは「異文化のインパクト」によるたぐいのスキマとは違う。逆にいえば、誰も一度は、自文化と異文化が同時に相対化される領域に入り「there」さのフィクション性に直面するのも、けっして悪い経験ではない。

ワインを一滴も飲まない人よりワインを少し飲む人の方が長生きする、と最近の医学研究で分ったが、それと同じように、誰しも一週間のカリフォルニア体験は必要だし、誰しも一週間ぐらいでちょうど良いだろう。

「文学者」の国に、ぼくがいる

「バカヤロー、お前なんか、文学者じゃない」(一九八〇年代の日本の文芸誌に載った有名な座談会の結末から)

日本とアメリカの間を行ったり来たりして生活していた時代、日本で耳に入ったことばをアメリカ人に説明することがよくあった。特に文学に関する、アメリカとは微妙に違ういろいろの発想や表現を、アメリカの大学で伝達することができたとき、一種のよろこびを感じることもあった。そしてどこまでが翻訳可能か、どこからが翻訳不可能か、そして翻訳不可能なものはなぜそうなのか、たびたび考えさせられたのである。伝達することができたとき、よろこびに近い満足感を味わった。しかしどうしても伝達できない、あるいはどうしても翻訳できないと分ったときにこそ、かえって日本の中で何となく通用している概念を正確に問うことができたのである。あまりにも当然なことだが、そのプロセスの中に当然問われるとはかぎらない概念を問うてみることが、面白い。

たとえば、日本では、ある人がある人に対して、「あいつなんか文学者じゃない」と言ったコメントを、アメリカで説明しようとした時、日本であれだけこだわっている文学者という言葉を、一体どうやって英語に翻訳できるかという問題にぶつかった。しかも「あの人は文学者である」というより、「あいつは文学者じゃない」と否定された方が、逆に「文学者」というものが浮び上ってくる。

そしてその「文学者」は、実は英語では存在しないカテゴリーであることも、浮び上るのだ。

You are not a... とか、That guy's no... そのような文章を完成させる名詞が、どうしても見つからなかった。

もちろん、日本語の「文学者」は、文学の単なる学者を意味するだけではないから、生物学者《バイオロジスト》のように、――オロジストとか――シストにもならないし、ただの scholar of literature ではだめだ。文学の学者の中には「文学者」もたまにはいるが。

特に否定形の「あいつは文学者じゃない」といったとき、「学者」とは逆に he's no writer に似た響きもあるが、そう訳してしまうと、「あいつはもの書きではない」ということになる。「文学者」はみんなもの書きである。しかし、もの書きはみんな「文学者」だとはかぎらない。

ぼくの理解でいうと、日本語の「文学者」は、文学を研究する人も、文学を批評する人も、文学を創作する人も含まれている。何となく文学を「道」とする、というニュアンスが強い。

英語には literatus ということばがある。日本文学に通じているあるアメリカ人が、日本語の「文学者」を、その literatus として翻訳したのをぼくは聞いたことがある。何となく「文学をする人」という意味にはなっているが、literatus は、文学を「道」とするよりも文学を「趣味」とする人という意味合いが強くて、実際には「文人」という日本語を英訳するのにその literatus がよく使われているのも事実だ。「文学者」が持っているまじめさを欠いている。he's no literatus とは誰も言わないし、かりに言ったとしても「あいつなんか文人じゃない」というコッケイな意味になってしまうのだろう。

アイデンティティーの用語としての「文学者」にあたる英語は、どうも存在しない。écrivain というフランス語があるけれども、それは「書く人」という意味で、「文学者」がもっているあの「読む人、書く人、もしくは読んだり書いたりすることによって生きる人」という不思議なあいまいさはないようだ。écrivain はむしろ「作家」である。「あいつは作家じゃない」という日本語は耳にするが、それは「あいつは文学者じゃない」とはちょっと違うのではないだろうか。「あいつは文学者じゃない」と日本語で言ったとき、「あいつは本を何冊書いても何も分っていない」というニュアンスもありうるとすれば、「文学者」たりうるかどうかという判断の中には、どのように書いているかだけではなく、どのように読んでいるかという資質も問われている。そして読み手の資質と書き手の資質を結びつけて、どちらの行為も超越した「何か」が問われているのではないだろうか。

「文学者」はいうまでもなく、近代のカテゴリーである。近代以前には「歌人」や「俳人」はいたが、「文学者」はいなかった。そして日本近代の多くのアイデンティティーのように、そこには民族や国籍の条件もついてしまった（日本文学にたずさわる外国人はよく「日本文学研究家」というラベルを張られている。近代の常識の中では、日本国籍を有しない人は日本文学の内部において「文学者」になりうるとは誰も考えもしなかったようだ）。アメリカには「作家」もいるし、「研究家」もいる。しかし、「文学者」はいない。

ぼくはある時期、単なる「作家」ではなく「文学者」になりたいと渇望した。

「お前は文学者じゃない」という日本語の侮蔑《ぶべつ》が英語ではなかなか伝わらない。逆に、アメリカの作家が他の作家を徹底的にけなしたときの米語を、どうやって和訳できるかという問題について、考えさせられたこともある。

アメリカ文学には、そのような侮蔑の「名言」はいくつかある。面白いことに、それらの、ほとんどが書くという行為自体をめぐる侮蔑から成り立っているのである。アメリカの作家同士が衝突するときに、「あの人の書くものはすべてうそだ、コンマやピリオドまでもうそだ」といったことばを放つように。個人的攻撃のときもかならずてにをはを取り上げる、つまり、書く資格そのものが問われるのである。

他の作家を片づける最も有名な例は、おそらくそのままでは日本語に翻訳しにくい例でもあるだろう。ちょうど作家がはじめてテレビに出るようになった一九五〇年代に、ノーマン・メイラーとトルーマン・カポーティが（世界ではじめてだったのだろうか）作家のテレビ対談をやり、その中で、ちょうどそのとき話題になっていたケルアックの『オン・ザ・ロード』についてどう思うかという質問に対して、カポーティが即座に、

That's not writing. It is only typing.

と答えてしまった。

アメリカ文学史を少しかじったことがある人なら誰でも知っている、あまりにも有名な「暴言」なのだが、そんな短いが究極的な「批判」を、どうして日本語に訳せるか、ぼくは日米の間を行ったり来たりしている間に、何度も思いをめぐらせたことがある。

あれはライティングじゃない。単なるタイピングにしかすぎない。

とカタカナでごまかせば、今の日本人にも何となく分かる人は少なくないだろうが、そうごまかしたところで、なぜケルアックがカポーティの毒舌によってたちまちアメリカ文

学のパンテオンから門前払いになったかはピンと来ないのではないだろうか。

あれは書いているんじゃない。ただタイプライターを打っているだけだ。

と翻訳すれば、書く行為を問題にした失格宣言の内容が伝わり、「あいつは文学者じゃない」との意味合いの違いもはっきりしてくる。

問題は、その writing は動名詞であって、書いているという行為でもあれば書いていたことの結果としての、あの時代ではまだあまり使われなかった「テキスト」にはなっていない、ということにもなる。しかし、もっと正確に訳せば、文章にはなっていない、とか、文体がない、という以前に、「あれは文ではない」、強いていえば人間の行為、あるいは人間が行為したその結果にはなっていない、猿のようにタイプライターのキーを任意に打ちまくったたぐいのものにすぎない、というニュアンスが含まれている。

カポーティの「批判」は、それだけ苦々《にがにが》しいものだったし、「猿がタイプライターを百万年打てば『ハムレット』もいつかは出てくる」という「文」の究極を暗示したもう一つの「名言」と妙に響き合っている。

カポーティの毒舌によってケルアックの全面否定がなされ、おまけに初期のテレビのもつ衝撃的なインパクトによって、それもすぐ「定評」になった。しかし、日本語から逆に考え直すと、「文学者じゃない」というこちらの全面否定と違って、アメリカでは書くことをめぐる生産の過程、ないしは生産の過程の結果をひたすら指摘していることが目立ち、最も痛切な否定としてはいささか狭いというきらいもあるのではないだろうか。そう感じるのは、「文学者じゃない」という英訳不可能なニュアンスに相当する響きがまったくないからだろう。英語と日本語の間を行ったり来たりしすぎたから、ぼくはそんな奇妙なことを考えだしたのか。右の名言について日本語で考えれば考えるほど「作家」の最高峰に置かれるカポーティは、もしかすると「文学者ではなかった」かも知れない、と疑いはじめる。そして産業国アメリカの絶頂期における生産の結果としてもっぱら強調されたwritingは、「文」にも「ecriture」にもない単純さ、もろさがあったことは、今となって見えるのである。

「歌人」や「俳人」、そしてヨーロッパの前近代でそれに相当する「書く人」のカテゴリーを断ち切ってでき上った、アメリカ文学の純然たる「ライティング」のエネルギーの中で、最も純然たる「ライター」であったトルーマン・カポーティの、「文学者」ではない「作家」のキャリアを見ても、アメリカの意外なもろさがうかがえる。抒情的な中編作家でデビューしたカポーティが、その最高の傑作として『冷血』というノンフィクションを上梓してから、『叶えられた祈り』という最後の失敗作で「文」の崩壊を晩年に体験してしまった。しかもそれが「書くこと」の必然的な崩壊であるかのように、そんな結末を体験したのだった。カポーティのキャリアが、「文学者」のいない国の、まぶしいほどのモノの生産性がたった三十年間、たったの一世代で崩壊したのと、不思議に重なるようにも見える。

「文学者」ということばはやがて日本語から消えてゆくのだろうか。経済大国日本は、経済絶頂期のアメリカと同じように「ライター」だけの国になってしまうのだろうか。それとも、近代の民族主義の文脈の中で生まれた「文学者」は、近代の後に、別の意味合いをもって生まれ変って、生きつづけるのだろうか。

もし「文学者」が現代語として使えるとすれば、それは日本語の表現の歴史を身につけて、その中で生きる――読み手としても書き手としても――という意味として一度純化される必要があるかも知れない。

日本語の歴史、そしてその中から生まれた日本語の表現の必然的な方向づけは、いうまでもなく、西洋語のそれとも中国語や韓国語のそれとも違う。近代国家が押しつける意味づけと違って、日本の「文学者」は自分を「日本」の代表と思いこむことはできなくなるだろう。が、「文学者」がいるということが、多分、日本の特性であることに変わりはないだろう。日本がアメリカのように「作家だけ」の国になってしまう可能性が現実にはある。が、アメリカ（とか中国、とか韓国）が「文学者」の国になる可能性はゼロだろう。

「あいつは文学者じゃない」といったとき、「あいつには日本民族の感性を代表する資格はない」という意味から、「あいつには日本語の歴史も分っていないし、日本語独自の可能性も理解していない」というような意味に変われば、「文学者である」ことと「文学者ではない」という区別がむしろよりはっきりとした、そしてより本物の定義に近づくのだろう。そして日本列島の住民のわずかなマイノリティにすぎないが、「文学者」は世界との正真な関わり方、つまり一つの「アイデンティティー」として成り立ちつづけるだろう。

現実の生活の中で、日本語の表現者は、英訳可能な「作家」と英訳不可能な「文学者」という二つの「アイデンティティー」の中で生きるだろう。日本語の表現者にとって、自分の仕事には外国語で説明できる面とそうでない面が常にあるはずだ。一度は「近代語化」を経過してしまったコトバで表現をするのだから、それは当り前なことである。しかしそれは今の日本ではかならずしも自覚されているとはいえない。「文学者である」とか「文学者ではない」という日本語を外へ持ち出して、外のまぶしい光にさらしたとき、はじめて自覚できる、というか、はじめて自覚を強いられるのではないだろうか。

ぼく自身は、最近、アメリカの新聞記者から、「あなたのアイデンティティーはけっきょく何ですか」と聞かれたことがある。聞いた人はジャーナリストだから、おそらくは、

「最終的に、あなたの帰属する文化はアメリカなのか、日本なのか」という意味だったのだろう。

ぼくは少し考えて、「ジャパニーズ・ライター」と答えてしまった。日本の作家、日本語の作家、あるいは日本文学の作家。

今思うと、そう答えたとき、ぼくはアメリカの常識に合わせすぎていたのかもしれないと反省をしている。

もっと素直に答えればよかった。

Maybe a bungakusha と。

万葉青年の告白

日本語でものを書きはじめる前に、ぼくは『万葉集』を英訳していた。そして英訳しながら、作品分析という、今から見ると古典的な方法で、日本語の（そしてある意味では世界の、ともいえる）最大の歌集を研究していたのである。まだ日本に定住することができなかった時代、プリンストンと新宿、それからスタンフォードと新宿の間を行ったり来たりしていた時代、自分でも日本語で書きたいと思いながらそんなことは一生実現できないのではないか、そんなことは許されないのではないかと、そんな願望を半ば夢想ではないかと自分でも疑っていた時代を、一言でいえばぼくの「万葉集時代」と、今となって称してもいいような気がする。

日本文学を読みだした一九六〇年代から、日本文学を書きだした一九八〇年代の二十年の間に、ぼくは色々のことをしていたが、常に『万葉集』とともに行動をしていたし、『万葉集』が完全に頭を離れてしまったことは、おそらく一日もなかった。日本浪曼派の作家には『万葉集』をかかえて戦地に向う人もいたというが、ぼくも、戦争が終って三十年経った頃には『万葉集』をかかえて何度もジャンボ機に乗って、日本に向ったのである。

ぼくの地上の生活も、四千五百十六首の日本語の歌に染まってしまった。

もちろん、朝から晩まで『万葉集』ばかり読んでいたというわけではない。あるいは、一部の近代日本人のように、『万葉集』を宗教にした、ということでもけっしてない。ただ、『万葉集』が、常にそこにあった。たとえ「そこ」が日本だろうが、アメリカだろうが、「そこ」には『万葉集』の長歌や短歌、譬喩歌や挽歌や相聞や雑歌が、常にあったのだ。空気のようにあった、水のようにあった。

空気や水と違って大和ことばのたくさんの表現が、一度も当り前のものにはならなかった。一度も自分の生まれながらの所有物だという幻想を、抱くことはなかった。

四千五百十六首の作品の中には「名作」もあれば「凡作」もある、百回読んでもあきないものもあれば一回読めばあくびが出るものも、中にはある。しかし、ぼくにとっては当り前な作品は一首もなかったし、近代人の「アイデンティティー」を再確認させる、道具になるような作品はなかった。『万葉集』とともに何年生きても、『万葉集』はいつも、ぼくにとって新鮮だった。まわりの、近代の日本人以上に、ぼくにとって新鮮で、ことばとして生きていた、とすらいえるかもしれない。『万葉集』はまずテキスト、実に巨大なテキストなのだから。

「あいつは万葉集をやっている」

「あれが万葉集の研究家だ」

「あの人、万葉集を英訳している」

まわりの人がぼくのことをそういったとき、『万葉集』が必ず強調されているのに、すぐ気がついた。もし、「古今集をやっている」とか、「室町美術の研究家だ」といわれたとしても、「やっている」、「研究している」、「英訳している」ことの対象には多分そのような、おどろきと半信半疑と、裏返せば差別になるような畏敬の響きが伴わないことも、早い時期から何となく直感した。そして「万葉集をやっている」ことは、『万葉集』と並ぶ日本文学の最高峰の、「源氏物語をやっている」といわれるのとも、また一つ、響きが違うだろう、と想像させられもした。

『万葉集』は、日本文学の他の作品とはどうも響きが違っていたらしい。そしてぼくのような顔の持主が「万葉集をやっている」という事実は、まわりの日本の近代人たちには、『古今集』や『源氏物語』や『奥の細道』を「やっている」場合とは次元の違った、実に複雑な反応を起こしたのである。

もしやろうと思ったなら、あの時代、ぼくは「万葉集をやっている」という事実を、在日者としての最高の武器にすることもできただろう。実際には、「外人」にされないためにその武器を自己防御の手段にしようと思ったことも、何度かあった。「外人」にされないための武器はあまりにも少なかったからだ。

しかし、いくら巨大なテキストといっても、それを、何かの圧力に対抗するための武器として利用することは、文学者としての失脚にたちまちつながることも分ったのである。いや、テキストとしての『万葉集』の大きさそのものが、そんな利用のしかたを自ら不可能にしてしまった。

人麿の長歌にあるあの力強い表現の流れを、いったい誰が「武器」にすることができるのか。

……大宮人は　船並《な》めて　朝川渡り　舟競《きほ》ひ　夕河渡る　この川の　絶ゆることなく
この山の　いや高知《し》らす……

そんな大和ことばの、対句をもって世界を活かした、けっしてワイルドではない激流を、何度も読み返す。そして読むだけではなくて、まだ日本語で書くことができなかったぼくは、人麿のことばを、何とか、英訳しようとした。

…the courtiers of the great palace
line their boats
to cross the morning river,
race their boats
across the evening river.
Like this river
never ending,
like these mountains
commanding ever greater heights…

という具合に。

そのような「映す鏡」を、次々と、ぼくは作ってみた。

繰り返し、繰り返し、大和ことばの鏡を英語で作る。その作業を、何十回、何百回とやっているうちに、日本の近代人に「西洋人じゃないぞ」とアイデンティティーの武器にされた『万葉集』も、「外人じゃないぞ」と在日者の対抗の武器として「やっている」あの『万葉集』も、消えてしまったのである。そんな『万葉集』の代りに、おそらく元の『万葉集』により近い、アニミズムを文字に組んだ、物を活かすことばという「詩」の本来の意味を明示した、世界最大の詩集の一つがその巨大な姿を現わしてくれたのである。それは武器でも宗教でもイデオロギーでもアイデンティティーの保証でもない。実際の『万葉集』を「やっている」と、「やれば」やるほど、それがむしろ一つのヴィジョンとして輝きだしたのである。

しかし、まわりにとっては、『万葉集』はヴィジョンではなく、別な意味を依然として持ちつづけたらしい。厳密で雄大なヴィジョンとは違った『万葉集』との関係を通して、「日本と世界」という近代のドラマに、万葉青年のぼくが思いがけない形で触れることもあった。

日本語でものを書き出すより十数年前、ぼくがはじめて公の場で日本人の前で文学について発表するときだった。それは大きな地方都市での、日本ではまだほとんど誰も国内の学問として「日本文学」をいわなかった時代の、国文学系の学会での発表だった。会場に入る前に、かなりナーバスな気持ちになっていた。

ぼくは、まだ若かった。学会発表はアメリカでもしたことはなかった。そしてちょうどその頃に、自分の書いたものがはじめて活字になったばかりだった。それも、ぼくの前半の人生を象徴しているように、翻訳だったのである。『万葉集』の翻訳ではなかった。三島由紀夫の短編小説の翻訳だった。「詩を書く少年」、その最後の一行は、原作者はもちろん、翻訳者にとっても「自伝的」だった。he had never been a poet. という一行だった。

詩人ではなかったのに『万葉集』とともに生きている自分は、「日本文学」の中でいったい何をしているのかという迷いを覚えながら、「日本文学」ではない、「国文学」系の会場に、びくびくしながら、日本語で書いた小論文を手にして、入った。その小論文は確か人麿の挽歌をニュー・クリティシズム風に分析を試みたものだったような気がするが、具体的な内容はもう覚えていない。壇の後ろに、まだ誰も座っていない倚子が並び、漢字ばかりの名前の間に一つだけカタカナも交っているぼくの名前の書かれた紙が下がっていた。壇の上には「植物考」という題もあるぶあつい研究書が積んであり、一つか二つの、風呂敷に包まれた弁当箱も置いてあったのが、ちらりと目に入った。

学会が始まり、ぼくの前の発表者である女の国文学者が、ある歌についての鳥類学的な考察を読み上げた。明るさも感じさせるとてもまじめな声が、自分の番を待っているぼくの耳にとどいた。「かまめ」は実際にどんな鳥を指していたのか、という女の国文学者の声を聴きながら、「lyric thrust」（抒情的方向性）と「narrative structure」（叙述的構造）と「mythic overture」（神話的序詞）をそのまま日本語訳した自分の小論文をもつ手が少し震えだしたのに気がついた。

鳥類学的な考察が終って、ぼくの名前が呼ばれた。

はじめて書いたかなり固い日本語の小論文を手にして、壇に向った瞬間、ぼくの耳の後ろで、主催者の一人であるらしい中年男の国文学者が、
「向うの人は、散文ならともかく、歌は無理だろう」
と大きな声で言ったのが鳴り響いた。

そして壇に登る数秒の間に、そのことばが三回も四回もぼくの頭の中でこだました。

発表そのものは、成功したらしい。ぼく自身は、発表している間のことについてはまったく覚えていない。ただ大きな地方都市で聞いた、中年男の国文学者の陰鬱《いんうつ》な声が、五年、十年経ってもまだ耳の後ろで鳴り響いていた。

自分が日本文学を書きはじめた頃にやっとその声を忘れることができた。

あれから数年経って、ぼくは『万葉集』を英訳した本を、アメリカで上梓した。

その本が全米図書賞を受賞したので、ぼくは授賞式に出席するために、東京からニューヨークへ飛んだ。ジャンボ機の中で、『万葉集』の長歌を引用した、五分ぐらいのスピーチの原稿を書いてみた。

授賞式はカーネギー・ホールで行われた。文壇のないアメリカでは、カーネギー・ホールは全米の出版関係者で満席だった。ときは八〇年代だった。レーガン大統領の下で、アメリカン・バブルがその絶頂期にさ

しかかっていた。それを反映してか、全米図書賞は、ぼくが受賞したとき、ぼくが尊敬するメイラーとかボールドウィンのような作家ではなく、有名な右翼コメンテーターと、テレビの有名な女性アナウンサーが司会をすることになっていた。

賞の部門が多くて、一人々々のスピーチを「五分以内に」と前から頼まれていた。会場に来ると、それが「二、三分程度に」に変って、特に「まじめなスピーチはカットしろ」という雰囲気が強かった。「とにかく楽しいムードをこわさないように」と主催者の一人が、壇の前に座っている受賞者たちに注文をしに来た。

アメリカ・インディアンについての本で、ノンフィクション部門で受賞した著者が、ナバホ族の話をしようとしたとき、カーネギー・ホールの中から、ブーイングを交えた苛立ちの声があちこちで起きた。

ぼくは飛行機の中で一生懸命書いた、『万葉集』についてのスピーチを、一生懸命カットしながら、アメリカ・インディアンの話で苛立っている、まわりの何千人ものつぶやき声を聞いていた。

右翼コメンテーターと女性アナウンサーがジョークを言い合っている声が、カーネギー・ホールの中で鳴り響いた。そしてジョークの後には、「とにかくスピーチを省略しましょう」という声が。

これはレーガン時代のアメリカだ。誰も難しい話を聞きたくない。

ぼくはまたスピーチをけずった。が、『万葉集』から英訳したコトバだけはけずりたくない。『万葉集』の話をするために、ぼくはニューヨークまで来たのではないか。

ぼくの名前が呼ばれた。「Hideo」という日本名交じりのぼくの名前が呼ばれたとき、カーネギー・ホールのあちこちで笑い声が聞こえた。

ぼくは壇に登った瞬間、十数年前の発表のときの恐怖が甦ってきた。歌は無理だろう。

日本には文学があることすら知らないで、そんなことにはまったく興味がない、何千人の、「向うの人」の前にぼくは立った。

そして七分間のスピーチをしてしまった。

アメリカは、ヨーロッパだけではなくて、アジアの文学も意識すべきではないか、と言いだしたとき、ホールの奥から、「何だこりゃ」に相当する英語のつぶやき声が上った。

日本は電気製品を作っているだけじゃない、アジアの小説と詩を認めるべき時代になった、といいかけたとき、たちまち何千人のブーイングが始まるような緊張感が、壇の「向う」から重く伝わった。それをかまわずに、ぼくは、こういうときの勇気はどこから来るのか、と自分でいぶかりながら、「山部宿禰赤人の、不尽《ふじ》の山を詠める歌」を英語で朗詠しだした。

Since the time
when heaven and earth split apart,
Fuji's lofty peak
has stood in the land of Suruga...
（天地《あめつち》の　分れし時ゆ　神《かむ》さびて　高き貴き　駿河なる　布士《ふじ》の高嶺を……）

満席のカーネギー・ホールの奥から、「こんなこと、信じられる?」という女の声だけが耳に入り、ぼくは、ほとんどトランス状態になって、『万葉集』の朗詠を、最後まで、やった。

終ったときに、マルケスの翻訳者の、賞金を渡そうと伸びた手にも気がつかず、ふるえながら壇の階段に向った。

後ろの方で、右翼コメンテーターが、

「さあ、みなさん、富士山から下りましょう」

とジョークを飛ばしているのが聞こえた。

"Okay, let's climb down from Mt. Fuji."

場内に湧き上っていた敵対の空気が、たちまち爆笑に変った。

その声が、どこか、あの地方都市の国文学者の声と似ている、と思いながら、ぼくはカーネギー・ホールの壇を下りた。

プリンストンの豊かな淋しさ

ぼくは二十年近く、日本とアメリカの間を行ったり来たりする生活をしていた。より正確にいうと、ニューヨーク周辺と東京の間を通っていた。さらに厳密にいうと、プリンストンと新宿の間を往還していたのである。

「プリンストンと新宿」の間を通っていた、と振り返って思うと、日米の間に生きるという近年ではそれほどめずらしくなくなってきた生活の中でも、かなり風変わりのパターンだった、という気がする。

約二十年間、ぼくはそんな風変わりな生活をしていたのだ。

最初からそんな生き方をしたいからそうなったというわけではない。「コスモポリタン」趣味があったとか、「国際化」の時代の先駆者としてバイカルチュアの生活をあこがれていたわけでもない。旅行をすることすらあまり好きではなかったし、ニューヨーク―東京直行のジャンボ機に乗ることが格好いいと思っていたわけではない。実際には、日米往還の長年にわたってずっと病的といわれていたほどの飛行機恐怖症になやまされつづけていた。

十代の終わりごろから「日本文学」を志したぼくが、現実の、昭和後期の日本で生きるためには、「日本文学」からほぼ正反対の生き方、つまり日本の中の「職業外人」という生存方法しかなかった。ぼくは多分「日本文学」を志したと同時にそれが分った。アメリカへ「帰」りさえすれば逆に「日本文学」の生き方ができた。少なくとも大学の中の、もともとは周辺的な存在になっていた「文学」の、さらに周辺的な「東洋文学」の中で、中国文学の巨大なかげに半分隠されていた、実に実に小さな「分野」として、「日本文学」があったのだ。プリンストン大学の中の一角、数学科が必要としなくなって譲られた古い赤れんがの建物に、「日本文学」どころか「東洋」がぜんぶ入ったのである。一階が中近東で、二階が東アジア。こぢんまりした赤れんがの家の中には、「オリエント」が、一階のモロッコから二階のホッカイドーまで、入っていた。その二階の、その年によっては、一室を占めたり二室を占めたりして、外人でも参加しうる「日本文学」の小さなスペースがあった。北米大陸の巨大で孤独な空間の中で、「日本文学」のそんなわずかな空間が確保されていたのである。

ぼくが日本のことを「狭い」と思ったことがないのも、そんな「日本文学」のカプセルから東京に行ったり来たりしていたからかも知れない。とにかくぼくの往還生活の、プリンストンと対極にあった「新宿」は、現代日本文学の「空間」として、何という広がりと、すさまじいほどの密度をもった「大陸」として映ったものか。

狭い「アメリカ」と広い「日本」の間を、年に三回も四回も通っているうちに、あらゆる比較文化論がうそのように思われてきたのだった。もちろん、ぼくが往還していたのが、「アメリカと日本」の間ではなく、アメリカの中の「日本文学」と、自分にとって「日本文学」のスペースがなかなか見つからなかった日本との間に過ぎなかった。だから「広さ」と「狭さ」を測る基準がおかしくなった、といわれても答えようがない。周辺と中心の感覚がいつの間にか狂ってしまった、と「診断」されても反論のしようがない。

ただ、そういう風変わりな生活を何年もつづけて、到着地としての日本を、二十年にわたって繰り返し繰り返し経験している間に生まれた「歪んだ」日米比較の中から、日本の都市にしかないもう一つの、奥深さがそのまま「広さ」と感じられる性質に目覚めることができたのかもしれない。そしてそのような「覚醒」はたぶん、どんな文化論にも表現することができない。一人の文化移動、「主観的」な文化体験は、現代小説の中でしか書けないことがらである。しかも、到着地のことばによって。

長い年数にわたって、ぼくの「アイデンティティー」は、太平洋の上空を飛ぶジャンボ機によって形成された。休みという休みを使って、奨学金という奨学金をもらいまくって、ビザをつなぎ合わせながら、「職業外人」というステータスを何とかまぬがれながら、ぼくなりの「在日」の生き方を、昭和四十年代から平成寸前までつづけたのである。三十軒近くの木造アパートを転々として、総計すれば莫大なお金になる敷金と礼金を払い、東京のあちこちで、「生活」と呼ぶのも変な感じで、不安定ながら確実に、「日本にいる」ことができたのである。

そして「日本にいる」ことの終焉、ひとかたまりの「在日」の終わりに、かならず待っていたのが、プリンストンであった。豊饒な自然と十九世紀の石造建築からなる、アメリカの中の「別世界」の、さらに「別世界」としての東アジア研究科の、「日本文学」の小さな一角だったのである。

日本から帰るところはいつもプリンストンだった、と書いたら、「事実」にはまちがいない。しかし日本から「帰る」という感じではなかった。むしろ一つの「在日」が終わって、渋々と日本を離れてしまったときに、離れた後の旅先にはいつもプリンストンがあった、と書いた方が体験的には正確である。もしぼくにも「アイデンティティー」があったとすれば、その「アイデンティティー」はたぶん、繰り返し繰り返しの、日本への渡来と日本からの離別という二つの動きの中にあったのだろう。その動きは、たとえば李良枝が到達した「日本にも帰る、韓国にも帰る」という「肯定的」な二重所属とはまた違っていた。ぼくの場合、「日本に帰る」ことの客観的な裏付けはなかったし、ぼくの「アメリカ」であったプリンストンの一角に対しては「帰ろう」という主観的な動機はまったく欠けていた。とにかく二十年にわたって、日本への渡来と日本からの離別を数え切れないほど経験してしまった。渡来はいつもうれしくて離脱はいつも悲しかった。日本やアメリカの定住者たちから見ればそんな人生はコッケイに思われるに違いない。移動ばかりしている者には、常に定住者たちの笑い声が聞こえる。ぼくも心のどこかでは日米両国の定住者たちを軽蔑していたのかもしれない。

「帰る」という動詞を拒みながら渋々ともどってしまったプリンストンは、しかしそれなりの美しさがあった。プリンストンの自然環境には、北米大陸独自の豊饒さがあって、四季も、もしかすると日本以上に目をよろこばせるような変化に富んでいた（戦前にナチス・ドイツからプリンストンに亡命して、後に東アジア研究科の住みかとなった赤れんがの建物に研究室をもらったアインシュタイン博士が、プリンストンはいかがですかと聞かれて、樹木はすばらしい、と答えたそうだ）。

秋は黄葉、春はマグノーリア――赤れんがの「オリエント」の家は英訳の『枕草子』を講じるにはぴったりの環境だった。そして自然現象の中から次々と「こころ」の比喩をひろった和歌を読むのには、もしかすると今の京都や奈良以上に、ひとのこころとよろずのことのはとの相互関係を追究するのにいい場所だったのだろう。季節の変化に対してほとんどオブセッションに近い心情を表わした文学を、四季が豊かで「近代」を排除してしまった東海岸の「パラダイス」で読んでいると、逆に自国の文学を「日本の四季」や「日本の風土」の「独自性」によって説明しようとした近代島国の、つい最近まで通用していたナショナリズムの文学観（定住者たちの文学理解？）のコッケイさがよく分るのだ。

とにかく日本を離れてしまった後に、北米大陸の自然の一角にとじこもっては「日本文学」に没頭したのだった。

その移動の季節は、いつも秋だった。アメリカの大学の学年は九月に始まる。夏の名ごりの中で『万葉集』を講じて、十月の中旬ごろには『古今集』にたどりつく。十月の終わり頃にはウェイリー訳の『源氏物語』を読みはじめる。

そして離れてしまった「日本」が淋しくなり、北米大陸の自然がいくら豊饒であってもどこかもの足りないと感じはじめて、東京の密度がたまらなく恋しくなりはじめた頃には、源氏が京から流されるくだりに授業がたどりついてしまう。「須磨」と「明石」の巻を読まなければならない時期に来てしまうのだ。

源氏の「exile」は、近代の「流離」や「亡命」より贅沢な境遇である。「近代」を排除してしまったプリンストンも贅沢な環境である。近代都市の密度がまったくないからこそ「みやこ」から流された者の「淋しさ」が非常にくっきりとした像を結んでしまう。近代の亡命者が「樹木はすばらしい」と不平をもらした、都市性を拒絶した「反動的」な自然の中で、かえって、「流離」の本来のニュアンスが浮かんでくるのである。近代の亡命のように一つの文化の都市からもう一つの文化の都市への移動ではない。「流離」は本来、同じ一つの文化の中にありながらある意味ではもっと深刻な、「都市」そのものの喪失、人間関係の密度の喪失、を意味していたのではないだろうか。

たとえば東京からニューヨークへ「流」された場合、その喪失をそれほど強く感じないのかもしれない。東京からパリ、あるいは東京からアジアの都市への移動も、「みやこ」から流されるという意味での本来の「流離」の実感が分らないのかもしれない。

しかし、アインシュタインやトマス・マンをはじめとする近代ヨーロッパの数々の知識人は、かれらなりにもの足りないと思いながら亡命地にしたプリンストンの中で、前近代の「流離」の心情をある程度、味わっていたのだろう。ヨーロッパよりはるかに密度の高い日本の都市から「流され」てプリンストンへ来ると、そんな心情は、もっと分るのだ。十代のときから、人間関係の密度のある場所としてぼくの「みやこ」となった東京を、何度も何度も離れた。東京を離れるとプリンストンにいった。プリンストンでは、日本の古代文学とともに始まった「流離」の数々の表現を読んで、場合によっては英語に翻訳したり、場合によっては似たような日本語の表現を自分で書いてみたりした。「みやこ」を離れてしまったひとり旅の中で、古代文学に、元来の儀礼性から逸脱した心情の表現が生まれた。しかし、「みやこ」を離れるとき、「個人」が生まれたのではない。「淋しさ」が生まれたのである。

ぼくも、二十年にわたる日米往還の中で、何を学んだかといわれたら、「淋しさ」だけを学んだ、としか答えられない。繰り返し繰り返しの、近代の亡命者たちから見ればきわめて贅沢な「流離」を通して、前近代の心情をひとつ、少なくとも近代の日本人以上に、自分のものにすることができたのかもしれない。貴種からはよほど遠い身分ではあるが、それでも流離譚はあった。

その間に、「アイデンティティー」は、太平洋の上を行く飛行機に乗らざるをえないという状況によって形成された。そのことも、一見はいかにも「現代的」で「国際的」な生き方にも思われるだろうが、今思い出すとそんなつもりはまったくなかったし、体験的にも「現代の最先端を生きている」という前衛的なよろこびを一度も感じたことはなかった。「現代的」どころかむしろ古代人の「旅」の動きを、みやこを離れた古代人と同じように、いやいやながら体験していたのではないか、という気がする。「みやこ」から北米大陸へ「下る」ときは、いつも飛行機恐怖症になやまされて、機内でまわりの人が英語で喋りだすと一種のパニックを覚えたのも事実である……。

「国家」とか「文化」とか「民族」といった近代の概念を知らない古代の旅人たちは、ある場所から他の場所への動きの中で「アイデンティティー」を、「世界」との最も確実な自己同一性を感じたのではないだろうか。少なくともかれらが遺した実際のことばを読んでいると、「世界」との関わりが最も鮮烈な表現を得ているのは、「草枕旅にしあれば……」という動きの状況を詠んだときが多い。その動きが近代文学の「亡命」と似ているが、やはり違う。光源氏が体験した流離も、近代言語の「exile」と翻訳するのも、問題なのだろう。

昭和四十二年から平成元年までつづいていた「往還」の生活、その中で養われたのはけっして「外部の視点」ではなかった。むしろ身につけようと努力したのは「内部」の体験であった。が、動きの結果として、どちらにも安住しないことが、少なくとも一つの理想にはなったのである。

今ぼくは「プリンストン」を永久に離れてしまった。だが、かつては毎年経験していた移動の向う岸にあったもう一つの「日本文学」は、心象として一生消え去ることはないだろう。今でも目をつむればウェイリーの『源氏物語』と北米大陸の自然の豊かな「淋しさ」が重なりあった複合イメージがよみがえってくる。「流離の地」の心象風景は、逆に「みやこ」にもって帰ってきたときはじめてイメージとして使えるものになるのだ。

いつまでも「僻地」にいて「みやこ」を慕うだけでは、かえって、何も生まれない。プリンストンを離れて何とか東京に生活をもつことによって、ぼくもはじめて日本語の作家になった。その時点で、ようやく「プリンストン」を少し語ることができるようになった。

江戸間八畳の中

戦前は大臣の屋敷で、戦後はバラック風アパートと化した典雅な建物の二階の、本物の江戸間の八畳の書斎がある。ぼくが夜おそく、カリフォルニア産のしぶいワインを飲みながら「アイデンティティー」について思いをめぐらすのはその部屋の中だし、「アイデンティティー」などを考えないで、とにかく都心でこの時代が許すかぎりの面白い生活を企《たくら》むのも、その和室の中である。

ぼくが住家としている古い木造アパートの場合、玄関から入るとすぐガラス戸があって、そこから「部屋」が始まる。そんな仕組みは、もしかすると、大臣が住んでいたときと違うかも知れない。大臣邸がバラック風アパートに衣替えしてしまった「戦後の混乱」の結果としてそうなってしまったのかもしれない。

ぼくにはよく分らない。ぼくはただ、こんな時代に、ガラス戸から入りこんでゆくような「木造マンション」に住めるということは、とても好運なことだと信じているのである。

今の東京ではめずらしいほど、日本の「内部の内部」、西洋にも中国にもない文化の「奥の奥」の空間として、ガラス戸の中の、ふすまの奥に、ぼくの八畳の部屋がある。

自動車もないし、コンピュータもない、自分の土地を一坪も所有していないぼくには、この部屋に住んでいることが、唯一、物質面において他人に対して優越感を覚える根拠となっているのである。

それは『方丈記』のような、逆説的なプライドではない。この部屋は実際に、都心の普通のマンションに住まなければならない人々から見れば贅沢そのものとして映るはずだ。しかも、その贅沢も、最も「日本的」な贅沢なのである。

他の人よりぼくはこんな日本独自の贅を尽した部屋に住む資格がある——そのような「優越感」を味わいながら、江戸間の八畳の書斎に、ぼくは何時間も何時間も座って、さまざまな思いにふけるのだ。

部屋そのものが贅沢だから、その部屋には贅沢なものをかざる必要はまったくない。九千円の机と八千円の座卓、本棚にぎっしり詰まっている、古本屋で買った一冊五十円の昔の文芸雑誌、畳のあちこちにころがっている、使いすてた百円の水性ボールペン。

そしてそれ以上に贅沢なことといえば、部屋そのものが今の東京で考えうるもっとも「日本的」な空間だからこそ、漆喰の壁には特に「日本的」なものをかざる必要はない（マンションに住んでいたころ、そのマンションの中の、たった一つのみすぼらしい「和室」をわざわざ「古」くしようと、どれだけの無理をしたことか！）。江戸間の八畳の部屋の壁には、韓国の書と、かぎりなく書に近いアメリカの抽象画と、中国の山水画の掛軸がある。

そして机と座卓と畳の上には、いつかアメリカの新聞記者が訪れたとき「三十七本」とメモに記したカラのワインの瓶も転がっている――そのほとんどがカリフォルニア産の、しぶいカベルネ・ソーヴィニョンで、そのうち二、三本は最高のビンテージの一九八四年ものと一九八七年ものである。

もちろん、マンションを引きはらってこの部屋にはじめて入ったとき、「日本的な空間に住もう」などという気持ちはまったくなかった。そもそも「日本的」という形容詞自体は無意味であるということを、十代の頃、はじめて木造下宿に居《い》候《そうろう》してから一、二ヵ月ですでに分っていたはずだ。

むしろ現代のように、外人に化してしまった、特に若い日本人がやたらと「日本的なものを見なおそう」と叫びだした時代に、こんな部屋にぼくがいることは別な意味合いをもちはじめた。つまり、そんなナショナリズムを最初からはるかに越えてしまった、実は何の形容詞も要らない、しかし本来は日本の近代都市にしかなかったような、おちついた空間の中に、ぼくが当然な生活をしているということは、時代に対するささやかな復讐にはなっている。

そして、より正確にいうと人が見れば最も「日本的」な空間にいることによって、日本のことはもちろん、外国のことも、今までなかったような自由をもって考えることもできるようになった。ぼくが「日本的」なものを模索しながら木造下宿を転々としていた青年時代には、そんな下宿の部屋の壁に、ジャクソン・ポロックの抽象画をかざるような「冒瀆」は、絶対にしなかっただろう。

ガラス戸の中の、ふすまの奥の江戸間の八畳にいることによって、ぼく自身にも「国際化」するという逆説的な自由が与えられたのかもしれない。「国際化」することによって、ぼくも、たくさんの屈折を経て、多少は、日本の現代人になりえたかもしれない。よくも悪くも。

しかし、この部屋の中で、そんな「アイデンティティーの到達点」について考えることは、実はめったにないのである。もしかしたら八畳の部屋自体は、そんな結論へ急ぐような心のあわただしい動きをふさいでいるのかもしれない。yes もなく no もなく、無限で豊かな maybe の誕生を、この部屋自体が可能にしているし、その maybe をうながしているのかもしれない。

特に、自分が生まれたアメリカや、子供時代を過ごしたアジアなどの外国へ出かけて、その外国からこの部屋に帰ってきたとき、壁やふすまや、木枠の窓から、ある強力で複雑なmaybeが、部屋の真中に座ってその外国体験を整理しようとするときのぼくの耳に響いてくるのだ。

やっぱり日本はユニークな国だった、というよりも、日本や世界のことを考えるのに、やっぱり東京の真ん中にあるこの江戸間の八畳はユニークなほどに恵まれた空間だ、と「帰国」だけでは説明がつかない喜びを感じる。

ナショナリズムとは無縁な手法によって、外国が相対化されるのも、この部屋の中で外国の体験を思い出すからではないだろうか。冷戦後のアメリカの「日本化」現象についてぼく自身がはじめて考えさせられたのも、「クリントン」などという名前を聞いたこともないときだった。それは、アメリカから持って帰ってきた六本のしぶいカリフォルニア産のカベルネ・ソーヴィニョンを畳の上に並べて、それを毎夕——ちょうど新宿の夕日が遠くから木枠の窓に差しこんだころ——一本ゆっくりと飲んでいたときだった。フランスの「原形」がカリフォルニアで超克されてしまったのだ——単なる軍事大国ならまずそんなことを思いつかないだろう。

そして畳の上でカリフォルニアの、フランスのグラン・クリュより複雑なしぶみを生みだしたワインをすすりながら、「ピカソを上廻ろうとして」、ヨーロッパからの逸脱を計った、戦後ニューヨークの抽象画に踊る「任意的」な真黒い線を眺めたりしていた。ぼくのアメリカ観にすら影響していた近代日本の、従属と克服、劣等と優越、受容と拒絶の対象としての「大国」アメリカが少しずつぼやけてしまう。同じくヨーロッパに対して、真似と対抗を繰り返さざるを得なかった、単なる一つの「島国文化」としての、もう一つのアメリカの輪郭が浮び上った。

客観的な比較文化？　いいえ、むこうの文化からこちらの文化の、奥の奥に所在する部屋の中にいて、はじめて「大国」は実は一つの文化に過ぎなかった、もう一つの「島国」に過ぎなかったという日常の中での発見。文化と文化の間を移動する比較の視点ではなくて、こちらの文化の中で生まれた人たち以上にこちらの文化の中に居座って、向うの文化の中で自分が生まれたことを忘れながら向うの文化を思い出すという視点。それは、そこらへんのマンションでは多分、とりえない視点だろう。それはおそらく、この部屋ならではの発見なのだろう。

この部屋に入る前に、ぼくは実に多くの部屋を転々と移りながら、東京のあちこちに住んでいた。三畳一間から二階建ての一軒屋まで、二十数年にわたって、住んでいた。

特に好きで転々としていたわけではなかった。むしろ、何ヵ月あるいは一年経つと、国籍上は本国となっている外国に「帰」らなければならなかったから、しかたなく引き払ったことは、今考えると悲しいほど多かったのだ。あちこちから奨学金をもらいまくった分、あちこちで礼金を浪費してしまった。

そしてどんなに「日本的」な部屋でも、どんなに純然たる「木造」の住家でも、いつかはかならずその空間を否応なしに引き払って自分の意志とは関わりなく外国に「帰」らなければならなかった。その二十年近くの長い間、そういう部屋にいても「外国」を相対化する、あるいは「外国」を単なる文化とみなすことは、逆に出来なかった。そして「外国」について考えることができなかったという状況は、もちろん、「日本」についても考えることができなかった状況であった。ぼくがおくった、いつも「期限付」のあの木造の青春を今ふり返ると、そんな気がしてならないのだ。

つまり、実に長い間、ぼくは日本にしか「文化」がない、と信じこんでいたのである。外国に「帰」らなければならない時期（だいたいは夏の終りだったが）が迫れば迫るほど、あたかも「末期の眼」のパロディのように、「頭の中で作りあげた日本文化」というものが輝きを増していたのだった。そして一ヵ月後、とか、一週間後とか、三日後には、否応なしにジャンボ機に乗って、「文化のない」ニュージャージー、あるいは「文化のない」カリフォルニアに行かなければならない、と思うと、いつも索莫たる気分になり、一種の疑似「死」を、繰り返し繰り返し体験していたのである。国籍という近代の厳しい条件によって、住まいはすべて仮の住まいに過ぎないという千年の「教え」を、何度も何度も、学んだのである。

江戸間の八畳が真中の部屋となっている今の木造アパートも、実は、十数年前に、アメリカ、もっと正確にいうとプリンストンに「帰」らなければならないという理由で、いやいやながら引き払ったことがある。それは二十回目だったか二十一回目だったか、とにかく一年半の「在日」の末に、向うの日本文学の授業が始まる前日まで、期限が切れる寸前の、ぎりぎりまで、八畳の部屋を寝室にして、さらに奥の、戦前の大臣邸の庭を見おろせる五畳の部屋で勉強をしていた。日本の作家になることはまだ遠い夢で、どうも、書くことよりも、夜遊びの後で寝ることの方に生活の重点が置かれているようだった。ぼくはあの時代、まだ「日本文化」というものが存在する、そしてアメリカは「文化のない」大国だと信じこんでいたのだろう。頭の中で作りあげた「日本文化」を楽しむことが、毎日毎夜の生活の中心で、今のように日本語で書くことはけっして中心ではなかった。

もったいない使い方をしていた江戸間の八畳――十数年が経って、不動産の広告で見て、もしかしたらと思ってたずねると、まったく同じ部屋があいたことが分り、さっそくマンションを出てそこにもどって、あれから二年間がすぎた今、思うことがある。「日本文化」を体験するための部屋にしてしまった、そのあまり、日本にいながらも外国のことを考えるためにその部屋を使わなかった。その部屋の中ではまだ日本語で書くということはなかったのである。日本語で書くためにはまず向うの空間を引き払わなければならないのだが、そう引き払ってから、つまり自分を日本の奥の奥の部屋に置いてからは、「日本文化」という近代の概念のかなたに日本語そのものの真の歴史があることがはじめて分るのだ。

そしてそのときにはじめて、外国も単なる「文化」であることがわかる。

今は江戸間の八畳がぼくの書く日本語の発信地となっている。日本語で「日本」を書くことが多いのだが、たまには日本語で「外国」のことも書く。江戸間の八畳を正しく利用することによって、江戸間の八畳が逆にぼくに対してそんな日本語の自由を与えてくれているのである。このしあわせはいつまで続くかは分らないが、少くとも今は日本語の自由を最後まで追求して満喫するしかない。

平成ニッポン、国際化ナショナリズムの、化け物トーキョーの真只中に所在する、時代錯誤のわが美しき江戸間八畳！

これまでいた数々の木造アパートと同じように、今、木枠の窓に新宿からの遠い早朝の光がやさしく差しこんで、江戸間の八畳の中はほのかな白い光で満たされている。

この瞬間は好きだ。この瞬間を、さまざまな部屋で味わったことがある。この瞬間は外国では味わうことはできない。この光は、マンハッタンの光よりやさしい。この光は、北京の光よりぬくもりがある。

壁にかざっている、アメリカの抽象画と韓国の書と中国の掛軸が、新宿からの早朝の光に、一様に白み、それぞれの力強い線がぼやけてしまう。

江戸間の八畳が、木枠の窓からそっと流れこんでくる新宿の光で、一色に染る。東京の真只中にいながら、水性ボールペンが原稿用紙の上で走るかすかな音しかない。机の上で林立するカラのワインの瓶とそこへ寄せる波のような、何十枚の原稿用紙。今日も、朝まで、この部屋で、ぼくは日本語を書いていた。

久しぶりの北京語

「東《ひがし》外苑通りから行って下さい」と言ったとき、タクシーの運転手が妙な顔をした。ぼくは西洋人だから「外苑東通り」を「東外苑通り」と言ってしまった、と思っていたらしい。

が、ぼくがそんな「初歩的」な日本語のミスをしてしまったのは、「西洋人だから」ではなかった。

はじめての中国旅行から東京に帰ってきて、タクシーで家に向うときだった。それまではタクシーに乗って「外苑東通り」と指示したことは、おそらく二百回も三百回もある。たった一週間の中国旅行から東京に帰ってきたその日、ぼくの口からは何語もうまく出なくなっていた。しかし中国語が流暢《りゅうちょう》になったわけでもないし、「母国語」の英語が甦ってきてその英語で考えていたわけでもない。

「外苑東通り」を「東外苑通り」と言ってしまったのも、そちらの方が「中国的」だからということでもなかった。「外苑東通り」の方が、実際に六時間前に上海のタクシーに乗って空港に向った道の「南京東路」と同じように、中国語的な語順であり、語順だけでいえば頭の中が中国語に染ったからこそ、そのまま言えたのではないか。

後になってから、なぜそんな「まちがい」をしたのか、よくよく考えてみた。もしかすると、「外苑東通り」が「南京東路」と同じ「中国語的」な語順であるのに「ガイエントウツー」とか「ガイエン東路《トウロウ》」といわず、大陸から輸入された音読みと島国の、大和ことばの音声である訓読みがいっしょになった「ガイエンひがしどおり」だから、はじめての大陸から一週間ぶりに島国に帰ってきた瞬間にぼくの頭の中に言語に対する「地理的」な感覚が狂ってしまったのかもしれない。

それだけではなかった。ビルをかざる漢字の羅列も、日本語として読めなくなったが、それらの文字が中国語の文章にもならず、ただ単なる文字の羅列として、ぼくの目に映ってしまったのだ。かといって頭の中には「母国語」の英語も、ひとかけらも浮かばなかった。

とても不思議な体験だった。たとえばはじめて韓国へ渡って帰ってきた日には、ビルディングを「ピルディング」と呼んだり、ぼくの日本語が変に情熱的になったとまわりの人から言われたのとはまた違う。頭の中が韓国語に染ったまま二時間の旅行で東京にもどったときの「乱れ」は、発音と「情熱」だけの問題で、発想やシンタックスの影響はそれほど感じなかった。しかし、二時間二十分で上海から帰ってきた日は、シンタックスそのもの、おおげさにいえば「世界」の把握そのものが、数時間、まったく狂ってしまったのである。

中国語に没頭してしまってから乗った飛行機の中で、これで本格的にトライリンガルになった、と思いこみ、いつかは英語と日本語と中国語の三ヵ国語の小説もこれで書けるぞ、という妄想に走ったりした。が、着陸してみると、ぼくは何語でも簡単な文章すら出なくなり、自分の家への道の名前すら、まともに言えなくなった。バイリンガルやトライリンガルどころか、ぼくの言葉で言えば「エイリンガル状態」つまり無言語状態に陥ってしまった。

それは「言語喪失」とはまた違っていた。言語そのものを喪失したのではなく、あらゆる「国語」を一瞬のうちに喪失したわけだ。常に二つのものを支えられる柱が、三つのものがのしかかったときに突然崩れてしまったように、頭の中では固有の言語を一つもしぼり出すことができなくなった。その日の東京は、ぼくにとって、奇妙な沈黙に包まれていた。

それほど悪い気分ではなかった。

夏の終りごろに、ぼくは北京に入った。

中国では、子供時代の台湾を去ってから、四半世紀ぶりに中国語を日常的に話そうとした。北京に着いてから、三日目に、ぼくが子供時代の毎日耳にしていた北京語が少しもどってきたのだった。子供時代のぼくの北京語は、発音が「自然」だったらしいが、単語数は少なく、ほとんどが家の中のものや身近な人間関係を表現する最も根本的なボキャブラリーだった。抽象用語等はまったく知らず、そういう「大人」のことばは、大学に入ってからの語学授業で学んだ。だからはじめての北京でぼくの口から出た北京語は、小学生の「自然」で身近な世界描写と、大学生で外国語として学んだ政治や思想の表現、それに加えて、近代日本語から（韓国語に対してと同じように）、中国語の発音に直しながら転用する熟語の、チャンポンだった。近代の政治や思想の用語の多くが、近代以前の漢語の移動の方向とは逆に、明治時代の日本で造語されて、島国から大陸へ輸出されたので、難しい話も、けっこう通じたのである（しかしその難しい話の単語の多くが近代日本語の「まね」であるということを、相手の中国人たちは、たとえば同じような話に韓国人が相手となったときと違って、ほとんど意識しているという様子はなかった）。

白人の日本の作家が、子供時代の終りとともに途絶えてしまった「ネイティヴ」の発音の北京語と、それに取って代わるように思春期と前後して始まった日本語から「翻訳」した用語を合流させて口をついたぼくの、三十年ぶりの「中国語」は、相手の中国人たちには不思議な印象を与えたに違いない。が、とにかくぼくが「華語《ファユウ》」を話そうとするその努力を、かれらは一貫して評価してくれるようだった。「もっと言え、もっと言え」とはげましてくれる、現代の多くの日本人とはあまりにも違った態度に応えて、ぼくは実に久しぶりに「新しいコトバ」によって自分が想像しうる「世界」を広げようと熱心になった。そして熱心になるにつれて、ぼくを中国に派遣してくれた日本の雑誌のことと、中国にいるのが、その中国のことを日本語で表現するためであるということを忘れてしまったのだ。西洋へ行っている間には一度も思ったことのない、「日本語を忘れよう」という危険な衝動にかられて、中国語の中へつっ走り出した。一種の言語熱を出してしまったのである。その熱にかかっている間は、思いがけないイメージが訪れて、幼年期の記憶が、「大人」として生きてきた四半世紀の時間を抹殺するように甦り、ときにはもう一つの言語、つまりもう一つの人格の中で生きてきた、あるいはこれだけおそい年齢から生きられるという妄想に走ったりする。特に、この場合、母国語ではなかったのに母国語のように抵抗なく子供の自己形成に大きな役割をはたして、思春期を直前にしてとつぜん途絶えてしまった言語に、久しぶりに触れてみると、分らないようで分っているシンタックスと、それが導いてくるもう一つの感性にはぼくはかなりの衝撃を受けた。

久しぶりの中国語は、ぼくにとってそのような体験となった。それがユニークな体験というよりも、子供時代のイノセンスと知恵が形成される中で異国語を母国語のようにすっと受け入れてしまった世界中の「帰国子女」、あるいは「帰国しない子女」なら誰しもある程度は味わっている体験だろう。にもかかわらずそれは近代の国家が異常視しようとしてきて、一国の市民にはそれをなかなか語らせなかった体験でもある。しかし、近代国家というものができあがる以前は、あるいは近代の中でも国籍と言語をいっしょに考えなくて済むように生活ができた人々にとっては、少しも「めずらしい」ことではなかったのかもしれない。

子供時代に母国語のように身についてしまい、大人になってからは身から離れてしまったコトバに対して、実に複雑な感情を抱きつづけてきたのである。おまけにそのコトバの「本場」が、冷戦の半世紀の間、上陸禁止の巨大な大陸であったことから、そんな個人的な感情には妙に歴史的な意味あいがつきまとい、子供時代が終るとともに生きた言語として頭の中で響かなくなったという一人の喪失の体験には妙に政治的なニュアンスが加えられてしまう。北京語は、ぼくがそれを覚えた台湾の言語ではなく、本質的には大陸の言語なのである。大陸を失なった大陸人の亡命地となった熱帯の島で覚えた、内モンゴルに隣接する北部中国の言語は、それがぼくの身についた時点ではすでに「喪失された」言語であったわけだ。ぼくが覚えた中国語は、敗北者たちの中国語だったし、その敗北者たちが大陸の「回復」を夢見ながら住みついた島にとっては、おそらくは方言という以上に異質なコトバだったかもしれない（もちろん今の台湾はそうではなくなっただろうが、敗北者たちにとって「大陸」がたった六、七年前まで生活していた領域を指していた一九五〇年代はそうだったに違いない）。

母国語ではないのに、母国語を覚えるように「理解しよう」という意図もなく、他の言語に置きかえもせずに、ただすなおに子供の頭に入ってしまった「外国語」。おまけにそんなことばを覚えてしまった島の、多くの島民にとって、その「国語」は「母国語」ではなかった。台湾語が母国語だったのである。北京語はかれらにとって、いったいどんなものだったのだろうか。もちろん、子供時代のぼくには、そんなことを察する手がかりは何もなかったし、多分、そんな質問自体も頭に浮んだことすらなかった。ただ、母国語の英語とは感覚的に同等だった北京語は、それを覚えてしまった環境の中ではかならずしも「当然」ではない、そんなことをぼくは直感したのだろう。

台湾を出て、四半世紀以上が経って、その言語が当然である大陸の京《きょう》をはじめて訪れて、そこで北京語と久しぶりに「再会」したことは、だからこそ、強烈な体験となった。

北京人にとっての北京語の「当然さ」は、単なる「母国語」のそれ以上に、文明の言語そのもの、というように、一種の権威がつきまとっているのである。外国人も、北京語で話しだしてはじめて北京人の目の中で人間として映る、とすらいえる。その当然さは、東京人にとっての（日本語の）標準語の当然さに加えて、どこか、京都人にとっての京ことばの歴史的な権威に似た感覚もあり、ときにはパリ人にとってのパリ流フランス語と酷似するようなスノビズムの印象も受ける。

ぼくはその「当然さ」の中に飛びこんでしまい、子供時代の北京語を、その「本場」で甦らせようとした。もちろん、中国語が上手になったとか、発音とか文法の次元で「復元」したとかいう意味ではない。上手になったどころか、依然として四声がめちゃくちゃだし、すこしでも難しい話になると日本語の熟語を中国語の発音に直しながら連ねて行くしかない。

けっきょくは子供時代の言語を何も復元することはできなかった。むしろ、相手の口を出る、抑揚のある、清らかな単音節の流れの中に、ぼくの子供時代が終ったと同時に途絶えた「世界」に、三十年ぶりに触れることになった。記憶というよりももはや無意識の中に沈んでいた「世界」が掘りおこされた。断片的な形で掘りおこされたに過ぎないが、掘りおこされたその勢いによって、ついに大人のことばが奪われてしまった。

「エイリンガル体験」を味わってから、ぼくは、一人の人生の中でいくつかの言語がありうるということについて、ときどき考えるようになった。ちょうど一人の人生の中にはいくつかの「時代」がありうる、あるいは一人の男の生涯の中で何人かの「妻」を迎えることもありうるように。

ぼくの場合、今度の「エイリンガル体験」によって、自分の人生の「時代」を区切った三つのことばがあることは、逆にはっきりとしてきた。母国語としての英語、子供時代の「第二母国語」としての中国語、そして思春期からの「継母国語」としての日本語。その他には、たとえばフランス語とか韓国語には、恋人のように惚れこんで、「世界」の形を変えるという意味でもそれなりのインパクトを受けたことはあるが、それらの、それこそ外国語によって人生の「時代」が区切られたという意味合いは、なかった。

母から学んだ第一言語と、少年期に耳を満たした第二言語と、子供から大人になりかけた十代という多感で不安定な時期に出会った第三言語の中で、書くことばとしてはやはり第三言語の日本語は変らないだろう。これからは頻繁に中国大陸へ渡ることになるだろうが、中国語の作家にはもはやなれないし、昔から、なりたいと思ったこともなかった。書くことばとしては、「ガイエンひがしどおり」という奇妙なことばを千数百年前から作り出してきた島国の、究極的なチャンポン言語が、ぼくの「三つの時代の言語」の中で最も可能性に富んでいる。この前のエイリンガル体験も、急に日本語が出なくなったからパニックを覚えたのである。文学には「思春期」的な不安定さがどうしても必要である。甦ってきた子供時代の言語の中で、世界との一体感を取りもどした、という妄想の前で、数時間にわたって、その不安定さが消えてしまいそうになった。ほんの短い体験だったが、危険な体験でもあった。

かつては禁じられていた大陸が、自身の「開放」を訴えるようになった現在。その「本場」で北京語に身をひたしながら、考えた。もしもぼくの青春時代にその大陸に上陸することができたならば。もしも子供時代のことばがそのまま大人のことば、そしてぼくの文学のことばになったならば。あるいは、そこまで空想に走らなくて、より現実的に、もしぼくが大人として中国を知った上で日本へ渡来して、一度は中国語との挫折を経てから日本語に入りこんだならば。ぼくと日本語との関係もきっと変ったに違いない。どのように変ったかについては、今となって推察することはほとんど不可能だが。

ただ、最終的にはこの島国にたどりつき、究極的な表現体として「ガイエンひがしどおり」のように、中心と周辺を混乱させてしまった雑種言語の引力を感じたに違いない。

エイリンガルに陥った数時間の後に、結局は日本語の次の作品に向って、「回復」をめざした。

「莫説！」

もともと外国から日本に渡来したぼくは、最近になって日本から、日本語の意味での外国へ旅することが多くなった。そして外国へ出るということは、渡来したからこそ基本的には日本にしか興味がないぼくにとって、日本のことをいろいろの新しい角度から考えるきっかけとなった。

きっかけというよりも、日本のことを考えるためにしか外国へ行かなくなった、といった方が正確なのかもしれない。

ある外国へ出れば、日本にもどってきたときにその外国の体験をかならず日本語で書く。そんな条件で世界をまわるようになった。他の作家の場合はどうなっているかは分らないが、ぼくにとって日本語で書くということはどうしても「日本」を書くということを意味しているのである。

その「日本」は、しかし、国家次元で利用されやすいような比較文化論の対象ではない。なるべく日本の中の一人の、日本人として生まれなかった体験者の、その体験の新しい鏡を、外国の中で探し求める。単なる日本の独自性ではなく、日本の中に生きる、日本人として生まれなかった人間の体験はいったい何なのか、そのことを解明する手がかりを、日本から外遊して求める。そのように屈折に満ちた外国体験記の執筆をめざして、ぼくは、たとえば夏の終り頃に日本を発って、はじめて中国大陸の土を踏んでみたのである。


「魯迅先生之墓」という字が刻まれている巨大な石の前にぼくは立っていた。

毛沢東が書いた字だった。

上海の、旧日本人街からそれほど遠くない公園の一角に、「魯迅先生之墓」があった。二十五年目の在日生活の中で、はじめて中国大陸を旅した夏の朝だった。その翌日は日本にもどることになっていた。

「魯迅先生之墓」前の小さな広場のまわりには休憩所があり、そこのベンチの上に、農村から大都会に流れてきた「老百姓《ラオバイシング》」だったのか、上海の商店街で見かけるしゃれた洋服の市民とは違って、かなりぼろい服を着た人たちが、何人かうたたねをしていた。「魯迅先生之墓」の前で一人で立つ、栗色の髪と青い目のぼくの姿を見て、ベンチに横になっていた二、三人が上半身をおこしては何か噂をしているようだったが、たちまちぼくの話題にあきたように、またすぐ寝てしまった。

上海という、騒々しい大都会の公園の中で、「魯迅先生之墓」は奇妙なほどの静寂に包まれていた。その静寂の中には、歴史の長い無関心のようなものが感じられていた。それは、島国の静寂より大きい、島国の静寂より何となくだるくも感じられるのだった。「魯迅先生之墓」の前の、小さな広場を満たした、八月の末日に近い朝の日差しが少し苦しく感じられて、ぼくはそこを出ることにした。魯迅自身が、よく中国人の無関心を悲観的に描いたものだという思いを残して、「魯迅先生之墓」のある公園の中を歩きだした。

灰色の作業服を着た年寄りたちが太極拳を練習しているかたわらで、カラフルなTシャツと短パンの若者たちがカリフォルニアさながらにジョギングをしている広々とした芝生を渡り、もう一つの広場にたどりついた。そこでは十数人の輪ができていて、その中で何かの売買が行われているらしい。

近くまで行ってみると、風景や人物を描いた切手を、シート単位で売っている。その声は、もちろん、みんな上海語である。

ぼくがそっと輪の中に入って、黄河の風景を画いた山水画風の切手シリーズを指して、すみません、これはいくらですか、と北京語で聞いた。

二元。よそで買えば三元、だから、ここなら得をするんですよ、と切手売りの若い男が、北京語で答えてくれる。

それを買います、というと、その人がぼくに、あなたは上海語ができますか、と聞く。

できない。北京語だってわずかで、非常に下手です、と島国で育った謙虚な口調でいう。

そうですね、下手ですね、と若い男が答える。単なる事実を確認するようなニュートラルな声で、いささかの軽蔑もなければアイロニーの響きもまったくない。島国での反応の仕方とはあまりにも違う。それが良いのか悪いのかということもない。とにかく違うのだ。その違いを正確に体験するために、ぼくが島国から大陸にやってきたのだ、そんな気がした。切手売りは取り引きが終った後に、再びぼくのことを忘れたように、「外国人」がそこにいたということすら気がつかなかったように、たちまち上海語にもどり、次の客に「得をするんですよ」とアピールをしはじめている。

そんな当然な出来事を、日本語に「翻訳」するとおどろいてしまう、ぼく自身がおかしいのではないか、と何語でもなく考えながら、黄河シリーズの切手をポケットに入れて、また歩きだした。

公園の真中にある、ちょっとした池から流れる水の支流の上に建てた、古代風の石橋を渡り、日中友好を訴えた記念碑の横を通りすぎると、日本や西洋の公園とほとんど変らない芝生と、そのまわりにめぐらされた小道があった。その辺りのベンチには、ひまそうな老人たちが座り、人民解放軍の兵士たちが寝て、若いカップルが静かに笑いあっている。池の上をゆっくりと走るボートが見えて、公園に隣接した古いアパートの、ペンキがはがれた壁も、樹木の繁みの上に、目に入った。小道では何人かと行き違ったが、その日、この公園の中を歩いていたただ一人の「外国人」の存在については、誰もコメントをしなかった。

そんな当然なことを不思議がるぼく自身がまたおかしくなった。二十五年にわたってぼくの耳にとどいた何千回の「ハロー」と何万回の「がいじん」という日本語の声が、まるでうそのように思われて、解放感のような感情を覚えた。しかし島国になれ過ぎたせいか、その解放感にはとまどうような気持ちも確かにあった。

ぼくは、芝生と池のまわりにそった小道を歩きつづけた。

とつぜん、向うから、二歳ぐらいの女の子と手をつないで歩いている三十代の男が近づいてきた。

ぼくと行き違う前の瞬間だった。

ぼくの姿が女の子の目に映った。女の子が父の手を引っぱり、

パパ、外国人が……

というようなことを大声で言おうとした。

それを言い終える前に、父親が女の子の小さな口を手でふさいで、

「莫説《モーシュオ》！」と叱った。

「言うな！」と叱ったのである。

父親の目とぼくの目が合い、父親が表情であやまった。あやまったと同時に、子供だからしかたないんだよね、と目で笑った。

ぼくはびっくりして、すぐ、もちろん、かまわないですよ、と表情で答えた。

子供は「パパ、足のない人がいた！」とか「パパ、禿げた人がいた！」と同じように無邪気に言いだしたに過ぎない。

問題は、親の反応が、日本の親とはあまりにも違っていたことだ。

莫説！

言うな！

人の人種を口にするな。人の「民族性」を大声でいうな。相手は言われたくないから、相手は言われると傷つくかもしれない、大声で言われるとみんなの前で恥を覚えるかも知れない。世の中にはいろんな人がいる、そのことを子供に教えるのは親の基本的な義務の一つである。

少なくともあの瞬間、かれらの「世の中」にはぼくも「いる」という実感を味わった。島国の、似たような場面で、ぼくが、子供の目にはともかく、親の、「世の中」にしっかりと「いる」という風に感じさせられなかったときが多かった。

すれ違って遠くなった親子の後ろ姿を振り返って見たとき、ぼくは小さな感動を覚えた。ぼくはかれらにとって民族的な「障害者」として映ったのかもしれない。しかし、それでもぼくはかれらの世界像の中で、島国の基準からしてやはりおどろくほど当然な存在として動いているのだった。だから親が子供に教える最低の礼儀の対象にもなったのである。

島国からはじめて渡り、多くの場面ではかならずしも「礼儀正しい」とはいえなかった大陸の人々は、しかし、どう見てもアジア人には映らないぼくの人種的「障害」に関しては、慇懃《いんぎん》無礼ではなかった。

それよりも、かれらの「世界」にはぼくも「いる」し、読者諸氏も、もしかしたら想像している以上に、あるいは望んでいる以上に、かれらの「世界」には、少なくともぼくが読者諸氏の「世の中」に「いる」より確実に「いる」のだろう。

そのことと、そのことの当然さは、島国から大陸へ渡ったときの最も大きな衝撃となった。中国の思想とか、イデオロギーとか、新しい資本主義のエネルギーではなかった。中国の大人が、日本の大人のほとんどが平気で容認する、他人の民族性への極端なこだわりを、容認しないという最も基本的な態度の違いだった。

しかも、そのような態度が、近代の文脈でいう進歩的であるとか、リベラルな発想であるとかいうような問題ではないことも、中国大陸のいたるところで感じさせられた。むしろ西欧的近代のインパクトを受ける前から残っている世界観ではないか、と思った。近代以前から、一直線に流れてきた世界観としての超民族性。ソフィスティケーションというものは厳粛な無関心と、大人が子供に他人の民族的特徴に関心をもつな、「言うな！」という命令によって関心を禁じることであるとすれば、上海の市民は、ニューヨークやパリの市民よりはるかにソフィスティケーテッドだな、と思った。つまり近代のリベラル主義よりはるかに徹底している、というふうに思った。

ただ、その日――日本から中国大陸にはじめて渡った旅の最後の一日――には、西欧のリベラル主義と中国の超民族性の比較はそれほど大きな問題ではなかった。むしろ、近代日本との違いの方がくっきり浮んだのである。

ぼく自身は今まで中国そのものにはそれほど興味がなかったし、これからも、中国そのものを追求しようという気持ちも起こるとは思えない。ましてや中国そのものの文化的生活に参加したり、中国語でものを書いたりすることはまず考えられない。中国大陸は共産主義の下にあった半世紀にわたり、その大陸は島国にいるぼくらにとっては体験できる領域の外にあった。したがって中国大陸は同じ「現代」の、もう一つの鏡という機能を果たさなかった。その状態はごく最近になって変わった（ぼく自身がその変化に気づいたのは、日本の言説の中にあっては、かなりおそかった）。

その変化――同じ「現代」を生きているもう一つの社会がはっきりとした像を結びはじめたこと――は、日本の中で日本の特徴を映し出すときの鏡が欧米だけだったという長い時代が確実に終ったことを意味している。しかしそれだけではない。欧米にとって代わるように日本の中で生じた「アジア」というもう一つのイメージが、実はぼやけたイメージにしか過ぎなかったという「批評」も誕生してしまったのである。

本当の鏡は、もちろん、見る人の角度によって映るものが違う。日本の中のぼくの今までの体験は、日本人として生まれた人たちのそれとは違う。しかし、重要なことは、中国大陸という大きな鏡の中に、そんなぼくの体験もちゃんと映る、ということではないだろうか。そして、ぼくとは違った条件で日本の中で生きる人は、それとはまた異なった比較のイメージを発見することがあるだろう。

そんな中国大陸の「出現」は、しかも、日本だけではなく、欧米にとっても鏡のベールがはがされたとき、また別なおどろきが生じる。そのおどろきによって世界のイメージ作りには一段と複雑な要素がからみ、自我像と他者像には新しい不安定さも生まれてくるに違いない。日本からやってきて上海の公園を歩いた日のぼくの「おどろき」は、数々の角度から大きな鏡がのぞかれて生じるたくさんの「おどろき」の一つに過ぎないのだろう。

近年のアメリカからやってきた人たちの日本体験によってそれまでになかったもう一つの鏡が「発見」されて、その反映によってアメリカの自我像がどれだけ影響を受けたかを考えれば、「もう一つの鏡の誕生」という現象の意味の大きさが分かる。

「もう一つの鏡」に、一人の体験として文学者が旅先で出会うことは、いうまでもなく、国家次元での「もう一つの鏡」のイメージの解釈に影響をあたえることはほとんどありえない。しかし「もう一つの鏡」を、国家次元のイメージ作りとは別の、一人の体験として追求して、そこで見たものを語ろうとする——それが現代の文学者にとって、必然的な冒険の一つではないか。比較文明論ではなく、長い間隠蔽されていたもう一つの文明の体験そのもの、あるいは体験の質感そのものを、何とか「こちら」のことばに「翻訳」しようという試み。常識と非常識が鏡の中で逆転したとき、それによって体験することができた瞬間的な「おどろき」を、「こちら」の散文の中で何とか形づけようという冒険。「おどろき」を、とにかく、「おどろき」のまま、書こうとするということ。

それができればはじめて、解釈を押しつけようとするあらゆる国家の口をふさいで「言うな!」といえるかもしれない。

満州で聞いたコトバ

三月に、安部公房の原イメージを探すというテレビの仕事で、ぼくは満州へ行った。現代中国の東北地方である満州ははじめてで、中国大陸そのものは二度目だった。「満州へ行って安部公房の原イメージを探す」というのは、昔から想像していた理想の旅の一つだったが、理想というよりも、ほとんどファンタジーに近い、つい近年まではそんな旅を考えることは、いつか火星へ行ってみたい、とまでいわなくても、とても実現できるとは思わなかった。ただ、いつかそれができたら面白いだろうし、一人の大きな作家の何かを解明する以上に、日本とアジア大陸をめぐる近代の何かの解明にもつながるかもしれない、と考えていたのである。

安部公房の、特に初期の作品に出てくる、「村落」と「壁」と「荒野」という一連の原イメージ、あるいは原環境のようなものを、現代中国の東北地方で見つけるのに、ぼくと日本人カメラマンがかなり苦労をしなければならなかった。『終りし道の標《しる》べに』という安部公房の処女作の冒頭に書かれている「粘土塀」という字をガイドに見せて、「これが見たい」とたのむと、日本留学帰りの、超現代ッ子と自覚しているような、まだ二十代後半の彼女から、「そんなものは今の東北にはもうないですよ」と言われた。これはちょうどガイジンが日本に来て、わらぶきの農村を見せてくれと注文しているのと同じだ、とぼくは日本人カメラマンにつぶやいたが、カメラマンは、いや、もっと田舎へ行けばあるかもしれない、とイメージ探しのねばりに満ちた声で、渋々と瀋陽の郊外を走りつづけている運転手に、もうちょっと行って下さい、もうちょっと行ってみましょう、とたのみこんだのである。

昔の奉天、今の瀋陽から、約二時間走ったところ、安部公房の少年期には都市のすぐ外に始まったという荒野の風景に、ようやくたどりついた。「粘土塀」ばかりの「村落」もあったし、その粘土塀の先に、曲がりくねった道がいつの間にか消えてしまう、広々とした荒野が、あった。島国の、植民者の少年が体験した風景、その中で「文化」が、あるいは二十世紀に考えられていた「アイデンティティー」が、たいした抵抗もなく消えてしまったのだろう。そのような少年が島国にもどり大人になってから書きだした小説の中の情景に相当するのではないか。

確実にそう思わせるような風景の中に立った瞬間、母国と異国のズレという現代文学の根底に流れている体験を、安部公房が半世紀前にしていたという事実が、十分に納得できたのである。

その日は、瀋陽からまっすぐ農村地帯に向って延びている二車線のハイウェイにそった三つの村を訪れて、それぞれの風景を撮影した。最後の村で、崩れかかった粘土塀の前でぼくが、現代人にとって、安部公房の満州体験は「アイデンティティー」の手がかりになるという話をして、その撮影が終ってから、ぼくとカメラマンは、案内の車が待っているハイウェイの方にもどった。

夕暮れが迫っていた。

ハイウェイの両側に、この道をよく通るトラックの運転手が寄る、小さなレストランが点々と建っていた。レストラン経営という副業が、村の人々にとって一つの収入になっているらしい。レストランの前にとまっているトラックの姿からも、満州こと東北地方の農村風景は、おそらく日本人やロシア人が最初に持ちこんだ「近代」が始まって以来、「伝統」とか「田園」とか「中国的な大地」というイメージからはそもそもハズれていたことを思い知らせるのだった。

案内の車が止まっている近くのレストランの裏からは、山と川からなる雄大な風景が見えた。ちょうど向う側の山の端に日が沈みかけている。カメラマンが急ぎ足でレストランの裏へ行き三脚を立てて、その風景を収録しはじめたところ、レストランの中から、三人、四人が走り出して、たちまち彼を囲んでは、東北訛りのことばで次々と質問を浴びせていた。

「北京テレビじゃない、日本のテレビです」とぼくが間に入って説明しはじめると、「じゃ、あなたも日本人ですか」と聞かれた。たったの十分前に、粘土塀の前で話をしていた「国家」や「アイデンティティー」のことばが脳裏を掠めて、どう答えたかはよく覚えていないが、その日はじめて通訳の介在から自由になって、つたない北京語で直接現地の人々と話ができるというよろこびから、逆にかれらに次々と質問をしだした。

かなり眺めのいい、新しいレストランを、かれらは経営していた。何料理ですか、と訊くと、朝鮮料理だ、と答える。店の前へもどって、もう一度見ると、漢字の看板の下には、조선냉면（朝鮮冷麵）とハングルも書いてあった。

日が沈みかけた荒野の風景から紺色の光に包まれている埃っぽいハイウェイの方を見渡すと、ハイウェイの向う側に、トラックが一台止まっている、もう一軒の、石造りの平屋が目に入った。そこの看板は「回民飯店」とあって、その下にはアラビア文字が書かれていた。

「あなたたちは朝鮮族ですか」とぼくは聞いた。

「違う、うちは朝鮮族じゃないけど、あそこのうちは回族だ」

朝鮮料理屋の若い主人が、さりげなく、向うのうちは回教徒だ、とそう教えてくれた。「あそこのうちは福島の人だ」とか、「あそこのおくさんはもともと関西の人だ」とでも言っているように、さりげなく、自分の村の一家はイスラムの家《うち》だ、と言った。

満州こと東北地方のあちこちで、確かに、同じような「回民飯店」の看板とアラビア文字を見かけたことがあった。それも、風景の中に何気なく点在していたのが、日本からやってきたぼくの目には、かえって異様に見えた。

「あそこの店は豚を出さない。羊肉が主で」と「朝鮮族」じゃないけど朝鮮料理屋をやっている家族の若い女の子が付け加えた。

自分たちの村の中にそんな家も一軒あるということはまったく当り前だ、という口調だった。

荒野の撮影を終えた日本人カメラマンがハイウェイの方にもどってきた。迫る夕闇の中で、ハイウェイの両側に立つ看板に書かれている、漢字とハングルとアラビア文字は、見分けがつかなくなるところだった。

日本人カメラマンに、今聞いた話をぼくが日本語に訳して、言った。

日本の片田舎の村では、「うちは朝鮮人じゃないけど、あそこのうちは回教徒だ」ということばを聞くなんて想像できるか。

かれがそう言ったのか、ぼくがそう言ったのかはもう覚えていない。

ただ、大陸の巨大な夕空の下で、埃っぽいハイウェイのそばを、ぼくらを待っている車に向って歩きながら、二人とも一瞬黙りこんだことは、はっきり覚えているのである。

清代の宮殿に建ててある石碑、そこにはいくつかの文字が記されている。帝国の諸民族に通じるように、漢字、蒙古語、満州語が記されているのをぼくは見た。

はじめての中国大陸への旅から日本に帰ってきた後も、ぼくはその石碑を何度も夢の中で見たのではなかったか。

石碑のイメージからは、開放感も恐怖感も覚えた。二つの感情が不思議と相まって、長い間、そのイメージがぼくの頭から離れなかった。

満州出身の皇帝、つまり征服者に変身した被征服者が建てた、多言語の石碑。

その満州を近代の一時期に征服した島国の、征服者の息子であった作家の原風景から、東北地方の大きな地方都市に向って走る車の中で、レストランの看板を飾る多言語の文字と清朝の石碑の多言語の文字が交互に、疲れた頭の中で像を結んだ。

満州から北京にもどり、北京に二泊してから、東京に帰ることになっていた。

北京を立つ朝、ぼくは、ほとんど大人になってからはじめて、大声で口ゲンカをした。それも北京語での口ゲンカだった。

朝九時の飛行機だったから、旅行会社からホテルに、七時に出発するリムジンを頼んでいた。ぎりぎりの時間だから普通のタクシーより予約リムジンの方が安心できる、と旅行会社に説得されていた。

七時五分前に、ホテルでチェック・アウトをして、玄関を出ると、そこに十年か十五年前の大型車が止まっていた。

ほっとした気持ちになって、「リムジン」へ近づいてみた。

運転手はさりげない声で、

「ちょっとパンクをしているから、直す。中で待って下さい」と言った。

後ろの席に座ると、車は少しずつ片方が上にあがる。

傾いてしまった座席の中で、ゆっくりと道具をトランクの中から持ち出してくる運転手の動作を見守った。あまりあせっているという様子はなかった。

十分が経ち、十五分が経った。

運転手が使っているドライバーがこわれてしまった。

二十分が経った。

ぼくは車の中からすべるように降りて、

「いつまでかかるんですか」とできるだけ落着いたような声で聞いてみた。

「もう少し」

「ぼくは急いでいる」

「もう少しだから、中に入って待ちなさい」

もう一度中に入った。また六、七分経った。タイヤの方では、何の進展もなさそうだ。

もう一度、荷物を持って、「リムジン」を出た。

となりに駐車してある小型タクシーの運転手が、「リムジン」の運転手の方へ歩み寄るぼくをじっと眺めているのに気がついた。

「すみません、ぼくは急いでいる」と「リムジン」の運転手に言ってみた。

「もう少しだから、中で待ちなさい」

小型車の運転手に、空港まで行けますか、と聞いてみた。「行ける」という返事をもらった。ぼくをなるべく無視しようと、こわれたドライバーで効果のない動作を繰り返している「リムジン」の運転手に対して、

「すみませんが、ぼくは大変急いでいるから他の車で行きます」と言った。

運転手が忽ち爆発するような声で、

「だめだ、予約したんだからこっちに乗らなきゃいけない！　中で待ちなさい」と叫びだした。

その瞬間だった。どうしてそこまで言えたかは分らないが、ぼくは北京語でとつぜん叫びだした。

「ずっと待っていたんじゃないか！　たとえ今直っても空港へ行く途中でまたこわれたら俺はどうするんだよ！　自分の国家（そんな表現しか知らなかったから、口に出てしまった）に帰れなくなるんじゃないか！　俺はどうなるんだよ、言ってみろ！」

そんな北京語が自分の口をついて出ることに、自分でショックを覚えた。しかし、心のどこかで、相手は多分、「外国人」ということを問題にしていないだろう、きちんと筋を通して反論をするだろう、とぼくは安心していたのかもしれない。

相手の「予約はどうなるんだ！」という叫び声に対して、「帰れなくなる俺はどうなるんだ！」という、日本では発したことのないような、自分の声が、ホテルの駐車場の中で鳴り響いた。「超民族的」な言語で行われた言い合いがしばらく続いた。結局は「リムジン」の運転手にぼくがお金を払い、ぼくの「負け」で終わった。しかし、日本だったらムスッとした沈黙か差別用語の捨てゼリフ、韓国だったら一瞬のうちになぐり合いとなったような場面が、「筋」を通した豊かな口論となり、そこにぼくもいきなり参加してしまったことに、一種の開放感と一種の恐怖を覚えた。

小型車に乗って、空港に向って猛進した。小型車の運転手は、メーターをつけないで料金を徹底的にぼった。

空港に着くと、急ぎ足で、かつては中国民航だが、そんな名前はもうダサくなったのか、中国国際航空公司と最近改名した飛行機会社のカウンターへ行った。

ぼくの前には二人が並んでいた。四十歳前後の女性と三十歳前後の男性。どちらも中国人である。

後ろで並んだぼくと、カバン一個のぼくの荷物を見ると、三十前後の男は、

「あなたの荷物はそれだけ？」ととつぜん北京語で聞きだした。

「ええ」とぼくは北京語で答えた。

「あなたは少ない、ぼくの荷物を一つあなたの名前で通してくれないか」

その人は、栗色の髪と青い目のぼくに、いきなり、「中国語は話せるか」とも聞かないで、そう言いだした。北京語は世界のどんな人種にも通じるのが当り前だという、緊張感もコンプレックスもなく、何のはばかりもない口調だった。かれが言い出した「你《ニー》」を「君」と訳してもいい、と思った。

日本でこんなことは想像できるか、と誰かに、日本語で言いたくなった。

ぼくはまた北京語で、

「悪いけど、それはむずかしい」と言った。

「お金をやってもいいから、一つぐらい、あなたの名前で通してくれないか」と男が、ぼくにも通じて当然なかれの母国語で迫った。

「複雑すぎるから、だめだ」と答えると、男は、他に助けてくれそうな人を見つけようと、出発ロビーに詰めこまれた国籍とりどりの旅客の人だかりを眺めまわした。

「中国国際航空公司」と書いてあるジャンボ機に乗りこんだ瞬間、満州の風景が脳裏にちらつき、少年時代の安部公房の耳には「当り前」な中国語が何度も入りこんだのではない

か、という想像に走ってしまった。

高級マンション、叫び声

ものを書く人は、どこにいてもものを書くことはできる、といわれている。つまりどこの部屋でも書くことはできる、ということになっているらしいのだが、ぼくの場合、一時期はそうではなかった。

どうしても日本語が書けないことがあった。しかし、それはいわゆるスランプの問題ではなかった。

部屋の問題だった。

今書斎にしている江戸間の八畳の部屋、ここに入る前に何十もの部屋を転々とした。厳密にいえば日本だけでも何十もの部屋、ということになるのだが、日本以外――ぼくの場合はアメリカの、一つは東海岸でもう一つは西海岸の大学町――で住んでいた部屋は、不思議と「部屋」をめぐる記憶の流れの中には入らない。つまりその「流れ」の外に在る余計な場所として、アメリカで一時滞在していたいくつかの石造アパートが、薄々としか思い出されないのだ。アメリカの部屋に入居したとき「ここに一生住もう」と思ったことは一度もないから、そんな記憶の歪みが生じたのかも分らない。とにかく東京の部屋に入るたびに、「一生ここにいよう」と思わなかったことは、逆にほとんどなかったようだ。いや、「一生ここにいよう」と願ったにもかかわらず、数ヵ月か一年後にはかならず向うの石造アパートがぼくの不本意な「帰国」を待っていた。だからこそ東京の何十もの部屋の方が記憶の中でくっきりとした像を結んでいるし、だからこそ何十もの部屋が不思議と一つの連続体のように思い出される。フィルムが何度も切れた長い映画のように、ぼくの「東京」が記憶の中で不安定な上映を繰り返すのである。

自分にとって体験と表現を生む都市の、その体験のしかたを、もし文字にすれば、そのまま小説にはならない。ノンフィクションにもならない。むしろ、何度も都合によって中断を強いられた、長期間にわたる随筆の連載に似た形を取るかもしれない。

東京の部屋を転々としながら、ぼくは確かに「随筆」というジャンルにひかれてきた。あるいは、フィクションかノンフィクションかという区別をそれほど気にしない「私小説」的な語りにひかれてきたのである。

「私小説」はともかく、日本語の「随筆」を、ジャンルに分類することもおかしいのではないか、と今の部屋の十数軒前に住んでいた、一階の、六畳と三畳からなる木造アパートで考えたことがある。「随筆」はもしかするとジャンルではなく、ただ日本語で書くという行為の、歴史のある一つの動き、あるいは動き方、といった方が正確かも知れない。方向性などではなく、ただ動き方。しかも動いてどうなるかについては、予定された結果は何もない。その「随筆」の中には、どんな小説よりも緻密で説得力のあるフィクションも入れば、どんな記録よりも現実の奥の奥にまで迫るようなノンフィクションも入る。むしろ、そんな区別に無頓着であるということは、日本語で書くことの伝統の一要素である、とすれば、「随筆」という形の中には日本語の最も豊かな「知恵」が秘められているはずだ。少くともぼくが不安定な連続体をなしてきた「考える空間」の中で考えだした理想的な「随筆」はそのようなものだった。「ジャンル」はおろか、「伝統」や「形」という用語を取り外したときの、「日本語で書くこと」の裸の中核《コア》には、そのような可能性がいつもきらめいていた。

　東京の部屋を転々としながら、ぼくは「フィクション」を書いたこともあるし、「ノンフィクション」を書いたこともある。うそを記録したこともあるし、事実を創ったこともある。

　北米大陸の大自然の中の、広過ぎる石造アパートの中で、はたしてそんなことができたのだろうか。

　それが広い意味での「文化」の問題である以前に、まずは最も狭い意味での、部屋の問題ではないか、という気がするのだ。多くの論客が口にする「文化」はこの時代の大説となりつつあるのに対して、誰でも入れるけれど論客だけは立入禁止の「部屋」は、ジャンルとは別の意味の、まさに小説の領域ではないだろうか。

今の、江戸間八畳の部屋の前は、木造アパートばかりの部屋の「流れ」の中で、一つだけ、最初でおそらく最後の、「高級マンション」が、入っている。ちょうどバブルの最後の時期だった。今の連載より約四十倍の原稿料をある雑誌の仕事でもらっていた。お金を極端にふくらませた、「単一民族」型経済の最後の絶頂期だった。しかし、その反面日本人の自己充足の雰囲気の中で「日本人」と見なされない人が、「普通」のアパートやマンションをそれまで以上にも借りにくくなっていた。「先進国」の中でめずらしく不動産に関する差別禁止令が成立していない日本では、八〇年代の終わり頃はとくに借りにくくなっていたのである。バブル社会のプラスとマイナスの不思議な結果として、とにかくぼくは人生に一度だけの「高級マンション」に住むことになった。都心の古い屋敷町の新しい2LDK、オートロックにルーフ・バルコニー。

それまでの木造アパートばかりの巷を離れて、高台のもの静かな環境に移ってから、ひと月目は、久しぶりによく眠ることができた。東京の真ん中の静けさは実にありがたい、と思った。

ふた月目に入ると、突然文章が書けなくなった。日本語が書けなくなった。小説の文体が、突然滞《とどこお》ってしまった。

「高級マンション」の一室だけが、和室だった。しかし、それも「和室」、あるいは「ワシツ」とカギ括弧《かっこ》を付けなければならないように、いかにも「高級マンション」の中で「和室」を演じているような空間だった。

バブル時代の原稿料一枚分の家賃で借りていた「高級マンション」は、確かに快適だった。ルーフ・バルコニーに十数本の竹を並べて、十二畳のLDKの絨毯の上に、隅から隅までござを敷くと、近代日本の木造美学の代りに、よく言えばちょっとした「廬《いおり》」のイミテーションにはなった。「結廬在人境」を唱えながら、単なる都会のオアシスをより「伝統的」な居住空間に見たてることもできた。

しかし、不思議と、そんな空間にいては、日本語は流れなかった。ぼくの日本語を滲《にじ》ませてくれるのは、「伝統」ではなかった。ましてや近代の後に大多数の日本人の回帰願望をくすぐるような「ワシツ」ではなかった。バブルの最後の時期は、ある種の「ポスト・モダン」の最期でもあった。しかし、ぼくの日本語を可能にせしめたのは、むしろ日本独自の近代の、都市にしかなかった、お世辞にも誰も「美しい」とはいえない環境の、厳しい美学だった。

とにかく、「都会のオアシス」の中にいると、ぼくはかえって落ち着かなかった。そして高台の大きな見晴窓から見渡すたびに、かつての日本の近代都市そのものが、ふえるばかりの「高級マンション」の間で縮小しているのが分った。絨毯の上に敷いたござに座り、ルーフ・バルコニーに並べた竹の揺れる葉群れの上でサンシャインシティの遠い灯を見ながら、ぼくは、気をつけないと、「日本独自の近代」へのノスタルジアを延々と語るだけの、単なる回想家で終ってしまうのではないか、と心配しはじめた。

お前は環境に甘えすぎている、本物の日本語の作家はアイオワでもドイツでも、想像を絶するほど殺風景なアメリカの田舎でも、ぬくもりなどまったくないヨーロッパの石造の家の中でも、書けるんじゃないか、と自分をいましめることもあった。

が、外国の環境と違って、実際に和室のあった遺跡の中でわざと、その喪失をごまかすように作られた「ワシツ」は、外国以上に、日本語の作家にとって落ち着かないものではないか――そのような反論がまた頭の中で響きはじめた。

「廬」にはならないLDKのござの上に座って、そんな空しい「環境論」が何時間も頭の中で堂々めぐりしていた。そういう日は、一行も日本語を書くことはできなかった。かといって、外国語も、書けなかった。

「高級マンション」の一つだけの予想外の出来事は、そのとなりに、たまたま「高級精神病院」があったことである。ルーフ・バルコニーに竹を並べた一つの理由は、LDKの見晴窓に朝から晩まで映るその病院の姿を隠すことでもあった。

光景こそは隠せるが、だいたい一日に一回、決まったように、「おとなりさん」からは女の凄じい叫び声がとどろき、竹の葉の群れの上に広がる東京の大きな空を炸裂させるような勢いでするどくこだました。

「分るような気がする」とぼくは思わずつぶやき、誰も知ることのできない表現不可能な彼女のプライベートな迷いが、「読者」かまわずのそんなたくましい「表現」を得たことに、ぼくは一種の感服を覚えた。彼女は、行きづまった「文化」の結果として叫んでいるのか、しかし、意外とそうじゃなくて、ただ不愉快な部屋に閉じこめられたことに対して叫んでいるのかもしれない。あるいは彼女の複雑な maybe を聞いてくれる人がまわりにいなくなったから、yes にも no にもならない叫び声を発しているのだろうか。

とにかく、あれは女がする、たくましい、日本語の叫び声だった。

半年も経たないうちに、ぼくはバブル期の原稿料三枚分も払った礼金を棒にふって、「高級マンション」を出てしまった。

「高級マンション」を出ようと思った最後の理由は、となりの「高級精神病院」からの叫び声が気になりだしたからではなかった。

最後にいたたまれなくなったのは、まわりに外国語が聞こえだしたからである。

それも、週一回とか二回ではなかった。毎日、頻繁《ひんぱん》に、日常的に、外国語が耳に入ってくるようになった。

「高級マンション」に入ったときは気がつかなかったが、その居住者の半分ぐらいは外国人だった。「高級マンション」の中は、「高級外国人」があちこちに住んでいた。

ニューヨークの銀行家、韓国の一流紙の特派員、フランス人の家族。

いくつかの外国語が廊下やエレベーターの中で聞こえてきた。パーティの日はとなりのバルコニーからも、外国語がうるさく流れてきた。

差別禁止令のない日本の不動産会社に踏みこんだとき、「日本人」と見なされる者なら、かえってそのことを気にせずに、面白がっているかもしれない。

しかし、ぼくは「少し高いけどここなら大丈夫でしょう」といった不動産屋の本当の意味が分った瞬間、ショックとは違った、むしろ「なるほど、またか」といいたいような、失望感を味わった。

不動産会社に踏みこんだとき「日本人」として認められた者なら、ここを現代のバベルの塔として面白がるかもしれない。しかし、それは選択の自由の上で面白がる「自由」を保障されているからである。

ぼくはそれまでの数々の門前払いを思いだしながら、また豪華な「出島」に閉じこめられてしまったのではないか、はじめて日本に上陸した十代のときから、絶対にはまらないと決意していた、近代島国の、歴史のある古い構図に、あぶなくもはまりそうになったのではないか、と一種のパニックを覚えた。

そして個人的な「出島」の中から鳴り響く女の叫び声に不思議な親密さを感じてしまった自分のことが、少し恐くなった。


「お前はずいぶんつまらないことにこだわっているじゃないか。すごくいいマンションじゃないか。うらやましいぐらいだよ」と、ちょうどその頃訪れてきた友人が言った。しかしその友人は「日本人じゃないから」という理由で部屋を断わられた経験はなかった。彼は「出島」に閉じこめられるのではないかという恐怖を覚えたことは、まずなかっただろう。

だからこそ彼は本物の「外人」以上にyesもnoもはっきり言える人になったし、だからこそ彼はぼくと違ってmaybeという領域を大事にしないのかもしれない、とぼくはそのとき思った。

「つまらないことにこだわっている」といわれても、ぼくはとにかくmaybeの領域にもどりたい。フランス語の聞こえない部屋にもどりたい。

「高級マンション」から逃げることばかり考えるようになった。

そしてある日、奇跡のように、昔住んでいた、築五十年の、江戸間八畳のある木造アパートがあいたという情報を手に入れた。

何の躊躇もなく、「高級マンション」を引き払って、十年ぶりにそのアパートにもどった。

江戸間の八畳の部屋にもどった夜から、死物狂いになって、日本語で書きだした。フィクションも、ノンフィクションも、そしていまだに終らない随筆も、書きだしたのである。

最後のエッセイ

十一月のはじめに、江戸間八畳の書斎のある築五十年の木造アパートの更新料を払い、ぼくにとっては「よろずのものごと」について思いをめぐらし、その思いを日本語で書くこの部屋に、少なくともあと二年間は無事に居られることが決まった。

窓の方を見ると、東京の秋の空のほとんど肉体美を感じさせるほどの、少しも抽象的でない、もしかしたら「日本語以前」の、見る人を吸いこんでしまうような紺碧の美しさに、実に何年ぶりかに気づいた。

東京の空を、ぼくは遠い昔、英語で見たこともあったのだろうか。そのことは覚えていないが、この数年間、毎日、毎夜、日本語で書くことが生活そのものとなってしまってからは、かえって「秋の空」を意識することが、無意識の内に、なくなっていた。

日本語を書く人にとって、日本はとにかく忙しい国だ。アル中が瓶から瓶へ、メドックの一九八一年ものからナパヴァアリーの一九八七年ものへと人生をつなげるように、本格的に日本語で書くようになってから、もしかしたらアメリカに住んでいた頃以上に、季節と無関係に、原稿から原稿へ、締め切りから締め切りへ、発言から発言へ、対談から対談へ、取材から取材へと、人生をつなげるようになった。

朝まで原稿を書いて、午後に目をさましてから外へ出てみると季節が変った――何となく春だと思ったところ実は夏だったことに気づく――そんなことは何回もあった。

「日本の作家」の生活は、こんなはずではなかった。


この頃はあまり飲み歩かないで、江戸間八畳にとじこもりがちだったが、十月下旬の木曜日の夜、久しぶりに新宿で酒を飲み、夜おそく、この部屋にもどったら、留守番電話に大江健三郎のノーベル賞受賞のニュースが、知り合いの学生、それから日本の新聞記者の声で、入っていた。それも、去年の一月に安部公房の死のニュースが、同じパターンで、友人の声と報道関係者の声で、複数のメッセージとして吹き込まれていたのと同じく、八畳の真中あたりの畳の上に置いてある同じ黒い留守番電話だった。

日本の小説をめぐる「悪いニュース」が次々と入って来た、この数年間、それがちょうどぼく自身が日本の作家となった時期と重なっていた。

午前の一時過ぎに、今度はアメリカの新聞記者から、大江氏の受賞についてのコメントをもらいたいという電話が来た。

「一つの文学事件でこれだけの感動を覚えたのは、何年かぶりですよ」と自分でもおどろくほど興奮した声で言いだし、それから二時間近く、大江健三郎と、日本の近代文学、というよりも、これで川端康成のときと違って「大江健三郎がなしとげた日本独自の近代文学」がようやく、というよりも、「川端のとき」にすでに認知されて当然だったのに、やっと世界で認知されたことについて、とめどなく喋りつづけた。

「悪いニュース」ばかりの日本文学にとっての、実に何年かぶりの朗報を聞いた夜、それについて、自分の感動を、けっきょく英語で表出することになった。

相手のアメリカの新聞記者は、日系三世の、「ワタナベさん」という女性だった。

朝の三時まで、大江健三郎について英語で喋りまくった、その最後に、また別のコメントが欲しかったらシカゴ大学にいる日本文学教授ノーマ・フィールドに電話すればいい、と言って、即座に、ノーマ・フィールドの電話番号を教えてあげた。何年もかけていないのに、そのシカゴの電話番号をまだ記憶していた。

ぼくがジャパノロジストだった頃、頻繁にノーマ・フィールドに電話をして、英語になったり日本語になったりする会話でよく大江健三郎の話をしていたことを思いだした。ニュージャージーとシカゴ、あるいはカリフォルニアとシカゴをつないだ電話で、何時間も、あきずに、日本独自の古代と、日本独自の近代と、大江健三郎について、よく話をしたものだった。

ぼく自身がジャパノロジーをやめて、日本の作家になってから、あれだけの余裕をもって誰かと重要なことを、いろいろな角度から徹底的に話し合うということは少なくなった。いつかシカゴを訪れたとき、東京の生活はどうかという質問に対して、「ぼくはもう人と会話をしない、対談しかしなくなった」とまじめなジョークを言ったこともある。日本の対談は、もちろん「会話」と違って、常に一つのテキストになることを目指している。対談も、いってみれば、日本語で書くことのもう一つの手法である。アメリカの電話でよく交わしたあの贅沢な、しかし決してテキストにはならない会話とは違うのだ。文壇もなければ対談もない、しかも残虐なほどに話者と話者の間に大陸の大自然という名の距離のある国アメリカでは、逆に、大きなテーマについての電話の会話が、日本の「対談」以上に内容が充実していることは、まれだがときにはあるのだ。

ニュージャージーやカリフォルニアにいた頃、そのような長くて贅沢な会話を交したのだが、ジャパノロジーを捨てて日本の作家をめざしている今は、そういうことはめったにない。日本文学の「都」を遠く離れた「鄙《ひな》」にいたからこそ、そのような会話が一種の生命線となっていたのかも知れない。

江戸間八畳の電話も、ほとんど朝から晩まで留守番電話にセットしっぱなしである。そうしないと、「日本の作家として生きる」ことはとてもできない、少なくとも、何を書くにしても大量の時間を必要とするぼくの場合はそうである。

いのかな」

新宿の西口で買った留守番電話、そこに吹き込まれてくるのは、だいたい、「『万延元年のフットボール』の中で、たとえばクロード・シモンが着目したような〈小石〉のイメージは、一見、プリミティブだが、そのまま〈古代と通じる〉と言い切っていいのかな」

といったようなメッセージではない。

とにかくアメリカにいた間は、いろいろの人と、よく日本文学の話をした。今思い出すと初歩的な勘違いもあったし、実にはずかしいほどの一般論に陥ることもあったが、外国のジャパノロジーの良い面といえば、「朝は日本書紀、昼は大江健三郎」というように、古代と近代の往還の中で日本文学を考えられるという点だった。

対談の島国と違って、文化的密度の薄い、索漠たる北米大陸の淋しさの中で、日本文学者同士の会話が、確かに、不思議な密度をもつこともあった。

しかしそんな会話にばかり夢中になっていたことも、アメリカに江戸間八畳がないことへの補いに過ぎなかった。

アメリカの新聞記者の「ワタナベさん」は、二年前に、ぼくについてのちょっとした記事を書いてくれたことがある。ある日、この江戸間八畳の部屋に、日本人カメラマンといっしょに入りこんで、畳の上に「三十七本のワイン瓶が転がっている」とノートブックに丁寧に書きこんだのも、この「ワタナベさん」だった。

ぼくのインタビューが向うの新聞に載ったとき、日本の新聞ならそんな書き方をしないだろう、と思った文章が一つあった。

「彼は『日本に居るアメリカ人』とか『米日作家』といわれたりしているが、本当は自分のことをただ『日本人』と呼ばれたいようだ」、という意味の書き方だった。

その文章を読んで、日本の新聞からそんな書き方をされたことはない、と思った。

「しかし日本では、そういうわけには行かない」と日系アメリカ人が書いた記事がつづいた。

その文章は、この江戸間八畳を描いた書き出しのすぐ後に書かれていた。

江戸間八畳の描写の後に、すぐ、ぼくの「アイデンティティー」は何なのか、ということが問われていたわけだ。たとえぼくの方が「そんなことは関係ない、ぼくはとにかく日本に在して日本語で書くのが仕事だ」と、いくら主張しても、「世界」の方はそうさせてくれない。

「世界」はそうさせてくれないし、「日本」は常に、「日本に在する」ことよりも「けっきょくは何人なのか」という発想の仕方をいつまで経っても卒業しない。

日本語で何かを書いたとき、それが活字となった場で、自分の、せっかく日系人からいただいた名前の下に、「アメリカ人」という文字がついているのを見ると、どんなものでも、その内容がどこか歪められている、と感じた。

つまり、「アメリカ人として生まれた」ことを抹消しなければ日本語で書いたということにはならない。しかし逆に、「日本人として生まれた」ことを裏付けるだけの文章も、日本語で書いたということにはならないのではなかろうか。

書くということは、「略歴」との戦いである。略歴を読んで納得をするたぐいの「表現」は、「書かれたもの」の領域には入らない。

ぼくの本当の「略歴」は、おそらく今まで日本語で読んで日本語で考えて日本語で書いた、日本のたくさんの部屋、そしてわずかな例外としてアメリカの一つか二つの部屋に住んだことに尽きるだろう。「何処々々生まれ」、「何々大学卒」、「何々賞受賞」より、「十七歳、本郷何丁目の、都電の停車場から二分歩いた酒屋の二階の、三畳の間に住み」、「明治通りから数メートル入った路地の、一階の木造2Kで、万葉集および大江健三郎を熟読し、ただし、昭和何年何月、たち退かされ」、「八百屋のとなりの二階の六畳ではじめての小説の第一稿を完成する」、という風に……。

「アイデンティティー」は自分の方から自然に問い出す問題ではない。「向う」から襲ってくる問題なのである。そして特に近代日本の場合、「あなたのアイデンティティーは?」という質問は、どこか警察官の職務質問と性質が似ているのである。そのような質問に対しては複数で答えるしかない。

そして「あなたのアイデンティティーは？」と聞かれたとき、複数で答えるということは、現代における最も基本的な文学行為の一つではないだろうか。日本文学の場では、「日本」と「世界」の複数性――「日本」が先に来ても、「世界」が先に来てもそれは単なる順番の問題に過ぎないし、その「世界」は、実は欧米でもアジアでも、複数性という条件を満たしているという意味ではそれほど大きな問題ではない。問題はむしろ、西洋型普遍主義、中国型中心主義、日本型鎖国主義といったような、さまざまな「単一」を、越えているかどうか、ということではないだろうか。

越えているかどうかということは、もしかしたら、「エッセイ」と「小説」が本質的に分れる点なのかも知れない。

しかし、複数の答えを出すのに、どんな表現形式でもいいというわけではない。

現代における「アイデンティティー」の必然的な複数性について、複数のエッセイを書いてみたところ、そのような答えを、エッセイのような形式、あるいは広い意味での「小説」以外の形式で模索することの限界に、そろそろ気づきはじめたのである。

そのような「非小説」を書いてしまった書き手の反省も、もしかしたらこの秋の大事件によって強められたかも知れない。近代に作り上げられた「伝統」と、近代を容易に超克してしまったと思いこんだ「ポスト」のはざまにあって、ただ見え隠れしていた「本当の日本文学」が、一つ、世界にくっきりとした大きな像を結んだ事件は、日本語を書く者なら誰しも日本語に対する自分の姿勢について考えさせられて、動揺させられているに違いない。

江戸間八畳の留守番電話に吹きこまれているたくさんのメッセージの中で、この数年間たたかれっぱなしだった日本の小説が地球的な肯定を得たという秋の夜のニュース。

久しぶりに、日本の小説が勝った、というニュースが、江戸間八畳の壁にこだました。一人の作家による、大きな複数の答えが、単一の質問に対して、勝った、というニュースだった。

小説の勝利の前で、エッセイがみんな、小さく見えたのである。

最近そう見えることはほとんどなかった。だから突然そう見えたのである。

戦後最大の作家がなしとげたせっかくの日本独自の近代文学。小説の力が弱まった時代に、もう一度「小説」を考えるようにうながされたのは、おそらくぼくだけではないだろう。

Ⅱ

ニューヨーク——もうひとつの島国

「ターミナル」という英語は、終着駅という意味であり、また端末という意味である。8番街の40丁目から、42丁目という悪名高い街角まで二ブロックを占める「ポート・オーソリティ・バス・ターミナル」。そこは、田舎、つまり「アメリカ」からやってきた男女青年が、昔からグレイハウンド・バスを降りてはじめてニューヨークに踏みこんだ場所だった。そしてそこはニューヨークの中で、最もドギツい場所のひとつである。

もし東京でたとえるなら、上野駅で降りたとたん、そのまま歌舞伎町に踏みこんでしまうような図式が、昔から、そこにあった。真夜中のカウボーイがテキサスから「上京」しようとグレイハウンドに乗って、はじめてニューヨークの衝撃を受けたのはそこだし、スティービー・ワンダーが"Living for the City"で歌った黒人青年も、南部から自由の夢を持ってやってきて、やはりバスを降りてただちに、麻薬の取引に巻きこまれて逮捕されたのが、8番街の42丁目を、少しだけ歩いたところだった。

バス・ターミナルは、田舎のアメリカ人にとってニューヨークへの入口であると同時に、「ターミナル」は、そのアメリカが尽きてしまう場所でもある。そのアメリカは、ここに終着した瞬間から、もはや通用しない。そのアメリカを脱皮してはじめてニューヨークに生きのびることができる——マンハッタンのバス・ターミナルは、何十年間にわたって、そのような神話的な通過儀礼の場所、ニューヨークへ入りこもうとする人の、その資格がためされる関所となっていたのである。

ぼくはこのバス・ターミナルをよく知っている。しかしぼくはこの関所を通ったことはない。たぶん通る資格はないだろう。

ぼくも青年時代、アメリカという「田舎」から上京した。しかし、「上京」した町はニューヨークではなく、東京だった。マンハッタンではなく、新宿だったのである。

ニューヨークと違って、東京はよその国からの「上京」を認めなかったので、ぼくは、ある種の流離を強いられた気持ちで、結局はニューヨークの近くに、十七年もいることになった。バス・ターミナルから一時間半の、プリンストンにいた。そのプリンストンと東京の間を、十七年間、往復していた。

そして日本文学を教えていたプリンストンの「半分」においては、よくバスに乗って、マンハッタンに行ったものだ。

マンハッタンは新宿ではなかったからものたりない、と感じながら、いつかはぼく自身が日本の作家になる、という夢を抱きながら、バス・ターミナルの薄暗いエスカレーターで三階に昇り、夜中二時出発の最終バスにぎりぎりで乗りこんだ。

三階のゲートから出発した大きなバスは、急傾斜のランプを下り始める。9番街という「危ない」アベニューに夜中の二時でもぎっしり連なるタクシーのヘッドライトが眼に焼きついたと思うと、バスがトンネルに突進して、眠りを知らない明るい島から、アメリカ大陸の暗闇に向かうのだった。

日本の作家になるためにプリンストンを捨ててから十年が経った。トンネルをくぐって、ニュー・ジャージー州に出て来たバスの窓に、対岸のマンハッタンの細長い全景が二、三秒だけ現われて、それから、五十年も六十年も前の、いや、中には日本の明治時代に相当する頃に建てられた古びた赤れんがの工場と、いつの間にか白人の移民から黒人の下層階級にわたってしまったスラム街が延々と続く、夜景。

マンハッタンの輝きがまだ新鮮に脳裏に残っている間、朝の四時前に、静かな静かなプリンストンの町に降りる。そのイメージの連続は、一生ぼくの記憶を離れないだろう。細長い島の光と、絶望的に広い大陸の暗闇。日米を往復していた長年の間に、「アメリカ」の中の、もうひとつのより細かい往復を繰り返し繰り返し体験した。いつかこの風景を、日本語で書くぞ、という野望を抱えながら、十七年にわたって、そのバスに乗っていたのである。

プリンストンとニューヨークを捨ててから十年が経った。久しぶりに歩いた、8番街に並ぶ安いバーとポルノ映画館のネオン・サインからある種のぬくもりが伝わる。一九九〇年代の初冬の夜中、ぼくはバス・ターミナルに入り込んでみた。昔は「ポート・恐ろしい」と、多民族のくせにまわりの誰にも通じない「外国語」の冗談を一人で言いながら、その通廊を注意深く歩いた、深夜二時前のバス・ターミナル。

警察官が並んでいる一階の入口から入ると、昼なら人の群れでごったがえす通廊はしんとしていた。人の群れの中で「モハマッド・スピークス」という、マルコムXゆかりの新聞を売る黒人回教徒の若い女の白い頭の覆いや、花を一本一ドルで売る白人やアジア人の統一教会員の青白い顔が目立ち、あちこちからホームレスの、もの乞いをする手が通行人という通行人へ伸びて来ていた、ニューヨークの騒がしい表玄関。しかしこの時間は最終バスへ急ぐ三、四人の旅客の足音が、広々とした通廊にこだまするだけである。

二階へ上がると、昔と違って、警察の大きなビデオ監視室があって、ガラスの中では「ポート・恐ろしい」の隅々までがビデオ・モニターに映っている。「危険さ」が技術によって抑制されるのを見て、外の路上はもっと危険になっただろう、とぼくは一瞬思う。かつてはバス・ターミナルを徘徊していたホームレスの人たちは、全員追い出されたようだ。かつては「麻薬経済」で荒稼ぎしたスラム街の高校生たちが純金のネックチェーンとブレスレットを派手に見せ合っていた光景は、どこにもない。

一九九〇年代の、真夜中の「ポート・恐ろしい」は、不気味なほど、安全になっているようだ。

信じられない。

人気《ひとけ》のない二階の通廊の、つきあたりまで歩くと、三階へ昇るエスカレーターがあった。

十八歳のときにはじめて乗ったエスカレーターだった。

三階の通廊には警察官一人と、外へ追い出される寸前のホームレスの老婆一人、その向こうにはしんとした通廊が、人影もなく延々と続いている。

しかしよく見ると、いくつめかのゲートには小さな列があった。

122A。

ぼくがここを去ってしまったときと同じゲートだ。

ゲートの前には、二十人ほどの、良い服を着た利口そうな若者と、二、三人の教授ふうの中年男女が待っている。

ゲートのすぐ外には、大きなバスが止まっていた。バスの標識は、PRINCETON

と書いてある。

「これだ」とぼくはカメラマンの岡野さんに興奮した日本語の声で言った。

運転手が席に着いて、ドアが開くと、小さな列がすばやく動きだした。

ぼくはぎりぎりで間に合ったのだ。

その瞬間には、なつかしいという気持ちは毫もなかった。

一度捨ててしまった、十二年前の人生の光景が、あのときと全く変わらないまま、突然眼の前に現われた。

日本の作家になってから、日本の作家になる前の人生を、思わずのぞいてしまった。それだけのことだった。なのに、その瞬間、日本語の声も英語の声も出なくなった。

小さな列があっという間に消えてしまい、エンジンをかける音がした。

運転手の眼とぼくの眼が合うと、「最終便に乗るなら早く乗れ」という合図をよこした。おおい、少年、一人で夜中二時のニューヨークに残されちゃうぞ、早く乗れよ。乗らないと分かると運転手はドアを閉めた。バスは一度後ろへ下がり、突然スピードを上げて、夜中の大陸に抜けるトンネルのほうへ消えてしまった。

もしニューヨークから、その二つの大きな少数民族であるユダヤ人と黒人を差し引けば、ニューヨークは窮屈な、単なる大きな地方都市にしかなれなかった、といわれている。

文学でいうと、ブルックリン育ちのユダヤ人のノーマン・メイラーとハーレム生まれの黒人のジェームズ・ボールドウィンを戦後アメリカ文学から差し引けば、どれだけ貧しいものになったかを想像すれば、その言葉の真実味は分かるだろう。近年はアジア系や南米系のほうが目立っている。しかし、ユダヤ人と黒人という二つの「古典的」なマイノリティの存在が、ニューヨーク文化の深層を形成しているのである。

人類の知恵を代表するとして、横文字ばかりの思想家や文学者の名前が大理石に刻まれているコロンビア大学の図書館の前を通りすぎて、そのうらのほうへ出ると、少し歩いたところに、ちょっとした展望台がある。

このあたりは高台になっている。

展望台のすぐ下には、高台の山肌が、右、左に、細長い公園になっている。公園の中は、初冬のつめたい雨にぬらされている、枯れた木が多い。公園の中には、歩いている人はほとんどいない。

そして人気の少ない公園の尽きたところから、ハーレムが、もうひとつの大都会のように、かなたの曇り空まで拡がるのである。

『もう一つの国』を書いたボールドウィンは、茶色と赤の屋根を持つ古びたスラム街が延々と拡《ひろ》がる、その中で生まれた。

高台の下には、ハーレムがもうひとつの都《みやこ》のように、ある。

雨雲の間には、輝かしい光が見える。

高台の上に立っている十九世紀の偉人なのか、とにかく古びた白人の石像が、そのハーレムに背を向けているのである。

「あの公園は誰もいないように見えるけれど夜に入ればまずは生きて帰ってこられない」

十八歳のときに、プリンストンの同級生たちといっしょにはじめてここに来たとき、「ニューヨーク通」の一人から、そういわれた。

その展望台は、アメリカの中の「板門店」のように、マジョリティとマイノリティの間の、絶対に越えてはいけない境界線を意味していた。

「白人地区」（しかし、白人にとってはそう意識することもなく、単なる町）が尽きたところの展望台から見下ろせる、都会の中の「もうひとつの都会」。

そのくっきりとした境界線の、ぎりぎりのこちら側に立ったとき、マジョリティとマイノリティ、差別と被差別の、きわめてフィジカルな実感があった。

山の上に住む人と山の下に住む人——「差別」の最も根源的な構図が、巨大なスケールで、十八歳のぼくの目の前に現われた。世界中の見えないボーダーが、一挙に見えてしまったような気がした。

コニー・アイランドより三つ手前の、高架線になっている地下鉄の駅。そこは「ブライトン・ビーチ」。そこで降りて、ホームの上から見ると、ニューヨークのいたるところにあるような、戦前のものだろうか、とにかく古い茶色のアパート・ビルが並んでいる道がつきあたったところは、とつぜん、海である。大洋である。大西洋である。

歴代の移民の町、ブルックリン。マンハッタンから乗りこんだ地下鉄線の、最終駅に近い、ブルックリンのはずれには、移民のビーチがある。マンハッタンのファッショナブルなイギリス系の支配層は、まずここの海では泳いだことはなかっただろう。つきあたりのあの海は、そのまま、移民たちが逃げてきた故国の、旧世界のヨーロッパに繋がっているのである。

戦前のブルックリンといえば、ユダヤ人の下町だった。マンハッタンを支配していたワスプの世界からは門前払いされたユダヤ系の移民は、ブルックリンではもうひとつの都《みやこ》を作っていた。浅草とは違った「下町情緒」がブルックリンにあった。差別に対する武器としての、辛辣なユーモアがここで生まれた。ワスプが独占していたマンハッタンのペントハウスでのカクテル・パーティに招待状がこなかったブルックリンのユダヤ系移民が、お世辞にも「美しい」とはいえない大西洋の灰色の海岸のビーチで、より凄まじい差別を受けたハーレムの黒人が創ったジャズを流して、ダンス・パーティを開いていた。

戦後になって、ブルックリンはユダヤ人の町から、さらに変色して、黒人と、南米系と、最近はカリブ海出身者の、より複雑なモザイクになった。しかし以前と同じく、徹底的に少数民族の町として、ブルックリンが生きつづけてきたのである。

やしの木もリゾート・ホテルもなく、海辺すれすれまでアスファルトに固められている「ビーチ」の、ブライトン・ビーチ。駅のホームから見える建物の壁にかかる大きな広告は、今やロシア語なのである。

そうだ、ブライトン・ビーチというブルックリンの一角は、二十年前から、ロシアからの亡命者たちが作った冷戦時代の最後の「亡命者の町」なのである。ソ連の崩壊までは迫害をのがれようと逃げてきたユダヤ系ロシア人がほとんどだったが、その後はキリスト教系ロシア人も、ここに移民してきたという。

「ブライトン・ビーチ」の高架線のホームから、海側と反対の方向を向いて下をのぞくと、何百人もの歩行者たちが狭い歩道を、まるで「新宿的」なといいたくなるほどの混雑で、行き来しているのである。

下の道から聞こえてくる声の中からは、英語の単語がまず伝わらない。看板の大半もロシア語である。

第一次世界大戦前後の、ニューヨークのあちこちに高架線の電車が走っていた頃の、ヨーロッパから上陸したばかりの移民がごったがえしていたアメリカの大都会を、タイム・

トリップして見ているような錯覚を覚えてしまうのだ。

元は移民の国の、現在甦った移民の風景。

駅から、下の道に下りると、「クリスマス、おめでとう」という英語の看板が目につく。その英語のつづりはまちがっている。

「道にゴミを捨てるな」という意味のメッセージを四ヵ国語――英語、ロシア語、スペイン語、韓国語――で書いた看板もある。

英語ではない笑い声が狭い歩道に響いていた。道の反対側にある、ロシア・マフィアが経営しているといううわさのある派手なナイトクラブをにらみながら、こちら側で午後の散歩に出かけている家族とすれ違う。ほんの高校生ぐらいの娘が、一九五〇年代さながらの大きなブーファントと真っ赤な口紅、グリニッチ・ヴィレッジのフェミニストたちと同じニューヨークに生きていることが、信じられない。何よりも、今のアメリカの大都会に、核家族ではない、三世代もの、八人や十人の白人の大家族が勢ぞろいで歩いている姿そのものが、一九五〇年代どころか、一九一〇年代アメリカの都会に入りこんだような時代錯誤の感覚に陥ってしまうのだ。

とつぜん、目の前には、どうも家族ではないらしい、十数人の人の群れが現れた。

分け入ってみると、その輪の真ん中で、中年の男の人がたくさんの腕時計をもって安売りしているのである。値段を聞くと、どの時計も十二ドルだそうだ。よく見ると、時計は手巻きのものばかりだ。

ぼくの視線が、その一つの時計に、止まった。特に素朴な、あきらかに金のめっきと銀のめっきの交互につらなっただけの、太いバンドのついた重たそうな、男性用の時計。

それをどこかで見た覚えがある。

頭の中で、別のときの、同じようにごったがえしている狭い歩道の、別の大都会を思いだした。

上海の南京東路を、一年前、歩いていたとき、時計屋さんがあった。その店に入ってみると、共産主義を脱したばかりの、裕福そうな上海の市民が、ロレックス、ブローバ、セイコーの売場に殺到していた。ぼくは一人で、中国の国産品コーナーへ寄ってみた。そこで、上海人の誰も目もくれない中国製の腕時計が、ガラス・ケースに淋しく眠っていた。あきらかにめっきの、金と銀の太いバンド、一言でいえばスターリン主義的な「美学」の、しかしかざりっ気のない、しっかりとした手巻きの時計。その値段を換算すると、ちょうど千二百円、十二ドルだった。中国人のセールスマンがめんどうくさそうにケースから、それを三個持ち出した。みんな故障していた。次々と同じ型のものを取ってきたが、一つも動かないのである。

「外国で買えないものがほしい」とぼくはいいわけがましく中国語で言った。

「ぜんぶこわれているから、売れない。外国のものがいいじゃないですか」とかれは答えた。

　ぼくはあきらめた。帰りの飛行機の中で、「外国で買えない」毛沢東時代の時計を、今度上海へ行ったときまた探そう、と思ったら、その時計ではないか。それがブルックリンの街角の、ロシア人物売りの手に渡ってしまい、地球資本主義の今、目の前に現われたのではないか。

「これはどこの時計だ」

「知らん、チャイナかどこかだろう。はい、十二ドル、十二ドル！」

「十ドルでいいか」

「いい、いい。十ドルでいい」

　上海では動かなかった時計が、ブルックリンではちゃんと動いている。めっきのうらに刻まれている漢字を見ているうちに、北京にある清朝の宮殿にも多言語の標識があったのを思いだした。

「道にゴミを捨てるな」という多言語の看板を、その対象である多民族が例外なく無視をする、ゴミだらけの、高架線下の道路を渡り、初冬の午後の空が暗みはじめた海のほうへ、急ぎ足で歩きだした。多言語帝国の夜はとにかく怖いのだ。

　ビール缶が風に転がり、アスファルトの割れたところから生えた草も茶色に枯れてしまった歩道のつきあたりに、ボードウォークがあった。南北に何マイルもつづくボードウォークの上に登ると、すでに暗くなった砂浜の向こうに、大西洋があった。大西洋の雲の間に、ヨーロッパからの飛行機がアメリカ着陸のために降下しはじめているのも見分けられる。ヨーロッパまでつづく海の波打際で、何系の移民かは分からないが、金髪と黒髪の子供のひと群れが、犬をつれて遊んでいる。その英語ではないらしいはしゃぎ声が、波の音に混じって、小さく、ボードウォークまで届いている。

沖のほうでは小さな灯が点った。ニューヨークに住んだことのないぼくが、

「あれは自由の女神だろう」

というと、ニューヨークに十二年間住んできた日本人カメラマンの岡野さんが笑いだして、

「自由の女神じゃないんだよ。単なる灯台だよ」

と、日本からの来客の誤解と今まで何度もつきあってきたような、少し苛立たしげな口調で答えた。

ぼくの先祖の一部も、ヨーロッパからブルックリンに渡った移民だった。しかしぼくは移民の国からさらに日本へ移民してしまった者だ。ぼくはニューヨーカーではない。ぼくはルーツ探しでここに来ているわけでもない。ぼくはただ、日本語の作家としてここを歩

いている、それだけだ。だからということでもないが、自分の誤解を、それほどはずかしいと思わなかった。

しかし、そんな自分の「アイデンティティー」についての思索をのみこんでしまうように、大西洋の日が沈みかけて、ぼくらが立っているボードウォークが淡い夕暮れの光に包まれてしまった。ボードウォークの上を、何百人もの、ほとんどが元ロシア人の、家族、独り者、老夫婦が、確かに「アメリカ人」より静かな声で話しながら、歩いている。「ブライトン・ビーチ」の別名は、旧ソ連の黒海に面したリゾート地にちなんで、「リトル・オデッサ」というらしい。

かれらは、心の中で、どこにいるつもりなのだろうか。このお世辞にも「美しい」とはいえない北米大陸の海岸に、ぼくはなぜひきつけられるものを感じているのだろうか。ブライトン・ビーチからは何の答えも得られなかった。

ぼくらはただ南へ歩きつづけた。

しばらくすると、他の歩行者が少なくなった。ボードウォークを、怖いほど広く感じはじめた。

左側の大西洋が暗くなった時刻には、前方にコニー・アイランドのジェット・コースターが視線に入ってきた。

もう夜になっていた。

「コニー・アイランドは……怖いところだ、と聞いているけど、夜行って、大丈夫ですか」

そんなはずかしいことを聞きながら、ぼくはニューヨークに住む資格がないことをあらためて感じた。

岡野さんがまた、ニューヨーカー特有の、多少シニカルな笑い声をもらしながら、

「怖いところには、夜は誰もこないから大丈夫でしょう」といった。

一つの他者からもう一つの他者へ、一つのマイノリティからもう一つのマイノリティへ、次々と押し寄せてくる人種の波で変色し、ついに誰の領域なのかはっきりしない夜のコニー・アイランド。その見えないボーダーを越えて、ぼくらは歩みこんでしまった。そして、日本人のニューヨーカーが言う通りに、大西洋の大空の暗闇に包まれた古い遊園地には、どこのマイノリティも、いない。マジョリティも、いない。人気はまったくない。ただ移民の昔からここに立ちつづけてきたジェット・コースターが、夜空に対してそのマンモスの骸骨《がいこつ》のような輪郭を現わしただけであった。

ブルックリンの奥から、古い高架線の上を走る地下鉄の音が聞こえてきた。

マンハッタンの中で最もマンハッタン的な、つめたく、抽象的なアッパー・イースト

が、なぜか昔から好きだった。「民族」だらけのブルックリンとは打って変わって、生活のにおいがまったくない、人がたくましいほど描写的に生きている、都会の中の都会。ときには霧がかかった高層ビルが林立し、そのかげに高級レストランが並び、その前にリムジンが止まっている。マンハッタンの中でも、ここと、ウクライナの老人が静かに歩いているイースト・ヴィレッジや、南米人の買い物客でにぎわう14丁目との間をタクシーを飛ばして行き来しているうちに、マンハッタンの情緒はまさに「上」と「下」から生まれているのであって、中産階級など「中」は、ほとんど存在感がないことがよく分かるのだ。

そのアッパー・イーストから、5番街をめがけて散歩をすると、しっかりとした上流階級というものにしか支えられない風景が次々と目に入る。

たとえばニューヨークに住んでいる日本人が「フィフティセブン・ストリート」と呼び、ぼくが昔からどうしても「ごじゅうななちょうめ」と呼んできた大通りの、早く歩けば見のがしてしまいそうな、ある店のショー・ウィンドウ。

他の店のショー・ウィンドウに並んでいる毛皮とダイヤモンドとイギリス製のスーツに興味のないぼくは、その一つだけのショー・ウィンドウの前で、必ず立ち止まるのだ。

そこは本物のギリシア彫刻を売っている店なのだ。

ニューヨークの近代性に疲れてしまった目を癒す、西洋の古代。

特に日本から来た日、ぼくはその店の前で、しばらく立ち止まって、店の中をじっとのぞきこむ。

他の店と違って、中の店員が、じっとのぞきこんでいるぼくを少しも怪しまない。むしろ、歩行者がびっくりしてその前で思わず佇《たたず》んでしまうことは当然のように、ニューヨーカーにしては希有《けう》なおだやかな表情でいる。

店の中には、ギリシアの兵士とエジプトの美女の姿が、ライトの下で輝いている。そして薄暗い、近代そのものの、バスとタクシーが行き来するアベニューを、窓の中から古代ローマの名士が眺めている。二千年の歳月を生きのびたあげく、「フィフティセブン・ストリート」の風景を見守っている。

いや、見守っているというよりも裁いている、と思わせるように、古代人の顔には、厳《いかめ》しい表情がうかがえる。

「ごじゅうななちょうめ」から少し北上した、横丁に面したホテルにもどった。

プラザ・ホテルの近くだが、プラザ・ホテルのようにただブランドのために値段が高いのと違った、こぢんまりとしたホテル。「金持ちが泊まる安いホテル」とも「有名人が泊まる有名ではないホテル」ともいわれている。

そのホテルのスイート・ルームは、やわらかな黄色い光に包まれている。インテリアは、十九世紀の鉄道王が好むような、十八世紀フランスの王室風――それがぼくにはちょっとしつこい。

日本の文芸雑誌から届いたゲラのファックスを、南米系の給仕がスイート・ルームまで持ってきてくれる。

コロニアル・スタイルの机に向かって、それを読もうとする。ある個所の自分の日本語に不満を感じて、原稿用紙ではないアメリカの、線も枡目もない紙に、別な日本語を書きはじめる。

ニューヨークに来ても日本語で書く――それが今のぼくの人生だ。

しかし、こんな環境の中では、日本語がうまく流れて来ない。中上健次、島田雅彦、宮内勝典、かれらはみんなニューヨークで書いたんじゃないか。環境がアメリカ的過ぎて日本語が書けなくなるなんて、お前、本当の日本語の作家なのか、と自分をさいなむと、縦文字が、ニューヨークに来てはじめて、滲んで来る。

一枚を書いてから、五人も座れるフランス風の長椅子に移り、カベルネ・ソーヴィニョンを一本あける。

フランスのカベルネ・ソーヴィニョンではない。カリフォルニアのカベルネ・ソーヴィニョンなのだ。

もちろん、原型はフランスだ。しかし、この三十年の間に、アメリカの「イミテーション」が原型よりおいしくなった、という人もいる。

フランス・ワインにはまずない、甘みをちょうど良い具合に交じえたシブミ——原型のまねをしてついに原型を乗り越えてしまった。

カベルネ・ソーヴィニョンは、アメリカの「日本化」のはじめての現象ではなかっただろうか。あるいは日本が西洋に対抗して発明したゲームの、アメリカにおけるはじめての「まね」ではなかっただろうか。

カベルネ・ソーヴィニョンを飲んでいるうちに、ぼくはポロックのことを考えはじめた。戦前、ニューヨークが西洋の田舎だった頃、パリが前衛の都だった時代に、その西洋の田舎の、さらに田舎であるワイオミング州から、ルンペン同然に貨物列車に乗りこんで、マンハッタンにやってきた。アメリカの現代美術など、パリから見れば「野蛮国のワイン」に過ぎなかった時代に、ヨーロッパを、ピカソを乗り越えてやるぞ、という、どこか近代日本の「対ヨーロッパ・コンプレックス」と似た野望で、表象そのものを打ち破ろうと、「抽象表現主義」というそもそもありうるはずのない「蛮行」を次々となしとげたのだ。

近代日本に負けないぐらい、ヨーロッパの権威に対して劣等感とナショナリズムを繰り返し繰り返し味わった、島国アメリカ！　ヨーロッパを超克しよう！　ピカソを乗り越えよう！　そんな「狂気」のドラマがすべて、「アメリカ」からさらに孤立してしまったマンハッタンという細長い「島国」の中で展開されたのだ。

ぼくはニューヨークのホテルで、「フランスを乗り越えよう！」という野望の中から生まれた、この上もなくシブいアメリカのワインを飲みながら、日本語の原稿を書いていた。

プリンストンという、バスで一時間半の、マンハッタンからの逃げ場を捨て、日本に渡って、自分で日本語で書くようになった時点で、逆にぼくははじめて、「島国」ニューヨークにいてもいいという資格が、少しだけできた、という不思議な気がした。

とにかく「アメリカ」を去って、日本へ渡ってしまってから、ニューヨークはぼくにとって輝きだしたのである。

ぼくはその夜、「知る人ぞ知る」高級なホテルを出て、ドアマンに呼んでもらったタクシーに乗った。タクシーに乗った瞬間、マンハッタンの島民にとって「アウトドアーズ」とは、マンハッタンの玄関からタクシーに乗るまでにどうしても通らなければならない空間であるというニューヨークのユーモア作家の名言を思いだした。

「ヴィレッジ、シェリダン・スクエア」というと、タクシーが、はるか西のほうのアベニューまで行って、9番街だったか10番街だったか、その大通りに曲るやいなや、南に向かって突進した。

まっすぐに、二十も三十もの青信号の中を、タクシーが飛んで行った。

広々とした、まっすぐに南北を走るマンハッタンのアベニュー。ユーモア作家とは正反対に、ヨーロッパ人のサルトルは、そのアベニューを、パリやローマと違って都会の中を大陸の大自然が横切るようだと分析していたのだった。バス・ターミナルのうらを飛ばして、マンハッタンの南へ猛進したタクシーは、急に横のストリートに入り、ななめに走って行った。

ヴィレッジに向かって、ななめに走ったのだ。

エジプト人なのかパキスタン人なのか、西洋人ではない運転手にぼくのことを聞かれて、「日本への移民だ」と答えてしまった。運転手が、「なるほど。昔はみんなアメリカに移民をしたがっていたのに」と笑っていた。第三世界から西洋へ移った「古典的」な移民の笑い声の中には、ぼくの選択を理解しているような、「当然だ」という響きがあった。

倉庫と教会と病院の前を飛ばして、タクシーが、カフェ・リビエラの近くで止まった。

もう一つの、ヨーロッパ人には「大陸の大自然」を思わせるようなだだっ広いアベニューに面した、ガラス張りのカフェ。そこに座って、カベルネ・ソーヴィニョン、あるいは地酒のバーボンを飲んでいると、歩道を歩いている人たちが見える、という意味ではパリのカフェのようだ。が、歩道の向うに、アップタウンから直接に南下してくるタクシーとリムジンとバスとトラックのヘッドライトの流れを眺めていると、このエネルギーはヨーロッパにはないこともよく分かる。

日本からマンハッタンに来るようになって以来、ぼくは、着いた夜、必ずこのカフェ・リビエラに寄ることにしている。

最近になって、人種差別から逃れようとパリに住みついたボールドウィンがたまにニューヨークに帰ってきたとき、フランスのガラス張りのカフェに似て、外の歩行者が見えるから、必ずここに来た、という話を聞いた。

ガラスを通して外を見ていると、南へ、チャイナタウンのほうへ行ってしまった車の流れの後に、二、三分だけ、車が一台もこなかった。夜の大河のように広々としたアベニューの上アベニューがめずらしく静まりかえった。夜の大河のように広々としたアベニューの上には、何の動きもなかった。

巨大な大陸と細長い島が、二、三分だけ、停戦状態になったかのように。

ワシントンの少年―クリントンを追う

どこの国の大人も、その子供時代の記憶の中で、ある日、ある場所のことが、特に鮮明に残るものだろう。二十年も三十年も経って、いつの間にかその日から一つの世代に相当する歳月が流れてしまった、と気づきながら、そこの鮮明度が少しも落ちていないのにおどろく。その前の日については、何も覚えていない。その場所に出かけた少年の自分が、どうやって家に帰ったのか、何の記憶も残っていない。ただその日のその場所がひたすらに像を結んで、頭を離れない。

一九六三年十一月二十二日、ぼくの十三歳の誕生日からちょうど一週間前の金曜日。ときは late afternoon という、日本語ではなかなか表わせない時間帯だった。そんな時間帯は日本語にない、と言い切ってもいいかもしれない。日本語がぼくの頭を占めるようになる以前の記憶の中で、それは午後四時なのか五時なのか、とにかく late afternoon であったことは覚えている。

ホワイト・ハウスに面した公園の前の歩道に、ぼくは立っていた。後の木々がぜんぶ枯れていて、前方のホワイト・ハウスの星条旗は半旗だった。公園の右側には、外国の来賓などが寝泊りする、ブレアハウスという赤れんがの屋敷が見えた。

ワシントンという町で、何かがあったときに決まって、三々五々集まってくるヤジウマと愛国者の人群れに、ぼくと、ぼくの家のとなりのとなりに住んでいたビリーとトニーがいた。

ビリーとトニーは、ゆるやかな訛《なま》りを聞けばすぐ分るように、南部出身の白人労働層《プアー・ホワイト》の兄弟だった。ビリーとトニーの両親は離婚をしていた。義父もいた。義父はよく酒を呑み、ビリーとトニーの母をなぐった、といううわさが、ぼくが住んでいたブロックでよく耳に入った。ぼくの住んでいたブロックは、半分ぐらいは母子家庭だった。「家族の崩壊」の最先端だった。ぼくの家族も崩壊していた。母子家庭だったが、まだ義父はいなかった。ビリーとトニーのアル中の義父を見ていると、いない方がいい、と思った。

ビリーとトニーとぼくは、ちょうど一時間前に、「黒人の友《ニッガーラバー》が殺《や》られたぞ」と歓声を上げて笑っていたとなりのブロックの少年たちと、大ゲンカになったばかりだった。

ホワイト・ハウスの前の人群れは静かだった。前年までは台湾と香港で育ち、少年時代の途中でとつぜんアメリカに「帰る」ことが決まったぼくは、こんな静かなアメリカ人の群れを見たことがなかった。

ホワイト・ハウスを中心とした、十九世紀の建物群の輪郭がぼやけてきた。つめたい雨が降りだしたのか、不思議とそんなディテールは覚えていない。ただ、ここでもし誰かがジョークを言えばすぐケンカになるだろうと思ったことをはっきりと覚えている。そしてポトマック川をへだてたバージニア州の家を出たとき、夜のダウンタウン・ワシントンは危険だから行っちゃだめだと母によく注意されたことを思い出した。その危険性は夜の香港とは次元が違う。ダウンタウン・ワシントンは、たそがれを境に、白人の町ではなくなるのだから。おまけにケネディ大統領が暗殺されたその日の夜に、何が起るか分らない……。

しかしワシントンのように、膨大な権力を存在の理由としている都会は、そのかげで育つ少年をみんなヤジウマに変えてしまうのだ。南部出身のビリーとトニーも、その前年までは東アジアにいたぼくも、早すぎる時期からセックスを知りつくしてスレる子供がいるように、すっかり権力の光景になじんでいたかもしれない。権力そのものが文化となったワシントンの子供は、たとえば東京下町の子供が幼い頃からみこしの渡御を見なれているように、大統領や国王のリムジン行列になじんで、スポイルされるのである。

しかし、いくら権力になれたといっても、大統領の暗殺になるとケタが違う。

その日のその場所——十一月末に近い金曜日に大人たちに交じって立っていたブレアハウスのとなりにある、一面の木々が枯れはてている公園の前の歩道では、何かが見えたわけではない。その翌々日には、アーリントン墓地の別な人だかりに立って、殺された若い大統領の棺がぼくの目の前を通り過ぎるのを見ていた。未亡人となったジャクリーンが、その黒いベールがぼくの手を掠めるほど近くを通って、墓に向かった。しかし、暗殺の金曜日には、愛国者とヤジウマのわれわれ（と今日本語で書くのも奇妙な気がする）はただ黙って、暗くなってゆく白亜の館を茫然と眺めて、ブレアハウスの向うのペンシルバニア通りからホワイト・ハウスの境内へ忙しく出入りする漆黒のリムジンをかいま見るだけだった。世界を揺るがした悲劇の、台風の目の真っ只中に、われわれ——ぼくとビリーとトニーと数百人の大人たち——が立っていたのである。

かなり暗くなったころ、ぼくとビリーとトニーは「帰ろうか」と言いだした。後に広がる枯木の公園が不気味だった。十二歳と十一歳と十歳のぼくらも、夜になるとワシントンを支配する人種が入れ代わるのが何となく分っていたのだろう。子供にはそんなはっきりとしたコトバはないが、ワシントンという都会は、「白い」権力の一帯——およそ国会議事堂からホワイト・ハウス、そして北西部《ノースウエスト》という白人居住地を、大きな「黒い」海が包んでいるのを、知っていただろう。つまり、ワシントンはその人口からして、黒人が圧倒的多数を占める町であることは、分っていたはずだ。そして、その事実が公のワシントン、名所としてのワシントンの裏に隠蔽《いんぺい》されているという構図も、何となく少年の頭には分っていたはずなのだ。

ホワイト・ハウスから二、三ブロック奥へ行けば踏み込むことになるその「黒い」海には、ほとんど表現されることのない本当の政治が眠っていることを、少年のぼくらも直感していたのかもしれない。表現を得ていない「政治」ほど恐いものはない。その「政治」を少しだけ表現しようとしたケネディ大統領の暗殺の日の夕暮れに、何も親に言われなくてもダウンタウン・ワシントンは白人の少年がいるべき場所ではないのが分っていたのだろう。「白」と「黒」というアメリカの根元的、だからこそその表現が隠蔽されがちな政治性を、ジャクリーン・ケネディも意識していたのだろう。未亡人は暗殺者を、当然百年前のリンカーンと同じような白人の人種差別型右翼と想像していたらしい。白人の右翼ではないと聞いた瞬間、未亡人はあたかもがっかりしたかのように、「何だ、ちっぽけな共産主義者がやったのか」とつぶやいたという。

ぼくらが帰ろうとしたところ、とつぜん、ブレアハウスの方角から、こちらに向って動いている、小さいがまぶしい光が見えた。静かな人群れは、さらに静まりかえった。何だろうと思ったら、テレビの照明器具とカメラをかかえた一味が、われわれが立っていたホワイト・ハウスに面した歩道へ寄ってきたのだった。

CBSだったのかNBCだったのか、よく覚えていないが、ちょうどわれわれが立っている辺りにリポーターが立ち止まって、大通りの反対側にそびえるホワイト・ハウスを指して、話しはじめた。

そしてカメラがすばやく廻って、こちらを向いてしまった。ぼくの十二歳の顔が全国に映ってしまった。「悲しむアメリカ国民の群像」の右脇に入って、ぼくの十二歳の顔が全国に映ってしまったのだった。

あれから三十年経って、ぼくは一度もホワイト・ハウスの前へ出たことはない。ホワイト・ハウスにも、その住人たちにもほとんど関心がなかった。

それは政治に関心がなくなったということではない。むしろ、アメリカにおいて、特にベトナム反戦の嵐が吹きあれた一九六七年を境にワシントンの権力が、本物の「政治」から切り捨てられたからかも知れない。一九六七年は「六〇年代」のクライマックスの年だった。そしてぼく自身がはじめて本格的に日本へ渡って来た年でもあった。ワシントンの権力の、遠くて周辺的な、ホワイト・ハウスの小模型であった横浜のアメリカ領事館から、はじめて東京へ出て、ぼくの日本語文学のテーマとなる「新宿」を発見したのは、一九六七年だった。

ワシントンの権力から最も遠い日本文学の世界に、ぼくは二十五年間生きてきた。「日本文学」という幅の広い領域の中で、ぼくはほとんど無意識に、「ワシントンの権力」から最も遠いものを選んでしまったのかも知れない。「公」のもの、抽象的なものから最も遠く離れた領域——漢文脈より和文脈、憶良より人麿、平家物語より源氏物語、近代においてはたとえば私小説、という風に。そんなぼくが、四半世紀ぶりに大統領選挙という、まさにワシントンの権力の運命を左右する「公」の出来事に興味をもってしまった。そして日本の文学者としてははじめての受賞が決まった直後にわざわざ権力の儀式を見るためにワシントンへ出かけたくなった、そんな自分のことを自分でおどろいた。

三十年ぶりにワシントンへ出かけたくなって、もしかすると三十年ぶりに「アメリカ」そのものに興味を抱いたのは、「クリントン」という現象のおかげだったのかも知れない。日本に渡ってしまう以前の、ヤジウマのガキにもどって、クリントンの顔を見たかったのだ。

一九九三年一月十九日。ぼくは三十年ぶりに、ホワイト・ハウスから大通りをへだてた歩道に立っていた。その日——動き廻っている分には良いが、じっと一ヵ所で立ち止まると足の底が冷える火曜日——ぼくは少年のヤジウマさながらに、クリントンを探しに出かけた。いや、少年のヤジウマに加わって、四十二歳の大人が、クリントンの顔が見えさえすれば、「アメリカ」というミステリーが、「政治」と「文化」のミステリーが一挙に解明されると希望しているかのように、ねばりにねばって、その翌日、新しい大統領に就任するクリントンの後を追った。

暗殺者も多分これと似たねばり強い尾行をするだろう、という不愉快な思いも脳裏を掠めた。しかし暗殺者の行為は権力者を抹殺することによって権力を共有してしまう、その意味では政治家と変わらない通俗的なものに過ぎない。アメリカの暗殺者たちは、そんな権力にコンプレックスを抱いた人たちばかりだった。自らを「ちっぽけ」と見なし、大統領になれないから大統領を殺すと想定できるアメリカ人はゴロゴロしているから、ぼくはケネディ暗殺の陰謀説を信じていない。

ビル・クリントンの、暗殺などを恐れていない、平気で人だかりにわけ入って誰もかれもと握手をはじめたり、宿泊先を出てジョギングをやり出したりするあの不思議なほどの安心感の裏には、かれ自身がどこかでワシントン型権力を信じていないと思わせるような、一種のおおらかさがうかがえる（当選した翌日の朝、ビルとヒラリーは目が覚めた瞬間、ベッドの中の二人はお互いの顔を見ていきなり、「こんなこと、信じられる？」と言わぬばかりに笑い出してしまって、とめどなく笑いつづけたという）。ケネディが十分にもっていた「大統領」の威厳をクリントンは何となく否定しているように見える。暗殺の精神的な動機を無意味にしてしまっているクリントンのあのカジュアルな態度自体がもしかするとかれの「お守り」になっているのかもしれない。

その日、ワシントンの中を、警察のサイレンが鳴り響いて、あちこちに漆黒の長いリムジンがすべるようにして大通りを行き来していた。ぼくは国務省からウォーターゲート、ウォーターゲートからポトマックの川岸と、三十年前の葬式行列が通った橋に隣接するケネディ・センターへ歩いた。どこへ行っても、ガードマンに「クリントンはいつ来る？どこから入る？」と尋ねたところ、「それは誰にも教えない」という返事だった。「二十分前にヒラリーが来た」「今朝はアーリントン墓地のケネディの墓の前に現われた」といううわさが耳に入って、再び、芝生と銅像が多すぎてどうしても都会と思えないワシントンの「町」を歩きだすと、またサイレンが鳴り、警察のモーターバイクが暴走族さながらの傲慢《ごうまん》さで、おどろいた歩行者たちがみんな立ちつくしている前を通り過ぎてゆく。

一日中、かいもなく歩き廻って、残業をきらうアメリカ人がそろそろ家に帰ろうと仕度する時間、late afternoon となって、ぼくはブレアハウスのことを思いついた。十二歳の、あの日のあの場所のそばにあるブレアハウスという赤れんがの屋敷は、向いのホワイト・ハウスに入る前夜、新しい大統領の宿泊先になっている——そうだ、そのことは日本へ渡ってくる前の中学生の頭に一つの「教養」として入っていたのだ。ホワイト・ハウス一帯に近づけば近づくほど電柱やレストランのウィンドウにはってあるクリントンの写真やポスターが増えてきた。通りかかった書店の窓に、クリントンの大きな写真集が、リンカーンの写真集と一緒に飾ってあった。もはやケネディどころではない、ということなのか。

三十年前の公園が、四方ともパトカーが入口をふさいで、閉鎖されていた。ぼくは右側のブロックを歩きまわって、ブレアハウスの横の角で、あの日の大通りに出た。その角には、すでに小さな人群れができていた。ブレアハウスと公園の前に、明日の就任パレードの座席が並んでいる。反対側の向うに、防弾ガラス張りの大統領のボックスが建っていた。祝賀の光景の裏には、不機嫌な背景のように、ブッシュ大統領が今夜を最後に寝泊りするホワイト・ハウスがみえた。

ブレアハウスの玄関の前に、漆黒のリムジンが並んでいた。ここから三十年前のあの場所まで、大通りが閉鎖されて、パトカーと警察のモーターバイクと、なんと、運送屋のトラックが待っていた。

リムジン行列の後に救急車も付いていた。人群れの一人は、昔から救急車は必ず付いている、と教えてくれた。「昔」とは、三十年前のことだろうと思って、ぼくはぼんやりと、あの場所のほうに視線を移した。「死」の場所が「再生」の場所にすっかり衣替えしてしまった祝賀の風景の中で、救急車の存在がひっかかり、この三十年間のアメリカの歴史――クリントンが逆転させてくれると約束した歴史を暗示しているようだった。

「あいつは本当に大丈夫かな」と誰かが笑いながら言った。「町の中をジョギングしたり……」もちろん、その主語は“he”だったが、その“he”は単なる「かれ」ではなかった。“he”より身近な気持ちが伝わっていた。「あいつ」、もしくは「あにき」とでも訳すべき親近感が、その"he"の中にあった。

小さな人群れは、あいつのうわさで夢中だった。

あいつはもうすぐ出てきて、みんなと握手しはじめるんじゃないか。

そうだ、あいつは人間の手を見ると握手せずにはいられなくなっちゃう。

あいつはビッグ・マックばかりを食っている。

あいつはあそこのマクドナルドにそのうち現われるよ。

あいつと「友だち」になっている人たちは七万人もいる。

あいつは、あそこの窓からホワイト・ハウスを見て、すごいことになっちまったとおびえているんじゃないか。

それであいつはなかなか出て来ないんだね。

あいつは、俺たちと同じだ。そんな愛着（アメリカの大統領が「愛着」の対象になるとは！）が感じられた、と同時に、あいつで本当に大丈夫なのか、という不安も伝わった。

二時間も三時間もそこで待っていた人たちは、何を見たいと思っていたのか。ブレアハウスの玄関に向けている視線の中に、何の期待があったのか。それは昔のアメリカ人と違って、多分「大統領」という権威ではなかった。むしろ「あいつ」が「大統領」になるというドラマと、そのドラマによってアメリカは、どうなるだろうかということだ。変る？　よくなる？　救われる？

とにかくブッシュの時代にアメリカ中にはびこった（とぼくは行くたびに感じた）あの漠然とした絶望の代りに、より漠然とした希望《ホープ》が、昔よりかなりシニカルになったアメリカ人の人群れのなかにはあった。

late afternoon が夕暮れに変った。ブレアハウスとホワイト・ハウスの一角の上空を、空軍の細長いヘリコプターが何度もゆっくりと廻った。誰も前週から始まったイラクの空爆の話をしていなかった。誰も外国の話をしていなかった。この人群れに対して、ぼくの口からは「われわれ」ということばはすなおに出て来ない。かれらのシニカルな気分も、かれらの希望《ホープ》も、どうしても「浅い」と感じてしまった。「浅い」と何日かぶりに日本語の形容詞が、英訳されずにぼくの頭に甦ってきたのだった。ぼくにとって「クリントン」はいったい何だろうか、と考えはじめた。

ブレアハウスの玄関の辺りをテレビのライトが照らし出した。シークレット・サービスのエージェントらしい黒いオーバーの男が何人か出てきて、一人がぼくのいる人群れの真正面に立った。

エージェントの後に、次々と若い男女が出てきた。ほとんどが金髪で、その髪がテレビライトを受けてぴかっと光った。黒髪の民族――アフリカ、アジア、南欧、ユダヤ、ヒスパニック――はなかなか「大統領」まで出世しないのだ。南部の白人。アメリカのたたりである南部から、黒髪をふくめたマイノリティの圧倒的な支持を得た白人がアメリカを救いに来た。

　母子家庭で育ち、アル中の義父の苗字をもらって、中学生の頃、ちょうどホワイト・ハウスでケネディ大統領と握手する前の頃に、連夜、義父になぐられる母の声を、あいつは聞かされていた。ある夜、中学生のあいつは、自分の苗字を与えた大人の男に立ち向って、「やめろ」と怒鳴りつけた。そしてクリントンは、北部出身のクラスの中で一番頭の良い女のコと結婚して、その反動なのか、田舎のアーカンソーの水商売の女と浮気をした、と言われている。そのことと、徴兵忌避と、マリファナのことが知られて、それでも大統領選で勝ったあいつは、アメリカ文化に対して一種の奇蹟を果たしてしまった。あいつは、「浅くない」だろう。「浅くない」ヤツが大統領になった、とすれば、アメリカ文化にとってはゴルバチョフ規模の変化がもたらされる、かも知れない……。

　玄関の方で誰も出て来ない時間が長くつづいた。それから、とつぜん、クリントンが見えた。ビッグ・マックを食べすぎた、オーバーをまとった大きい体の上で、クリントンの、何となく長方形に見える頭が、ライトに包まれて見えた。

　人群れの中から、とつぜん、

「ヘイ、ビル！」

という叫び声が上った。

クリントンはこちらへ向いて、手を振った。人群れはたちまち、発狂したように、歓声を上げた。

クリントンの隣りにいるヒラリーも、ちらっとこちらを向いた。また、非常に感情的、としか表わせない歓声が上った。人々が必死に叫んでいた歓声の中には、何かにすがるような響きもあった。信じたいのと同時に、助けてくれ、と叫んでいるかのように。それは多分、ケネディの就任式にワシントンで聞こえた叫び声と違うだろう。

クリントンを乗せたリムジンが人群れの前を通ってすぐ消えた。その後に何台ものリムジンが通り、それから最後尾の救急車が見えなくなった。

テレビカメラが人群れをめがけてやって来て、「喜ぶアメリカ国民の群像」を映しはじめた。ぼくは逃げるような気持ちになって、その場所をすばやく去った。

その夜、母の家で、母と、母が再婚した義父と三人でテレビのクリントンを観た。母と義父も、レーガンの熱烈な支持者だった。

テレビ画面に、マイケル・ジャクソンが出て、エイズで死んだ高校生の友人のために書いた追悼の歌を歌った。そして聴いているクリントンに向って、大統領さん、エイズの治療法が見つかるようにどうかして下さい、と訴えた。それからアリサ・フランクリンとバーブラ・ストライザンドが出た。

スターたちが、「アメリカに神の恵みを」と合唱しはじめた。

(God bless America, land that I love)

母がぼくの顔を見て、「お前はやっとこういうときに、自分の国に帰ってくれた」と泣きだした。

「レーガンのために来るわけないでしょう」とぼくが反論した。

「レーガンの何が悪いんだよ」

「マイケル・ジャクソンの友人が死んだのは、レーガンの責任でもあるんじゃないか、それに、アメリカを破産させたのもレーガンじゃないか」

「破産？　何が破産？　アメリカは全世界に尊敬されている。日本なんか人類のために何かやったことがあるの」

「何で自分の国の悪口ばかり言うんだよ」

七十八歳の義父が七十二歳の母の味方となって〝God bless America, my home sweet home〟のコーラスがテレビから響いている間に、家の中が叫び合いの場となった。

一月二十日の夜明け前に、バージニア州にある母と義父の家からタクシーに乗り川を渡って再びワシントンに入った。途中で義父の娘であるぼくの義理の妹をひろって、北西部《ノースウエスト》からダウンタウン・ワシントンに向かった。ピンクから真青のアメリカ晴れに変ってゆく空を見ながら、町の中を走った。

南北戦争の軍人の銅像や政府高官が住む高級マンションの前を通りながら、義理の妹は、義理の父の話をしていた。ぼくの義父は、南部出身のビリーとトニーの義父や、クリントンの義父と違って、アル中ではない。厳しいほどまじめな人で、三十年も国会のスタッフとしてつとめた。ケネディの時代には、ある有名な上院議員のチーフ・スタッフとなった。

タクシーがダウンタウン・ワシントンに近づくにつれて、歩行者たちの顔の色が変ってきた。義理の妹は、「ケネディの時代にお父さんはとてもリベラルだったのよ」といって、あの頃の、ある日曜日に教会へ行ったら、白人と黒人の夫婦がいて、義父はその夫婦を指して、「見てごらん、あれはすばらしいことだよ」といったそうだ。

ベトナム戦争を境に、すべてがおかしくなった。

義理の妹によると、義理の父がチーフ・スタッフをしていた上院議員は、特にケネディの暗殺の後にピストル禁止令を作ろうとして、ガン・ロビーという強力な団体の怒りを被った。そして一九六四年に、ジョンソン大統領から、今度の選挙で副大統領候補にならないか、という電話が、その上院議員のところに来た。上院議員に対して、大きな発言力があったので、義理の父がもしそばにいたら受けるように説得はできた。たまたまその場にいなかったから、上院議員が断ってしまった、と義理の妹はいう。

「あれだけの権力《パワー》に近づいていたのよ」

　義理の父が席を外していたことで、ハンフリーが副大統領になった。一九六八年、ベトナム戦争の只中に、ハンフリーがニクソンに敗けて、ケネディから始まった「政治」がすべて敗北してしまったのだ。

　ぼくと義理の妹をクリントンの就任式に招待してくれたのは、跡を継いだ上院議員の息子だった。

　義理の妹の話を聞きながら、「ワシントンで育った子供は違う」といつか作家のゴア・ヴィダルが書いたのを思い出した。「文化」のない都会、より正確にいえば権力がそのまま「文化」となって、権力のコトバが唯一の通貨となっているワシントン。そこで育った人間の感覚を、政治が職業となって、日常のレベルでほとんど不在になっていて、その代り、「文化」が異常なほどに浮き立つ近代言語――今の日本語――でいったいどうやって伝えられるだろうか、と考えはじめた。義理の妹の話に対して、「あ、そうか、そうか」という日本語を“oh yeah? oh really?”と英語に直しながら、別世界の出来ごとのように聞いていた自分に気がついた。ワシントンに来て権力の日常性と三日間つきあって、ぼくは一種のめまいを感じはじめていた。カルチャー・ショックの古典的な症状だった。

カルチャー・ショックはいつも、「翻訳不可能」という精神的パニックとして現れ出てくるのである。

百メートル以上の細長い星条旗をいくつもかざした国会議事堂《キャピトル》（と和訳するが、キャピトルにはもっと「聖なる」響きがあるのではないか）のすぐ前に立った。後には、リンカーンの像を「御神体」の位置に据えた寺院風のメモリアルまで、二十万人か三十万人か四十万人か知らないが、とにかく見渡すかぎりの人の海である。キャピトルの両脇の「参道」も、招待券のない群衆であふれている。いたるところに、軍人の姿が見える。人々が手にもっているラジオやポケット・テレビは、もちろん日本製である。が、ここでは「日本」が文化として、言語として、まったく存在しないのだ。

明治神宮や皇居前広場の儀礼の日に「アメリカ」が存在しない以上に、儀礼の日の、「巨大な島国」（柄谷行人）の権力の真っ只中に立っていると、どの「外国」も、政治としても文化としてもその存在感はなく、単なるハードウェア以外の意味をもたなくなるのだ。祭りごとに集まった四十万人のアメリカ人の人だかりにいて、このことを東京へもどったら日本語で表現しなければならない、と考えるだけで、うちのめされる気分になった。日本では、マッカーサーの時代以来、アメリカの民主主義が「合理的」で、日本の天皇制が「前近代的」でマジカルなものだ、という風に図式化されてきたが、今日は、もしかすると一世代ぶりに「大統領」というもののマジカルな引力が感じられる。キャピトルの前の雰囲気は、「宗教的」としか言いようがない。「大統領」というものをどこまで「天皇」と翻訳していいのかという、日本の常識にとってもアメリカの常識にとってもややスキャンダラスな思いがぼくの頭に浮かんだものだ。

そしてマッカーサーが日本に導入して、ブッシュがおそらく最後の代表となった「アメリカ」像よりはるかに複雑な文明がこの巨大な島国にできつつあったことは、人だかりの中でも強く感じられた。

キャピトルの石段の上で、儀式が始まった。

スピーカーから、「マリリン・クエールとティッパー・ゴア」と、新旧の副大統領夫人の入場が告げられた。つづいて、二人の副大統領と二人のファースト・レディ、ブッシュ大統領（軽いブーイング）、そして、クリントン。

数十万の口から、凄まじい歓声が上った。

スピーカーの声は、「ビリー・グラハム牧師から、祝福の祈り」と告げた。「テレビ説教」などを発明した、おそらく世界で最も有名なキリスト教牧師。まさに「キリスト教の国アメリカ」を象徴するような存在だ。そのビリー・グラハムは何代もの大統領の儀式に出席している。

群衆が静まりかえった。祈りの声が群衆の頭の上を流れた。

とつぜん、ぼくの右に立っている三十前後の女性が、

「ビリー・グラハム？　何がビリー・グラハムだよ」と叫びだした。

ぼくの左に立ち、目をつむって祈っていた白人の高校生が、ちらりと彼女をにらんだ。

何人かが彼女に、shut up の合図をしたところ、また一人の、別の女性が言った。

「そうだ、何でビリー・グラハムを連れ出すんだ」

最初に叫びだした女は、

「仏教徒のアメリカ人はどうなんだ、回教徒のアメリカ人はどうなんだよ」

と言いつづけた。

また周りから、「be quiet」という怒った声が聞えた。

周りを見ると、あちこちの日本製のラジオから拡大されたキリスト教の名牧師の声に合わせて目をつむり真剣に祈っている人は、七人か八人に一人しかいなかった。

こんなところにいまだにキリスト教の牧師を登場させるからラジオがぜんぶ日本製になってしまった、とぼくは誰かに言いたくなったが、黙った。

「歴代大統領の牧師」の声を聞きながら、ケネディの就任式の日に目をつむらなかった人は何人いただろう、と考えはじめた。そのときは「仏教徒のアメリカ人」を問題にする人はまずいなかったに違いない。

そして古い、「マッカーサー型」アメリカと、これから生まれてくるもう一つの、本格

的な多民族国家としてのアメリカを両方うまくかかえてきた政治家のクリントンが、まもなく大統領のクリントンになるのだ。

防弾ガラスの中で、クリントンが立ち上った。十一時五十九分だった。クリントンは片手を聖書に置いて、十八世紀末に書かれた短い誓文をとなえた。“So help me God”という南部なまりの文句がクリントンの口を出るやいなや、昨夜の歓声を十万倍拡大した音が鳴り響いて、それと競うように大砲の音が次々と轟《とどろ》いた。それは単なる「政権交代」ではなかった。「あいつ」が「大統領」になることの儀式における、クライマックスの瞬間だった。

ぼくの周りでは、何人も泣いていた。特に黒人の女性が泣いていた。その姿を見て、三十年ぶりに「政治」がワシントンで表現を得た、と思った。「政治」のないワシントンは、三十年間ゴースト・タウン同然に不毛な都会だったのではないか。差別・被差別という二十一世紀の「政治」のテーマの、くっきりとした一つの原型がずっとワシントンの町に潜在していたのに……。

大統領のクリントンが話しはじめた。その演説は、特に前半がケネディと違って、雄弁をふるうよりも、経済力が弱くなった、それを回復するのに新しい政策を打たなければならない、というかなりプラクティカルな調子になり、なる瞬間までの祭りごとの雰囲気と違って、妙に「総理大臣」的な口調となった。「Japan」という固有名詞が出なかったものの、経済大国日本が演説のかげにあった、という印象を後で何人かのアメリカ人から聞いた。「日本」はどこにも言語化されなかったが、儀礼がクライマックスを過ぎた途端に経済大国というまったく抽象化された、文化ではなくシステムの圧力が、大統領自身のコトバに微妙に影響してしまい、二つか三つのパラグラフにおいては、本来の大統領演説のあの何となく宗教的な論調の代りに、日本の役所の文章とどこか通じるような、きわめて散文的なスタイルがうかがえた。

「医療保険のコスト高騰により、家計は破綻し、多くの企業は大小を問わず、倒産の恐れに見舞われている」

という風に。

大統領になったクリントンは、新しい共同体としてのアメリカのヴィジョンを開いた。multi-culture（多文化）ということばを使わなかった。multi-ethnic（多民族）ということばを使った。日本で読んだヒラリー夫人のインタビューの中の「私たちはこれから八年間、アメリカの文化を変える」という発言を思い出した。カウボーイ流個人主義はもう通用しない、経済優先と共同体重視の時代になった。どう考えても、どちらもまさに「日本」というシステムに敗けないために、「日本的」な要素を取り入れなければならない、という意味に受け取られてしまう。だが、そこにも「Japan」ということばが出て来ない。そして出て来ない大きな理由の一つは、multi-ethnicという概念に尽きるのではないか、と思った。

クリントンの演説が終ったとき、詩人が登場した。ケネディのときにも、詩人が登場したのである。ケネディのときは、ロバート・フロストというニュー・イングランドの老ワスプで、「正統派」の最大の詩人だった。クリントンは、マヤ・アンジェルーというアーカンソー州に住んでいた黒人女性を選んだ。政《まつりごと》に詩人が登場したのは、三十二年ぶりのことだ。ニクソンからもブッシュからも詩はあまりにも遠い世界だった。

詩の朗読が始まると、群衆の半分が忽《たちま》ち帰ろうとしはじめた。話を聞くと詩人がその口をあけた途端に日本のテレビ局もみんな東京のスタジオに映像をもどして政治評論家の「先生方」のディスカッションに移ったそうだ。

十万人が帰ろうとしているざわめきの上で、力強い詩人の声が、断片的に聞き取れた。

A rock, a river, a tree

アメリカン・インディアンという、アジアからのはじめての移民が到着する前の、大陸の古代を描いているらしい。マストドンということば、そして人間の移住、インディアンの部族の名前、「売られた人々」、何かの血なまぐさい歴史。

帰ろうとする人々と、聴き取ろうとする人々の間に、口論があちこちで起こった。ぼくから十メートル離れた、十九世紀の将軍か政治家の銅像の台に立った中年の黒人が、まわりの人群れに向って、「歴史上もっとも才能のある黒人女性が喋っているから、お前ら黙って聞け！」と叫んだ。

A rock, a river, a tree

という反復が聞こえた。

パナソニックのラジオを持った人のところへ押しかけた。そのラジオを囲んで、何人かが一生懸命、ワールド・シリーズの最終回の裏か、宣戦布告にでも聴き入っているように、詩人のことばを拾おうとした。

詩人が、明るい、リズミカルな声で、「アメリカ」の未来像、あるいは現在像だろうか、次々と固有名詞を唱えていた。そのリズムは現代詩よりも、むしろ神話の語部《かたりべ》のように、繰り返し、繰り返し、波のようにうねっているのだった。

アジア人、ヒスパニック、ユダヤ人
アフリカ人、ネイティヴ・アメリカン、スー族
カソリック、回教徒、フランス人、ギリシア人
アイルランド人、ラビー、神父、シーク派
ゲイ、ストレート、伝道師

特権者階級、ホームレス、教師……
一人一人が、過ぎ去った旅人の末裔……
アメリカの夢を、作り直そう……

二千何十年に、ヨーロッパ系キリスト教白人がアメリカで必ず少数民族に変る、という予測を去年ニューヨーク・タイムズで読んだ。記事の中には universal state（普遍的国家）という用語をはじめて見た。

アメリカ自体の「国際化」。今までと違ったアメリカが生まれようとしていることは、南部の白人のあいつも気づいているのか。

ラジオの雑音とともに、詩人の声が流れつづけた。詩人は最後に言った。

見よ……
あねきの目をまっすぐに
あにきの顔をまっすぐに

そして簡単に、
ごく簡単に、

希望を持って言うのだ
Good morning.

防弾ガラスの中で、白人の大統領が席から飛び上って、黒人の詩人に抱きついた。

日本のテレビ局は、貿易摩擦の話に夢中だったらしい。

黒人の詩人の朗読は、日本とまったく関係がないかのように、日本国内ではほとんど報道されなかったらしい。アメリカ自身の「巨大な島国」の問題であって、こ、ち、ら、の島国における他者の問題と較べて考えようとは、誰もしなかったようだ。


あれから四日後、ぼくはこちらの島国に戻った。成田空港に着いて飛行機から降りるとき、スチュワーデスは日本の新聞を勧めていた。ぼくの顔を見て、スチュワーデスはジャパンタイムズを渡そうとした。ぼくはそれを断って、もぎとるように朝日新聞を摑んだ。

一面トップには、

「曙、初の外国人横綱に」

と書いてあった。

黒人女性詩人の、誰も和訳しなかった神話的な詩が一瞬、耳に鳴り響いた。

新宿とは何か

「新宿から三駅も離れたところに住んでいると、砂漠にいるような気がしてくる」

七〇年代初頭に、大久保の、野菜市場の裏にあった、路地と路地の交差点の角地に建つ木造アパートにぼくが居候《いそうろう》していた頃だった。その日その日居住者の数が、三人いたり五人いたりする二階の、交差点を見下ろす四畳半の部屋を、正式にかりていたのか、あるいはぼくのように風月堂帰りにただそこで寝泊りしていたのか、とにかくいつもその部屋にいた友達が、ある日、ぽつりとそう言った。

その発言は、二十年経ってもぼくの頭のどこかで響きつづけている。

最近のインタビューの中で、「新宿人とは何ですか」と聞かれたことがある。ぼくははばかりもなく、「新宿を離れたときにどうしても落ちつかなくて、やはり新宿にもどってくる人は本当の新宿人だ」と答えた。新宿にはいやな面もいっぱいあるから、誰だって一度は新宿を捨てて他の町に行きたくなる。他の町で安心して暮せるような人は、最初から新宿へ行く資格はなかった、本当の新宿人ではなかった。ぼくの「新宿愛国論」は、そのようなロジックで成り立った。

それはニューヨーカーからたびたび聞こえる、「どうせ外はぜんぶニュー・ジャージーなんだからマンハッタンを出る必要はない」という傲慢《ごうまん》な「ニューヨーク愛国論」とはまた一味違っている。「どうせ新宿から外へ出てもすべては埼玉だ」という言い方は、聞いたことがない。ニューヨーカーと違って、新宿を愛する人は、誰も新宿のことを世界文化の頂点だと思い込んでいない。ただ、新宿の近くにいないと何となく落ち着かない。それはパリ人やニューヨーカー（あるいは京都人）のスノビズムとは違った、より生理的なものだ。

森進一の「新宿・みなと町」の中にある歌詞、

旅に出たやつも　流れ者も
いつかはふらり舞いもどる町

は、スノビズムとはまったく正反対の新宿の引力をよく表している。六〇年代に東京に住んでいたアメリカ人の詩人も、人々があちこちへ旅をして離れ離れになるという詩のクライマックスに、

そしてぼくは戻ってきた、新宿に

と書いた。「そしてぼくは戻ってきた、東京に」とは書かなかった。

ぼくが生まれてはじめて書いた「文学」は、十七歳のときに作った一篇の英語の詩だった。その題は「The Flower Garden Shrine」で、早朝の花園神社の石段に、仕事帰りに立ち寄った娼婦を描いた、今思うととてもはずかしい、小泉八雲気取りの、東洋的感傷に過ぎなかった。その次に書いたのは「The Trains」という題で、「東洋」も感傷もなく、新宿駅のホームから雨の中へ動き出した夜半近くの黄色い電車の、下卑《げび》たと同時に典雅《てんが》な姿から伝わる不思議な都会独特の感情をとらえてみた。おさないながら現代詩としては、まあ悪くない、といってくれる人もいた。

新宿にしばらくいると、趣味的「東洋」も感傷的「美しいニッポン」も消えてしまうのである。その代り、世界の他の都市のどこの地区でも味わえない現代の感情に目覚めさせてくれたのは新宿だった。いや、本当のことをいうと、新宿から得たものよりも新宿によって消されたものの方がはっきりしているのである。

新宿は「これである」と定義するよりも、「これではない」と定義した方がいいのかもしれない。新宿は、舶来《はくらい》的な流行（「新しさ」）からも、下町的な情緒（「古さ」）からも遠いのだ。東京の他の町へ行くと、新宿は「田舎の人の行くところだ」という意見をたびたび聞かされるが、そんな新宿は不思議と世界に通じている、ということは「国際化」などが叫ばれるより四半世紀前に、ぼくがはじめて新宿を知った頃からすでに感じられていた。

本当の新宿人は、六本木のキラメキにも浅草の陰翳《いんえい》にも完全になじむことができなくて、「これであるぞ」と明快に定義できる町にいると落ち着かない。矛盾を孕《はら》まないで、ひたすら自己肯定をするような町にはあきあきするのだ。ファッションから遠く、伝統から遠く、伝統がファッションにされてしまうたぐいのネオ・ナショナリズムからも遠く離れている。日本独自の近代都市性は、新宿にあった。それはおそらく戦後の期間には「アメリカ」の手がなかなか届かない場所だった。そして、そんな場所だったからこそ、「アメリカ」の影が薄くなった経済大国の時代には、「アメリカ」に対する反動として他の町が走りだしたような排他的な自己オリエンタリズムというもう一つの「病」にはかからなかった。そもそも、誰もファッショナブルだと思わない町は、外向的になったり内向的になったりするファッションによって、それほど左右されたりしないのだ。モダニズムとは関わりのない日本独自の近代性が戦後の新宿にあったし、ポストモダンとは片づけられない日本独自の現代都市性を模索しているのが今の新宿であるかもしれない。あるいはポストモダンとは関わりなく、日本の近代性が新宿の中で今でも生きつづけているかもしれない。新宿はとにかく「イズム」に冷たい町であることは確かだ。

そんな新宿だから、「新宿論」というものがなかなか成り立たない。新宿は根本的に、現代詩や現代小説の対象であり、論じられるような対象にはならない。新宿について小説を書くことで作家として出発したぼくが、今のようなエッセイを書いていること自体が一種の「罪」である。

新宿は、論じられることを拒む町である。実際に、たとえば「Shinjuku」をめぐる外国の説明を見ると「巨大なステーション」、「エンターテインメント・ディストリクト」、「セックス・インダストリー」、そして一時は「日本のグリニッチ・ヴィレッジ」等々。どれもけっしてまちがってはいないが、どれも「新宿」が持っている文化的な意味の一かけらも表現していない。外国語はおろか、日本語ですらそんな意味を表現しえている論はあるだろうか。そんな論ははたしてありうるだろうか。

もし「東京論」なら、歴史家も、社会学者も、建築家も書ける。しかし「新宿論」は書けない。新宿の、迷路の奥に潜んで発見者を待っているのは、論ではなくて、歴史と社会と建築をふくめて世界そのものを問いなおした究極的な現代詩である。

新宿は、実に不思議な引力をもっている。それも、「これである」から人が惹かれるというたぐいのものではない。新宿はむしろ、新宿に入ろうとする者に対して、「お前が入ろうが入るまいが、こちらには関係ない」といわんばかりの、しっかりとしたプライドを保っているように見える。それは、ヨーロッパ人がはじめてマンハッタンへ行くときに伝わってくるという冷たいメッセージ――「すべてがお前の努力次第だぞ」――と酷似しているかもしれない。確かに、ニューヨークの友達を東京に案内すると、浅草・上野など下町のぬくもりと気さくな活気は何となくユダヤ的で、ユダヤ系の庶民が多かった昔のブルックリンとは、職人気質までフィーリングが似ているのだが、ユダヤ人も黒人もワスプもアジア人も入り交じっている現代のマンハッタンを思い出させるのはむしろ新宿の方だという。しかも、それはピカピカの高層ビルが林立する西新宿ではなく、むしろ古いガードの下から広がるゴッチャマゼの東の方を指しているのである。

新しい高層ビル群の西新宿は、第一次大戦時からの建物も残り、古いものと新しいものが共存するニューヨークよりも、むしろすべてが人工的に作り上げられているロスアンゼルスのダウンタウンに似ているのではないだろうか。マンハッタンを思わせるような「大きさ」は、たとえば、歌舞伎町前の靖国通りである。つまり、混沌がそのまま「無限」を暗示するところが、マンハッタンのように、あるいはマンハッタン以上に「大きい」のだ。

ぼく自身が、ニューヨークの近くにある大学で教えたり、新宿の近くにあるアパートを借りながらこちらで文学を研究したりする生活が何年間かつづいたのだが、ニューヨーク周辺と新宿周辺の間を「通」っていた頃は、生活がそれほど分裂しているという感じはなかった。むしろ似たような二つの場所の間を行ったり来たりしているに過ぎない、と思うときすらあった。

もちろん、新宿とマンハッタンの決定的に違う点は、新宿の引力が、広々としたアベニューではなく、大通りから中へ入った路地に集中する密度のパワーと関係しているのだろう。一つのビルに、縦文字の文章のように立ち並ぶスナックの看板、しかも紹介なしでどの一つの「文字」の中へも入ることをはばかられる。女は「ネオンの数よりいるんだぜ」という「新宿そだち」の歌詞で言われているおびただしさは、マンハッタンのゆったりとした、一つ一つが大きく目立つ個人主義的なネオンからは想像ができない。

西洋の都市にはない密度からは、西洋とは違った「広さ」の感覚が生まれている。その意味では、新宿は、マンハッタンと似ているどころか、マンハッタンから最も遠い、最も「日本的」な都市空間に違いない。ドギツイところもたくさんあるが、ニューヨークのようにけっして野性的ではない。むしろ母性的に人を包み上げて、ついにとりこにしてしまう。そしてよそものを、ついに新宿化させてしまうような根源的な力が、究極的な密度の中に潜んでいるのである。

ぼく自身が二十五年前、十七歳の白人の青年としてはじめて新宿を知った頃からよくよく感じさせられたように、その「新宿化」の力は、日本人として生まれなかった人間にも及ぶものである。ぼくの小説『星条旗の聞こえない部屋』は、主人公である十六歳のアメリカ人ベン・アイザックが、アメリカが強かった時代にそのアメリカから「家出」をする形で日本へ逃げ込んだ、という話だが、家出少年が逃げ込んだ場所は新宿だった。おそらく他の場所だったら、ベンは一日で「アメリカ」へ帰ってしまったかもしれない。アメリカへ帰らずに、あの時代に新宿に向って「家出」をしたたくさんの日本人と同じ形で、新宿に居るようになる。そして、ベン自身も「新宿化」されてしまうかもしれない……。「これであるぞ」という宣言をしない、誰もファッショナブルだと思わない新宿が、だからこそ、日本への一つのくぐり戸にもなり得るかもしれない。家出少年の青い目に映った、新宿を歩いている大人たちが、みんな「家出の結果ここにいる」ように見える。日本の中で最も日本的な場所が、日本の中で最も自由な場所でもあった。新宿にはそのような奇跡的な歴史があった。

『星条旗の聞こえない部屋』で書かれている時代から二十五年経って、「在日」の時代が、違った歴史を作りつつある。

今の新宿の周辺には、アジア系を中心とする移住者の町がある。その町は、一見、たとえば上野や横浜、あるいは大阪の一部に古くからあるアジア系の「異民族」の町と似ている。似ているが、不思議なことに、新宿のそこだけは孤立した「ゲットー」の様子を見せていない。より正確にいえば、そこ自体がそのまま「新宿」の一部となっている。そこを「新宿」と切り離すことは、誰にもできないようだ。そこに住んでいる人たちは、もしかすると、旧来の「異民族」の町では許されなかった形で、そのまま「新宿人」になることが可能になった、ということだろうか。「日本人」、「非日本人」という近代の、国籍や民族を基本にしたアイデンティティとは別の、「新宿人」というアイデンティティが、いつの間にか生まれてしまったのだろうか。国家制度のレベルでは、アメリカよりはるかに厳しい条件を持つ同化が、路上のレベルではアメリカの都市とはまったく違った形ですでに成功しはじめているのか。よその出身の者までが「新宿」の引力を受けて、「新宿化」されてしまい、それが結果としてマジョリティの日本人と対等になり得ているのかもしれない。

最も日本的な場所を歩いてきた近代日本人はともかく、その場所の土の神が人種差別をなさらないということなのでしょうか。あるいは、新宿の土の神は人種より正確な基準をもって差別をなさり、ぼくらの中から新宿人を選んで下さっているのでしょうか。

新橋の小料理屋だったか、ぼくが若かった頃、いつか新宿でないところで、何かのついで飲んでいた。そこで昔の上流階級出身の、生粋《きっすい》の東京育ちの女丈夫と、新宿の話になった。いつもと違った雰囲気に反感を抱きはじめたからか、ぼくは、やはり新宿の方がいい、と失礼なことを言ってしまった。

女丈夫は、怒るというよりも、あんたは日本のことが何も分かっていない、というような表情を浮かべながら笑った。

「新宿は田舎の人の行くところなのよ。東京の人は銀座とか新橋、田舎の人は新宿。わたしたちは東京の人だから、新宿には行きません」と言った。

ぼくは若かった。新宿に入りこんだ自分の体験は鮮やかなものだったが、まわりの日本人が「新宿」を見る常識的な目となると、それがどんなものだったかについては、何も分からなかった。ただ、女丈夫の発言を聞いてうなずいている同席の日本人の反応をうかがうと、それがある層の人たちにとって常識的な意見であることをよく把握した。

そしてかなりのショックを覚えた。マンハッタンをしのいで世界の最も都会的な場所が、実は「田舎の人」しか行かない、生粋の東京人から見れば辺鄙《へんぴ》で下品な村に過ぎないのだと。

若いときからすでに頭の中で作り上げはじめていた「新宿論」は、単なる幻想だったのか、単なる近代エキゾチシズムに過ぎなかったのか。

つい最近までは、日本についての、日本人一般の常識とぼくの知覚の間に大きなズレが生まれたとき、だいたい日本人として生まれなかったぼくの方が「エキゾチシズム」とか「ロマンチシズム」というラベルを貼られて、ときにはそんなラベルがやはり正しい、と自分でも信じこんでしまう結果が少なくなかった。

しかし新宿の都会性については、これはぼくの思いこみだけとはとうてい結論することができなかった。

むしろ、新宿に入りこんでしまったぼく自身も、民族や国家という条件より前に、まず田舎の人だったことを「発見」したのである。多くの外国人が、「生粋」の日本文化、もしくは日本文化の「本質」を、下町の方に感じていた。それだけではなく、かれらは生粋の東京人の意見を鵜呑みにするように、新宿などを軽視していたのではないだろうか。つまり、日本の真の都会性という現実を目の前にして、かれらは、自分たちも本当は「田舎の人」に過ぎないという自覚をおこたってしまったのではないだろうか。

ぼくは、新宿にいて、自分はアメリカという「田舎」から上京した者だ、ということが分かった時点で、外国から日本へ入りこむときに誰しもおちいりがちな勘違い――日本文化には「本質」があるという、日本側からも押しつけられてくる誤謬《ごびゅう》――から、いつの間にか解放されてしまったのである。

ぼくの場合、その「田舎」はワシントンD.C.であったという事情が、近代の常識からすればかなり皮肉な「上京」を生んでしまった。アメリカが強かった頃、そのアメリカの首都から、新宿に上京してはじめてワシントンD.C.の「田舎」性に気づいた。その時、ワシントンを普遍的な価値観の「中心」とする近代アメリカの虚像は崩れてしまった。しかし同時に、日本文化の「本質」という近代日本の虚像も暴《あば》かれてしまった。新宿に来たぼくも、「田舎の人」だという「発見」によって、ぼくがそれまで信じこんでいた日米の二つの常識が、同時に打撃を受けた。現代における真の都会性の発見は、いつも発見する人にダブル・パンチやトリプル・パンチを食わせるのである。

そのことをもっと端的にいえば、現代における都会は、「田舎の人」つまり東京に土地を一坪も所有しない人が上京して発見するものではないだろうか。

たとえ「田舎」に家があっても、土地があっても、上京者はそれをそのまま新宿に持って行くことはできない。「田舎」にある土地を離れ、家を捨てて、いってみれば「家出」して「ホームレス」状態になって、はじめて新宿人たりうるのである。新宿人は、本質的に「一人」なのだ。

だから、新宿人は土地を所有するように、あるいは共同体の中で人を従えるように、一つの町を「征服」したなどという妄想は持たない。銀座の帝王はいるかもしれないが、新宿の帝王はまずありえない。そんな野望を抱いている新宿人にぼくは会ったことがない。新宿から見れば、そんな野望がかえって田舎くさい。

一度離れた人や、旅に出た人が「ふらり舞いもどる町」の教えの一つは、文化はどんなに偉い一個人より大きいものだ、ということである。新宿人は「一人」なのだが、けっして個人主義の「個人」ではない。それが新宿のアジア性でもあるが、アメリカの中で唯一、同じような教えを強いる都会、マンハッタンとも、不思議と通用する「大きさ」でもある（新宿がマンハッタンに近いというい方の代りに、個人主義の国の中で唯一、個人個人に自分の「個性」がどれだけいびつなものであるかを教えてくれる意味では、逆にマンハッタンが新宿に近い、といういい方に置きかえてみればどうだろうか。新宿には、確かに、この百年間にわたる日本と西洋の比較の軸をひっくり返す力がある。銀座や下町にはそんな力はない）。

新宿は誰のものでもない。誰にも「所有してしまった」という幻想を抱かせない。だからこそ、新宿は現代文学にとってはもっともふさわしい「場」にもなりうる。そんな新宿を舞台にした小説が、今までほとんど書かれなかったことは、不思議である。しかしそれは、けっして新宿のせいではない。むしろ現代文学のせいである。あるいは現代人からその現代性を隠蔽して、過去のノスタルジアと未来主義的なファンタジーにひたすら走らせてしまう言説空間のせいである。現代の日本人が「日本」を語るとき、「世界」を語るとき、そして「日本」と「世界」の接点を語るとき、自らの国の最も特徴的な、かつ現代的な都市の「場」である新宿、あるいは「新宿的」な現実をはたしてないがしろにしていいのだろうか。

新宿と共通するどこか、あるいは「新宿的」な実感を暗示しない現代文学は、ぼくにはもはや想像することができない。たとえば外国の都会を描いたとしても、日本の作家が自国の現代の感性を負うのならば、異国の現実をどこかで、必ず、「新宿的」なフィルターに通しているはずである。

肯定するにしても否定するにしても、あるいは意図的に無視するにしても、現代日本を想像したとき、「新宿的」な都市空間の存在が頭のどこかで響かないことはありえない。「グリニッチ・ヴィレッジ」のないマンハッタン像、「左岸」のないパリ像、「鍾路」のないソウル像以上に、「新宿」のない東京像は実に空虚なイメージとなってしまう。しかも「新宿的」な場は、西洋やアジアの都市の場とは違う。西洋の、ゆったりとした市街の様子はもちろんのこと、アジアの都市にありがちな密度の高さだけでは語れない。むしろ、単なる密度ではなく密度から「ヴィジョン」と称しうる広さを展開している。そう考えると、「新宿的」な空間に言及しない現代都市論はもちろん、そんな現実を反映しない日本論までが空虚なものとなってしまうのではないか。

近代から現代にかけての、上京と帰郷のドラマは、「田舎の人」が都市の中で展開してきた。その都市の伝統的かつ最先端の特徴である、密度の中から生まれた日本独自の「広さ」に耐えられるかどうか、もしかしたらそこに現代人の一つの資格が問われるかもしれない。

しかも、「新宿的」な現実の前で現代人としての資格が問われるのは、何も日本の国籍を有した現代人だけではない。西洋やアジアの大陸人も、島国の究極の都市性を認識したとき、「人の生き方」をめぐる想像力にも、一つ、大きなバリエーションが加わるだろう。つまり、人間が想像しうる究極的な「上京」の地は、もはやマンハッタンやパリだけではなくなった。そんな時代には、西洋の都市とも違う、また、ソウルや北京とも異なった「広さ」をもった領域が存在する。それを意識したときに、現代人は生き方の可能性の範囲が微妙に変わったことに気がつくはずである。「狭さ」と「広さ」の定義が微妙に変わるはずである。

「上京」という動きがもはや一ヵ国の国内問題ではなくなった時代、一つの国の都会からもう一つの、新しい国の都会に入りこんで、そこで自分が実は「田舎の人」に過ぎなかったという発見があちこちで起きている時代に、新宿という場所がぼくに最大級の発見をさせてくれたのである。

そして一度「上京」してしまった者がもう「帰郷」することはできないという一ヵ国内のテーマも、一つの文化からもう一つの文化へ越境してしまった者の胸に、この時代ならではの新しい感情として根をおろして響いているのである。

顔と表情——上海で言われたこと

一九四〇年代のアメリカン・ジャズが奥のバーから流れては、一九二〇年代のカテドラルのように高いアール・デコの天井の下で響いていた。和平飯店のロビーを横切ると、イブニング姿の西洋人の女、携帯電話に広東語を叫ぶイギリス・スーツの中国人の男、帽子に紅いプラスチックの星をかざした警察官を次々にぐるりと廻して外へはき出す回転扉から、ぼくも夜の上海に出かけてみた。

はじめて中国大陸に渡った旅の、最後の夜だった。

右の方には、買物客でにぎわう南京東路がつづいていた。ニューヨークのアベニューのように、横丁の暗闇との対比を傲慢《ごうまん》なほどに強調した、しかし渋谷や原宿のように自らの先端性を冷酷なほどに意識している、そんなネオン・サインの中にまた吸い込まれるのがいやで、ぼくは左へ、バンドの方へ足を向けた。ホテル前に並んでいるいかにも高価そうな娼婦たちのうすら笑いと、泣く赤ん坊をかかえる物ごいの中年女の訴える声の中を歩いたのである。

地下道からバンドの公園に上ると、そこでごったがえしているのは、外国人めあての娼婦でもなく物ごいでもない。この十数年間で「小市民」というステータスに至った、色とりどりの洋服を着て川風を楽しみながら散策をしている「人民」のイメージを脱した上海の人たちなのである。

何千人もいるかれらのうしろでは、客船が停泊し、川が流れていた。その川の向う岸には、「経済開発区」の工事現場が見渡すかぎり広がっている。

客船のデッキにつるされたたくさんのライトがこの繁栄を祝っているように感じられた。

今渡ってきた大通りの反対側には、アメリカン・ジャズが鳴り響いているホテル、香港上海銀行など、帝国主義時代の古い洋館が並んでいる。

近代の歴史にいろどられたように暗くて汚れた川波の向うの、「経済開発区」。巨大な工事現場と化した大地、夜の黒い土の中から、数々のクレーンがさらに黒く乱れ生えていた。月に一棟、世界一の速さで建つという、作りたての、まだ灯の点いていない高層ビルの上に、ルビー色または水色の簡体字のネオン・サインが、商店街のネオン・サインより大きく、にぶく光っていた。

暗黒に包まれた過去と、まだぼやけた像しか結んでいない、おびただしい光の未来の間に、上海のバンドが浮いているような気がした。その過去は極端なほどに苛酷な記憶からなるし、その未来もまた極端なほどに野心的なイメージを誇示している。

人の流れの中から、とつぜん、若い二人組がぼくを右、左に囲んでしまった。あぶない、と思った瞬間、その一人がぼくに対して、ことばをつきつけた。熱心な「英会話」だった。

Where are you from ?

二十年前に、横浜の山下公園で似たような「英会話」で話しかけられたことをぼくは何となく思い出した。

しかし、二十三か二十四の、夜なのにサングラスをかけているがっちりした上海人は同じアジア人の顔なのに、彼の雰囲気は、あの時代の日本人とは違う。劣等感も排他主義も感じさせない、ただ返事が待ちどおしいという表情だった。

二十年前の山下公園と同じように単なる「外人」、あるいは「西洋人」のサンプルにされるのがいやで、ぼくは思いきって、

Japan

と答えた。

帝国主義時代の洋館と、「アジア経済の輝き」が無限に広がろうとしている向う岸を意識しながら、そう答えたのである。

相手はそくざに日本語に切り替えた。

「あなたは日本国籍ですか」

　今度は、ぼくがおどろいた。

「国籍は違う。でも、ずっと日本に、いる」

「日本の、どこですか」

「東京の、新宿」

　相手のサングラスの中に僕の青灰色の目が映っていた。

「日本語がお上手ですね」とぼくは言ってしまった。（しかし、ほめ殺しで言っているのではない。外人のくせにお上手ですね、とかつてぼくが言われたように言っているのではない）

「そうです」と相手が、何のはばかりもなく返答をした。「大学の日本語学科だから」

　彼は「日本人と外人」という島国のカラクリの外にいる。上海は横浜と違う。目の前に立っているのは、別の大陸の人なのだ。

　その若い上海人が、サングラスの裏からぼくの顔をじっとにらみながら、日本におけるぼくの生活について次々と質問をした。やがて何かの結論に至ったという確信に満ちた声で、

「あなたは日本人の顔をしている」

　と言った。

ぼくは黙りこんだ。

「いや、顔は違います」と彼は言いつづけた。「顔は違うけど、表情は日本人です。西洋人の表情ではない。日本人の表情です」

それはかならずしも肯定的な口調ではなかった。

しかし、次の日、日本に帰ってから、若い大陸人のクールな声はぼくの頭の中でずっと鳴り響いたのである。

日本語は新しかった

著者から読者へ

リービ英雄

ぼくにとって、日本語は新しかった。

日本の外で日本文学を読み、ときには外の言葉に翻訳し、ときには他の国の文学と比較しながら論じる、という日本文学研究家の生活が二十年ほどつづいた。四十歳前後でアメリカの教授職を辞して、日本に定住し、日本の中で日本語を書きはじめた。その日本語が何とか文学たりうることを願いながら、はじめて小説を書いた。『星条旗の聞こえない部屋』が刊行され、そのことがきっかけとなって、雑誌と新聞からエッセイやノンフィクションを依頼されることになった。

すべてははじめてだった。外国人に生まれた、つまり日本語のネイティブに生まれなかった、それでも日本語で小説を書こうという熱意が、そのまま小説以外のジャンルにも及んだ。四十歳で生まれ変ったという気持ちになって、長い歴史のある新しい言葉に取り憑かれ、次から次へと文章を発表した。

日本語で描きだすと、世界はどれだけ面白かったことか。その世界の中には万葉集もあれば新宿もあった。その世界には三島由紀夫も大江健三郎も中上健次もいた。黒人作家のボールドウィンもいれば在日作家の李良枝もいた。

そしてある時点でその世界がまた広がった。今度は日本から、発ってソウルへ行き、中国大陸に渡り、そしてぼくの故郷であったワシントンすら、日本語の作家となってから再訪してみると予期もしなかった新たな発見があるのにぼくもおどろいた。

外から日本語の内部に入りこみ、そこで鍛えられた日本語の感性をもってまた外に向う。外に向ってはかならず書き手として内部にもどる。

その動きはスリリングである。その動きの中には、日本語でデビューしたばかりのぼくにはまだ気がつかなかった、もう一つの「新しさ」の可能性を感じることもある。

モノからバイへひらくこと

解説
鴻巣友季子

『日本語の勝利』と『アイデンティティーズ』の二冊をまとめた本書のテーマは大きくいって、「国際化」と「アイデンティティー」であると言っていいだろう。一九九二年と一九九七年の刊行だが、読んで驚いた。とにかく新しい。いま現在ようやく論じられている問題をみごとに予見しているくだりも多々ある。リービ英雄という異土《とつち》から来た書き手の慧眼はさまざまな境界を越えて、民族、人種、言語、文化の本質を鋭く貫き見る。

いくつか挙げてみよう。一九八〇年代後半に書かれたエッセイ「韓国は六〇年代の日本ではなかった」には、一九六〇年代のアメリカでは日本のことを話題に出しても「シラケ」が感じられたという箇所のあとに、このような記述がある。

それからアメリカでは「日本ブーム」が起こって、日本では「韓国ブーム」が起こった。二つの質はあまりにも似ているのではないか。「ショック」の要素がなければ、「ブーム」は起こらない。今のアメリカ人にとっての「日本ショック」の一因は、「アメリカナイズ」とは違った超近代国[*]（*筆者註：日本のこと）ができ上ってしまった、という驚きではないだろうか。日本人も、いつか近い将来に、「日本化」を拒んだアジアの経済大国の存在に直面せざるを得ないかも知れない。

　その通りのことが起きたと言えるだろう。二〇〇〇年代には、韓国のみならず中国という経済大国が誕生し、GDPだけでなくテクノロジーや一部ポップカルチャーの面でも日本を抜き去っていった、あるいは抜き去ろうとしている。

　日本文学関係のトピックでは、村上春樹の国際舞台進出以前のシーンが捉えられていることが興味深い。リービは一九七〇年代から八〇年代を振り返り、「英訳の労力に値する若い作家がこの十年間現われていない」と総括をしているが、そうしたなかでも重要作家を六人挙げている。中上健次、青野聰、島田雅彦、高橋源一郎、山田詠美、李良枝《イヤンジ》である（「つまらない」時代の、決してつまらなくない六人の作家」）。

　では、海外文学についてはどうだろう。昭和五九年（一九八四年）のエッセイで、すでに「世界文学」という言葉を使い、「今の世界文学の中枢」はアメリカではない、むしろ南米と東欧に移っていると指摘している（「アメリカ、日本文学、中上健次」）のは要注目だ。

そう、本エッセイ集にはその後の世界文学の地図が早くも描かれている。一九九二年のエッセイ「混血児のごとく」では、サルマン・ラシュディ、カズオ・イシグロの名前を直接あげ、さらに「ナイジェリア人の作家」が自分の最近のインスピレーションの源になっていると語っている。最後の作家は名前を挙げられていないが、一九九一年にThe Famished Roadを発表してブッカー賞を受けたばかりのナイジェリア系イギリス作家ベン・オクリではないだろうか。たまたま当時ナイジェリア文学に傾倒していたわたしは折しも、この長編の原書と格闘していた（邦訳は一九九七年に『満たされぬ道』〔金原瑞人訳〕として刊行）。

アジアとアフリカからの文化的言語的〝越境〟作家であるこの三人は現在、世界文学を語る際に欠かせない書き手である。欠かせないどころか、こうした「移民作家」たちがその後の世界文学の中枢となっていったのだ。以下の証言も重要なので、作者の言葉をじかに引いておこう（「本格的「移民文学」の誕生」）。

最近の世界文学の中で一つの大きな転換が見えてきた。その転換は、行きづまった近代文学に、もう一つの可能性を暗示している。

その転換とは、かつてなかったような本格的な「移民文学」の誕生である。その「移民文学」とは、新しい国へ渡って行った者が本国のことばによって、「行って来たぞ」と書く冒険記とは違う。新しい国のことば――つまり母国語ではない、新しい生活の中から生まれたことばによって、「ここにいる」と書く、在住のストーリーである。その在住のストーリーを、新しい言語で語ることが、二十世紀の小説における最後のチャレンジとなった。

二〇世紀の後半から耕されていたクロスカルチュラルな土壌から本格的な「移民文学」が登場してきた瞬間を鮮やかに捉えている。では、それまでは、「移民作家」はいなかったのか？ もちろん、多文化多言語背景の書き手は少なからずいた。一九世紀末からさらっておこう。

ポーランド出身で船乗りになり一八八六年にイギリス国籍を得たジョセフ・コンラッド、ロシア革命の後、一九一九年に西欧へ亡命したウラジーミル・ナボコフ、一九三九年のポーランドへのナチス侵攻を旅先のアルゼンチンで知りその地で亡命生活を送ったヴィトルド・ゴンブローヴィッチ、ザンジバル革命下の危機を逃れ一九六八年にイギリスへ渡ったアブドゥルラザク・グルナ、チェコで著作が発禁になり一九七五年にフランスの大学へ招聘され移り住んだミラン・クンデラ、一九八九年の天安門事件を機にフランスへの政治亡命を果たした高行健……。

多くは政治危機や迫害によって他国へ移住した「亡命作家」だった。かつて越境文学とは亡命文学に近いところがあったろう。そうして国と言語と文化をまたぐ文学の多くは、政治的、歴史的、経済的な「副作用」として現れた。

しかしラシュディ、イシグロ、オクリはより良い生活を求めてイギリスへ移住し、英語で創作しているとはいえ、亡命者や難民ではない。亡命者や難民が母国を離れ、母国語以外の言語で書くのとは違う契機や思考の経路がある。リービがこの文章タイトルの「移民文学」の前に「本格的」という形容をつけているのは、このような理由からだ。

かつて、「在日」作家の李良枝は「ことばの杖を、目醒めた瞬間に摑めるかどうか、試されているような気がする」と中編『由熙《ユヒ》』で書いた。これに対してリービは、自分が自分であるための言葉の杖は一つではない、母（国）語であるとも限らないと言い添えているのではないか。母語と異言語の関係はそんなに単純化できるものではないと。

ちなみに、リービは移民文学者としてラシュディ、イシグロらを挙げた後、それ以前だとナボコフがいると言い、さらにその前には（と、ここで千三百年ほどの時を跳び越して）山上憶良だと言うのである。万葉集に数々の傑作を残した百済出身とも言われる憶良を、世界文学のなかにこうして位置づけるのが、リービ英雄ならではのスケールの大きな文学観だ。

本エッセイ集では、日本の国際化についても鋭く予見されていて震えてしまった。

＊

リービは単行本の表題作でもあった「日本語の勝利」のなかで、日本の「国際化」には二つの方向があると書いている。一つは日本の「「内部」から「外部」に向って、外部と対等になった経済大国としての日本のステータスを、外部のコトバを頼りに訴えて、理解させるプロセスに重点を置く」こと。

もう一つの大きな流れは、「「内部」型とはほぼ正反対に、「外部」から日本に向って、日本はいまや「大国」になったのだから、外部の経済システムと折り合うように内部を変えてゆくべきである、という形の主張」だという。

平易に言い換えると、前者は経済大国へと急成長した新参者からのもろもろの〝言い訳〟であり、後者は世界の主要国に参入してきた幼い国への主に欧米からの〝ご注意〟ということになるだろう。

どちらにも共通しているのが、それらの言語表現がほとんど外部の言葉、多くの場合は英語でおこなわれることである。ここには、「母国語がそのまま国際語であり、日本の方に翻訳する義務があるというアメリカの思い上りがある」と指摘されている。

その一方、日本語が国際語にならない理由は（ここが本書の肝だが）日本の側、日本語話者の側にもあるとリービは考えている。言ってみれば、日本語ネイティヴが日本語を外部に対して〝解放〟しないからだ。いまだに「日本は古くから単一民族、単一言語の国家」などと憚りなく述べて顰蹙を買う政治家がいるけれど、どうも日本には、国籍、人種、民族、言語、文化を一直線に単一のものとして捉える傾向がいつからかあって、それが牢として抜けない。こうした単一志向は複眼的な考えをはじいてしまう。「何々の本場」「何々の正統」といった考えも、こういうところに発するのだろう。

＊

日本にはいまだに移民はいないことになっている、とリービは指摘する。アメリカ風の「韓国系日本人」のような言い方もなく、「日米作家」という言い方もない。あるのは「在日」というカテゴリーだけだ、と。在は「一時的な滞留」を意味する。

リービの言う日本の真の国際化とはどういうことか？　日本語ネイティヴがみんな「外国語ぺらぺら」のバイリンガルになることではない。逆だ。日本人が日本という国籍、民族、文化に縛りつけて放そうとしない日本語を、他言語の話者、「ガイコクジン」に開放することだ。

英語はだれのものでもある、と言うと、多くの日本人は同意するだろう。ところが、日本語はだれのものでもあると言えば、戸惑いや躊躇を示す人が少なくないのではないか。

どんな言語の話者も自分の母語はとくべつなものだと思っている。しかし日本語ネイティヴの多くは日本語をことさら複雑で精妙で学習困難なものだと思い、数千数万の漢字を含む漢字仮名まじり文など、他国語話者にマスターできるはずがないと信じている節がある。だから、日本語を母語としない外国ルーツの人が日本語で小説を書いているなどと聞くと、まず疑いの目で見て、つぎに芥川賞を受賞しているなどと知ると、こんどは腰を抜かさんばかりに驚き、賞賛してみせる（が、それを自然なこととして受け入れはしない。あくまで異常事態と捉える）。

ここで、リービの考える日本の国際化を明確にまとめた箇所を引いておこう。

日本の場合、ほんとうの国際化とは、日本から外に渡っていくことではなくて、むしろ外から渡ってきたひと、あるいはこれから渡ってこようとするひとをどう受け入れるかという問題だと思うんです。たとえば、ある一流企業はいま二百人くらいの外国人を正社員として雇っているんです。そしてその社員たちが二十一世紀ごろに取締役くらいになっていくかどうかで、ほんとうの日本の国際化が問われることになると思う。〈中略〉つまり、いま言った意味での完璧な「国際化」ができれば、逆に「移民」のストーリーが消えてしまいます。そう考えると、日本での「移民文学」はまだまだ大丈夫でしょう。

＊

日本の単一性志向を浮き彫りにし揺るがすのが、島田雅彦の『夢使い』を「バイ」の物語として読む「「在」と「バイ」と、カタギリの目」という出色の批評エッセイである。カタギリという人物は主人公「ぼく」の養父で、「亡命日本人」と表現される。第二次大戦後から一貫して反日主義者で、自分だけの日本を自分の中につくりあげている。二重視覚をもつ彼は「左右の目を同時にまばたきさせないのだ。わずかな時間差をおいて、一つずつまばたきする」という。

二重写しとズレ、これらはリービ英雄の文学観をつらぬく「バイ」であり「在」を表すものである。『夢使い』は「モノ」（単一）に対する「宣戦布告」であり、「モノ」が「バイ」（二重）へと動きだす物語でもあるとリービは読み解く。

『夢使い』から滲む苦々しい文明批評の底では、近代日本が払わされた代償は、西洋崇拝よりも、「単一」という名の拘束衣で自らをしばってしまったことだ、といっているかのように思われる。〈中略〉『夢使い』が到達しようとしている多重性の境地は、バイリンガルであり、バイカルチュラルであり、バイセクシャルなのである。

リービはカタギリの息子マチューの遍歴をホメーロスの『オデュッセイア』、ジョイスの『ユリシーズ』に重ねあわせる。しかし『夢使い』には、一つ目の怪物も、片目の反ユダヤ主義者も登場しない。いるのは二重視覚をもった親子だ。

「後は、よそ者の在住ということにこだわるかどうか、That's the only problem.」だとリービは書いている。この一九九〇年代の予言は中っただろうか？　日本文学には、リービ本人をはじめ、デビット・ゾペティ、楊逸《ヤンイー》、ジェフリー・アングルス、李琴峰、グレゴリー・ケズナジャットといった優れた非母語作家が誕生し、日本国内の大きな文学賞を受けている。今後こうした非母語作家が国外でも多くの読者と評価を得るようになれば、日本の「移民文学」が「本格化」したことになるのかもしれない。

そして日本の文学の行方は、今後の移民政策に左右されるところも大いにあるだろう。

＊

リービ英雄のもう一つの信条は、中央から距離をとるということではないか。「ワシントンの少年──クリントンを追う」で、自分はアメリカの「ワシントンの権力」から遠いものを選んできたと書いている。

ワシントンの権力から最も遠い日本文学の世界に、ぼくは二十五年間生きてきた。

「日本文学」という幅の広い領域の中で、ぼくはほとんど無意識に、「ワシントンの権力」から最も遠いものを選んでしまったのかも知れない。「公」のもの、抽象的なものから最も遠く離れた領域――漢文脈より和文脈、憶良より人麿、平家物語より源氏物語、近代においてはたとえば私小説、という風に。

そういうリービは「よそから日本文学に入り込み、古代和歌から中上健次まで脈打ってきた descriptive symbolism という千年の「前衛」に魅せられつづけて」もきたのである。

このワシントン的な権力から距離をおくという姿勢は、アメリカが一個の強いアメリカでいられなくなった時代の作家の感性としては自然なものだったかもしれない。アメリカそのものが周縁化する予感がしばしば浮上し、「アメリカの日本化」というトピックすら、本エッセイ集には何度か顔を出している。そこには、一九八〇年代末から九〇年代にかけての経済強者日本の姿があるのだ。

毒舌で鳴らす作家ゴア・ヴィダルのこんな辛辣な言も紹介されている（「「翻訳」された天皇崩御」）。この先、アメリカは日本の牧場となり、ヨーロッパは日本のブティックとなると言い放った日本の政府高官の言葉を引き、では、われわれはどうなる？　とロシア人が訊くと、「あなたたちも気をつけないと日本人のスキーの先生で終わっちゃうぞ」と答えたというのだ。

この頃のアメリカは他国をアメリカナイズするのをやめ、逆に自身を日本化しようとしていた。大衆派の民主党大統領クリントンのもとでは、「通産省」的な徹底した経済管理体制が、インダストリアル・ポリシイという名の下で呼びかけられたとリービは表現している（「『歴史』の後はコンプレックス」）。

だが、悲しいことに、この件に関する予見は当たらなかった。日本はバブル崩壊から長らくつづく経済停滞を解決できず、一九八六年施行の労働者派遣法により貧富の格差は増悪し、大企業ばかりを優遇する金融緩和政策がつづくなか、実質賃金は上がらず、株価は上がっても国債の価値は下がり、経済不安が少子化に拍車をかけ、国としての成長は低迷することになった。

リービはクリントン大統領誕生時に、アメリカにおける「本格的な」多民族国家の誕生を印している。この大国が単一の人種、民族、言語、文化から成ることをやめ、multi-ethnic な universal state を目指すことになった瞬間だ。モノからマルチへ、ユニバーサルへ。これがのちに爆発的に普及する「グローバリズム」という世界的〝信仰〟がアメリカから発信された瞬間だった。現在の意味での「グローバリズム」はまさに一九九二年頃から使用が広まったのである。

本エッセイ集を読んで、リービ英雄の言語生活は言葉に感応することで成り立っているのだとつくづく感じる。自分から言語を操る、馴致するということをせず、つねに日本語、中国語、英語、そのほか数多の言語の中と間を漂うからこそ、これだけの広い視野と明澄な視界が得られるのだ。

＊

そうして捉えられたものをどう表現するか。リービは『バイリンガル・エキサイトメント』でこう語っている。「コミュニケーションと「表現」は違う。〈中略〉これまでコミュニケートしたことのないことを伝えるのが「表現」である。相手が考えたこともなく、感じたこともないことを、考えさせたり、感じさせるのは大変なことだから嫌がられることも多い。しかしそのようにして新しい世界の把握の仕方を言葉にするのが文学なのである」と。

コミュニケートしたことのないことを伝える「表現」、それは本エッセイ集にも隅々にまで響きわたっている。読者は今もって、新雪を踏むような戦慄《わなな》きと快さにいざなわれるだろう。

初出一覧

日本語の勝利

東京を歩く男　日本経済新聞　一九九二年六月二八日
日本語の勝利　中央公論　一九九〇年一月号
セイレンの笑い声、三島の声　新潮　一九八八年一月号
猿股の西洋人　群像　一九八八年二月号
もう一つの国　文學界　一九八八年二月号
なぜ日本語で書くのか　群像　一九八七年七月号
もう一つの「在日」　海燕　一九九〇年八月号
アメリカ、日本文学、中上健次　新潮　一九八四年一一月号
アジアの伝唱者、オリュウノオバ
——韓国で『千年の愉楽』を読む　國文學　解釈と教材の研究　一九八五年三月号
「在」と「バイ」と、カタギリの目　文學界　一九九〇年三月号

「翻訳」された天皇崩御　新潮　一九八九年五月号
李良枝からの電話　中央公論　一九九二年八月号
「つまらない」時代の、決してつまらなくない六人の作家　Ｂａｒｔ　一九九二年七月二七日号
本格的「移民文学」の誕生　朝日新聞　一九九二年六月一〇日夕刊
日韓もう一つの文化ショック　潮　一九八七年一一月号
ソウル　英語のない大都会　潮　一九八七年一二月号
「日韓ショック」の原点　潮　一九八八年二月号
鉄馬が行きたい、走りたい　潮　一九八八年三月号
韓国は六〇年代の日本ではなかった　潮　一九八八年五月号
モスクワ　ささやきの都への旅　潮　一九八八年六、七月号
アメリカの埼玉県　潮　一九八六年九月号
木造の青春　潮　一九八六年一〇、一一月号
部屋から部屋へ　花椿　一九九二年一月号
ターミナル　季刊思潮　第一号（一九八八年六月）
悪魔のサカナ　群像　一九八九年六月号
カリフォルニアの清少納言　潮　一九八六年八月号
読書ノート『ユダヤ人』　文學界　一九八八年五月号

読書ノート『フローベール全集第八巻――エジプト紀行（抄）』　文學界　一九八八年六月号
読書ノート『万葉集・巻五』　文學界　一九八八年四月号
鎖国の国ブータン　小説現代　一九九〇年一二月号
「歴史」の後はコンプレックス　毎日新聞　一九九二年五月一三日夕刊
What is Shinjuku?　読売新聞　一九九二年一〇月三〇日夕刊
混血児のごとく　早稲田文学　一九九二年一〇月号

アイデンティティーズ

東北の出会い　本　一九九四年七月号
「there」のないカリフォルニア　本　一九九四年三月号
「文学者」の国に、ぼくがいる　本　一九九四年四月号
万葉青年の告白　本　一九九四年一一月号
プリンストンの豊かな淋しさ　本　一九九四年二月号
江戸間八畳の中　本　一九九四年九月号
久しぶりの北京語　本　一九九四年一月号
「莫説！」　本　一九九四年五月号

満州で聞いたコトバ　本　一九九四年六月号
高級マンション、叫び声　本　一九九四年一〇月号
最後のエッセイ　本　一九九四年一二月号
ニューヨーク——もうひとつの島国　ＧＱ　Ｊａｐａｎ　一九九五年三月号
ワシントンの少年——クリントンを追う　現代　一九九三年四月号
新宿とは何か　新潮45　一九九四年一月号
顔と表情——上海で言われたこと　日本経済新聞　一九九七年一月二七日夕刊、二月三日夕刊

本書は『日本語の勝利』（一九九二年十一月、講談社刊）、『アイデンティティーズ』（一九九七年五月、講談社刊）を底本としました。

Kodansha Bungei bunko

日本語《にほんご》の勝利《しょうり》｜アイデンティティーズ
リービ英雄《ひでお》

2023年4月10日第1刷発行

発行者……鈴木章一
発行所……株式会社 講談社
〒112-8001 東京都文京区音羽2·12·21
電話 編集（03）5395・3513
販売（03）5395・5817
業務（03）5395・3615

デザイン……水戸部 功
印刷……株式会社KPSプロダクツ
製本……株式会社国宝社
本文データ制作……講談社デジタル製作

ISBN978-4-06-530962-9

講談社文芸文庫

リービ英雄
日本語の勝利／アイデンティティーズ
解説＝鴻巣友季子
青年期に習得した日本語での小説執筆を志した著者は、随筆や評論も数多く記してきた。日本語の内と外を往還して得た新たな視点で世界を捉えた初期エッセイ集。
978-4-06-530962-9
りC3

柄谷行人
柄谷行人対話篇Ⅲ 1989－2008
東西冷戦の終焉、そして湾岸戦争を通過した後の資本にどう対抗したらよいのか？根源的な問いに真摯に向き合ってきた批評家が文学者とかわした対話十篇を収録。
978-4-06-530507-2
かB20